홍차, 느리게
매혹되다

홍차, 느리게
매혹되다

글·사진 © 최예선 2009

초판 1쇄 발행 2009년 4월 30일
초판 7쇄 발행 2015년 7월 15일

지은이   최예선
펴낸이   김철식
펴낸곳   모요사
출판등록 2009년 3월 11일(제410-2008-000077호)

주소   411-762 경기도 고양시 일산서구 가좌3로 45 203동 1801호
전화   031-915-6777
팩스   031-915-6775
이메일   mojosa7@gmail.com

ISBN 978-89-962537-0-9 03810

홍차, 느리게 매혹되다

최예선 글·사진

모요사

향기와 온기,
달콤한 티타임

세상에... 너무나 많은
홍차가 있어

.... 행복하다

좋아하는 것도 많고 하고 싶은 것도 많아서, 하루하루 시간 가는 게 아까워 발을 동동 구르던 시절이 있었다. 한꺼번에 서너 가지 일을 해야 마음이 놓이는 그런 순간도 있었다. 그렇게 시간을 쪼개 살면서도 다 처리하지 못하는 일들이 많았고 친구들과도 가족들과도 함께할 시간이 부족했다. 바빠서 못했다는 어이없는 핑계가 내겐 늘 절실했다. 내 생의 이십대는 그렇게 숨 쉴 틈 없는 나날이었다.

　삶은 왜 이리 바쁘고 복잡한 것일까? 그러는 사이 나는 건강도, 친

구도, 생의 열망도 잃어버렸다. 일을 그만두고 서울 반대편에 있는 먼 나라로 떠날 채비를 한 것은 그저 치기 어린 상념에서 나온 생각만은 아니었다. 3년 동안 미술사를 공부하는 것이 표면적인 계획이었지만, 새로운 환경에서 지금과는 다른 새로운 생각을 주입하고 싶었던 이유가 컸다. 낯선 곳에 내던져진 채 밑바닥부터 새롭게 열정을 채워가는 것도 괜찮을 것 같았다. 그렇게 나는 프랑스에 도착했고 리옹이라는 도시에서 원하던 공부를 시작했다. 유학생활은 희망과 열정을 거저 주지 않았다. 낯선 언어, 낯선 사람들과의 부대낌에 지칠 때도 많았다. 하지만 평생 함께해도 좋을 두 친구가 있어 행복했다. 바로 미술과 홍차였다.

프랑스에서 홍차를 마시게 된 것은 고국에 대한 향수병 때문이었다. 숨 쉬는 공기 속에서도 고국의 내음을 찾아 킁킁거렸을 만큼 마음이 시렸던 어느 날, 나는 서울에서 맛본 과일홍차의 기분 좋은 맛을 기억해내고 속병을 앓고 있었다. 아, 그런 달콤한 홍차를 마시고 싶다. 온몸이 따뜻해지도록. 하지만 어디서 같은 것을 구할 수 있을 것인가? 집 근처 고급 잡화점에서 까만 통에 담긴 홍차들이 장식된 것을 보고 무작정 들어갔다. 셀 수 없이 많은 종류의 홍차가 한쪽 벽면을 가득 채우고 있었다. 다행히 종류마다 향을 맡아보고 찻잎도 볼 수 있도록 테스트용 홍차들을 준비해두었고, 그중에서 내 기억 속의 것과 가장 유사한 향을 가진 홍차를 발견하고 기분 좋게 계산대에 설 수 있었다.

그날은 프랑스의 대표적인 홍차 브랜드인 마리아주 프레르와 처음 만난 날이기도 했다. 마리아주 프레르는 홍차의 세계가 이토록 다양하고 향기롭다는 사실을 알려주었고 이때부터 나는 천천히 홍차의 향기에 빠져들기 시작했다. 어느 순간 갑자기 사랑이 시작된다고 하는데, 내게는 홍차가 그런 존재였다.

프랑스에서는 수많은 홍차를 슈퍼마켓이나 리빙숍에서 쉽게 발견할 수 있었다. 마리아주 프레르, 포숑, 트와이닝스, 립턴, 에디아르, 팔레 데 테 등 홍차 브랜드들을 알아갈수록 홍차를 마시는 재미도 늘었다. 맛과 향기가 다양하면서도 브랜드마다 특색이 느껴졌고, 커피 대신 홍차를 마시는 시간이 많아졌다. 손님이 찾아올 때도 자연스럽게 홍차를 내놓게 되었다. 홍차는 맛과 향을 즐기는 것 이상으로 사람들과의 시간을 따스하고 부드럽게 만들어주었다. 특별한 날에는 홍차를 예쁘게 포장해서 선물하기도 했다.

홍차의 종류와 등급, 홍차 잎을 구별하는 방법, 블렌딩 정보, 맛있게 우리는 방법 등 홍차 세상에는 내가 알아야 할 것이 너무도 많았다. 차를 마실수록, 차를 배울수록 세상이 조금씩 넓어지고 깊어졌다. 닥치는 대로 마시기만 하다가 내 입맛에 맞는 홍차를 골라낼 수 있게 되기까지 그렇게 많은 시간이 필요한 것은 아니었다. 어느 순간 나는 자연스럽게 '홍차를 마시는 여자'가 되어 있었던 것이다.

무엇보다 차를 마시는 따스한 분위기와 기꺼이 차를 나누는 사람들의 온화함이 홍차의 세계로 강하게 이끌었다. 사람들과 자연스럽게 대화할 수 있는 유쾌한 시간, 바쁜 생활 속에서 누리는 잠깐의 여유. 달콤한 과자와 함께 뜨거운 차를 마실 때면, 스트레스로 기분이 엉망인 순간조차도 세상을 품을 수 있는 여유 있는 시간으로 바뀌었다. 홍차를 마시면서 맛있는 차를 즐기는 기쁨 이상의 것이 찾아왔다. 복잡한 삶에서 잠시 쉬어갈 수 있는 나만의 여백을 발견한 것이다.

이 책은 일 년 동안 내가 기록해온 홍차 다이어리라고 해도 좋을 것이다. 주변사람들과 홍차를 마시며 일상을 조금 더 예쁜 빛깔로 물들이고 싶은 어느 '홍차 마시는 여자'의 소소한 이야기다. 홍차와 관련한 단상들과 티타임에 대한 이야기들, 홍차를 테마로 한 여행, 크리스마스티 파티까지 홍차를 즐기면서 궁금했던 것, 해보고 싶었던 것을 천천히 펼쳐본 유쾌한 경험들을 담았다.

이 책을 통해 홍차가 쉽고 재미있는 존재라는 것을, 홍차라는 작은 존재가 삶에 큰 기쁨을 줄 수 있다는 것을 알려주고 싶다. 무엇보다 일상에서 차의 맛을 음미하는 시간을 찾아봄으로써 하루하루 행복한 순간이 늘어난다면 좋겠다.

그렇다면 이제,
우리 홍차 마시러 갈까요?

차 례

Lena's tea room

겨울에서
봄
.
.
.
으로

FAUCHON

THÉ

MATIN DE FRANCE

Poids net : 25g

1
서울의
아침,

브렉퍼스트티

나는 매일 차를 마신다. 거창한 티타임을 즐기는 것은 아니다. 물을 마시듯 티포트에 차를 가득 우려 틈틈이 마신다. 다른 일에 몰두하다보면 차가 싸늘하게 식어 있기도 하고 찻잎이 너무 오래 우려져 쓴맛이 감돌기도 한다. 그럴 때는 뜨거운 물을 조금 부어 쓴맛을 누그러뜨린 후 마신다. 차를 마시기 위해 일부러 떼어놓은 시간은 없다. 누군가가 습관적으로 커피를 마시듯 나는 차를 마실 뿐이다.

때로는 하던 일을 멈추고 오로지 차를 마시는 일에만 열중하고 싶을 때도 있다. 파르르 소리가 들릴 때까지 주전자에 물을 끓이고 찻잔과 찻주전자에 뜨거운 물을 부어 따뜻하게 데워둔다. 고이 모셔둔 가장 좋은 잎차를 꺼내고 딱 알맞은 양을 덜어 찻주전자에 넣은 후 적당한 양의 물을 부어 타이머에 맞춰 정확한 시간 동안 우려낸다. 이때는 달콤한 케이크나 초콜릿을 한 조각 곁들이기도 한다. 구수하고 쌉싸래한 차 맛을 천천히 음미하며 느리고 감미로운 재즈를 듣거나 역시 느릿느릿 읽어야 좋은 산문집을 읽는다. 조용히 내 인생의 한 부분을 흘려보내는 것. 이것이 내가 차를 마시며 하고 싶은 일이다.

카페인 과민반응 때문에 커피도 홍차도 입에 대지 못하는 사람이 있는가 하면 미각이 둔감하여 맛보는 데 서툰 사람도 있다고 하는데, 그에 비하면 나는 차를 즐기는 데 불편함 없는 체질을 타고났다. 밤에 진한 홍차를 벌컥벌컥 마셔도 숙면을 취하는 데 전혀 불편함이 없을 정도로 카페인에 무감할 뿐 아니라, 마시는 것이라면 가리지 않는 무던한 입맛도 한몫한다.

진한 에스프레소도 곧잘 마시고 와인도 즐겨 마신다. 일견 비슷해

보이는 맛과 향을 하나하나 세밀하게 구분하고 분석하는 것에도 곧잘 재미를 느낀다. 향기 나는 것들을 좋아하는 것도 홍차를 즐기는 데 플러스 요인이라 할 수 있겠다. 세상에 존재하는 수많은 꽃과 과일의 향, 허브와 나무의 향이 한 잔의 차 속에 고스란히 담겨 있으니 나는 늘 그 맛과 향이 궁금하기만 하다. 맛보고 싶고 느끼고 싶은 호기심은 물론, 성분에 상관없이 무던하게 마실 수 있는 체질 덕분에 나는 날마다 새로운 홍차를 찾아 미지의 세계로 떠날 수 있는 조건을 완벽하게 갖춘 터였다.

티타임 문화가 화려하게 꽃피운 영국에서는 하루에 홍차를 7~8잔 정도 마신다고 한다. 갈증 해소를 위해 수분을 섭취하는 것이 아니라, 하던 일을 멈추고 휴식하는 시간이 하루에 그만큼이나 된다니, 바쁘디 바쁜 우리의 일상과 비교하면 참으로 부러운 풍습이다. 재미있는 것은 영국의 티타임에는 각 시간대별로 이름이 붙어 있다는 점이다.

아침잠을 깨기 위해 졸린 눈을 비비며 침대에서 마시는 얼리모닝티early morning tea, 아침식사와 곁들이는 브렉퍼스트티breakfast tea, 오전 10시와 11시 사이에 기분전환을 위해 마시는 일레븐시즈elevenses, 점심식사와 함께 마시는 런치티lunch tea, 오후의 나른함을 쫓기 위해 4시와 5시 사이에 마시는 애프터눈티afternoon tea, 회사에서 업무를 보는 중간에 짧은 휴식을 즐기는 티 브레이크tea break, 오후 6시경 간단한 식사와 함께 마시는 하이티high tea, 제대로 된 만찬에 곁들이는 디너티dinner tea, 저녁식사 후 부푼 배를 잘 소화시키기 위해 마시는 다이제

스천티digestion tea, 그리고 잠자리에 들기 전에 마시는 티잔tisane 등 티타임은 하루 일과의 부분부분을 나누어 한 템포 쉬어가게 하는 가벼운 분기점이다.

각기 다른 시간대에 다른 목적으로 마시기에 티타임마다 차의 품종과 향을 달리하는 것이 원칙이다. 아침에는 각성 효과를 줄 수 있도록 진하게 우려 우유를 타서 부드럽게 마시고, 오후에는 나른한 기분을 전환할 수 있도록 상쾌한 향을 가미한다. 저녁에는 보다 가볍게 즐기며, 잠들기 전에는 카페인이 든 홍차보다 몸을 따뜻하게 해주고 숙면을 도와주는 허브차를 마시는 것이 자연스럽다.

우리 삶에 다양한 표정이 있듯이 차에도 다양한 맛과 향이 있고, 각각의 사랑스러운 맛과 향이 하루하루의 일상을 달콤하고 향기롭게 채워준다. 나의 일상 속에도 여러 번의 티타임이 있지만 시간을 정해두고 차를 마시는 것은 아니다. 그렇지만 티타임마다 늘 다른 차를 마시게 된다는 점은 일치한다. 클래식한 차를 마신 후에는 향긋한 가향 홍차가 생각나고, 향기가 진한 홍차를 마신 후에는 스트레이트 홍차의 깔끔한 맛을 원하게 되니까.

하루를 기분 좋게 시작하려면 브렉퍼스트티가 필요하다. 아침잠이 많아 아무리 노력해도 아침형 인간이 되기 힘든 내가 아침나절에 조금이라도 정상적인 컨디션을 유지하는 것은 홍차 한 잔 덕분이다. 도시의 삶에서 아침식사와 차를 느긋하게 즐길 수 있는 사람이 얼마나 될까? 나 역시 아침을 먹는 둥 마는 둥 하며 부랴부랴 지하철로 향하는 보통의 도시사람이다. 다만 우유를 넣은 뜨거운 홍차를 잊지 않는다. 이 따끈한 한 모금이 아침나절 내내 차가운 몸을 따뜻하게 데워

주고 위장을 달래준다. 특히 찬바람이 부는 날이면 진하게 우려낸 뜨거운 모닝 밀크티가 더욱 반갑다.

버몬트 주의 작은 마을에 옛날식으로 뚝딱뚝딱 지은 코기 하우스를 열심히 가꾸다 얼마 전 타계한 타샤 투더Tasha Tudor 할머니는 언제나 바쁘게 사는 사람이었다. 일 년 내내 꽃과 나무와 열매로 가득한 정원을 정성스레 가꾸고 그곳에서 얻은 것들로 허브차와 과일 타르트를 만든다. 아침부터 밤까지 맛있는 음식을 만들고 집 안을 가꾸고 정원을 손질하는가 하면, 주변사람들과 함께 일 년 내내 먹을 잼을 만들고 시장에서 물물교환으로 얻어온 천으로 직접 옷을 짓는다. 틈틈이 동화를 쓰고 수채화로 예쁜 그림을 그리기도 한다.

하루 종일 쉴 틈 없이 움직이는 할머니에게도 아무런 노동 없이 평온하게 관조하는 시간이 있으니 바로 티타임이다. 새벽바람에 부지런히 일한 후 맛있는 아침식사를 마치고 한 잔의 차를 마시는 시간은 그 무엇과도 바꿀 수 없는 평화로움이었다. 정원을 가득 채운 허브는 할머니의 생활 곳곳에 활용되지만 특히 차의 재료가 된다. 건강에 좋은 허브차를 즐겨 마시는 할머니도 식사 때만큼은 홍차를 고집한다. 할머니가 특히 좋아하는 차는 '아이리시 브렉퍼스트 홍차'다.

　잘 구운 토스트와 마멀레이드, 구운 토마토와 베이컨으로 구성된 영국식 아침식사에는 진하게 우려낸 차가 제격이다. 따스한 식사가 위를 깨우고 진한 차가 머리를 깨운다. 브렉퍼스트티는 스리랑카(실론) 계열의 다양한 홍차들과 인도차 중 아삼Assam을 혼합한 경우가 많다. 아삼의 진하고 톡 쏘는 맛에 온화한 실론의 맛이 어우러지니 아침을 강하고 부드럽게 여는 데 안성맞춤이다. 그런데 '아이리시 브렉퍼스트'라니? 잉글리시 브렉퍼스트는 익히 들어봤지만 아이리시 브렉퍼스트는 또 어떻게 다른 걸까?

　내 홍찻장에서 브렉퍼스트 홍차를 찾아보니 세 가지나 된다. 가장 보편적인 잉글리시 브렉퍼스트를 제외하고도 아이리시 브렉퍼스트와 스코티시 브렉퍼스트가 있다. 영국과 아일랜드는 분명 다른 나라이긴 하지만 굳이 아일랜드 스타일을 고집하는 사람들이나 스코틀랜드 블렌드를 따로 만든 배경이 궁금하다. 잉글리시 브렉퍼스트나 아이리시 브렉퍼스트는 이른 아침 혼미한 정신을 말끔하게 해줄 만큼 진하고 풍부한 것은 공통점이지만 블렌딩되는 홍차의 특성이 조금 다르다. 아이리시 브렉퍼스트는 유럽에 쉽게 수입되던 아프리카 케냐의 홍차가 가미되어 기운차고 더 강하게 우러나는 점이 특징이다.

영국인 이상으로 홍차를 즐기는 민족이 바로 아일랜드인이다. 그들이 마시는 차의 양은 한 사람당 일 년에 1,300잔에 이른다고 한다. 영국인의 평균 차 소비량인 1,170잔을 능가하는 수치다. 게다가 영국과 아일랜드는 유사한 역사적, 문화적 환경에도 불구하고 여전히 민족적 갈등으로 대립하고 있다. 그러니 아일랜드 사람들이 잉글리시 브렉퍼스트티를 마신다는 것은 상상조차 할 수 없는 일. 자신들만의 브렉퍼스트티를 만들어냈고 그 전통을 지금까지 유지해오고 있다. 역시 잉글랜드와 역사적으로 갈등을 겪은 스코틀랜드도 자신만의 브렉퍼스트티를 마신다. 잉글리시, 아이리시, 스코티시, 이 세 가지 모닝 홍차는 맛에 특별한 차이가 있다기보다 정서적인 구분이 더 큰 듯하다.

여기에 유럽의 다른 나라들도 가세하여 독창적인 브렉퍼스트티를 선보인다. 프랑스 홍차 브랜드인 마리아주 프레르Mariage Frères는 프렌치 브렉퍼스트티와 러시안 브렉퍼스트티를 소개하면서, 프렌치 브렉퍼스트티는 초콜릿과 몰트 향이 함유되어 달콤하고 깊은 맛을 지녔고 러시안 브렉퍼스트티는 상큼한 감귤계 향을 가미하여 상쾌하게 아침을 깨우는 홍차라고 설명한다. 이렇듯 다양한 브렉퍼스트 홍차를 접할 수 있으니 서울의 아파트에서 느긋한 유럽의 아침을 맞이하는 것이 더 이상 불가능한 일은 아닐 듯하다.

그렇다면 서울의 브렉퍼스트티는 어떤 홍차가 좋을까? 부드러운 다즐링이나 진한 아삼보다 오늘은 목 넘김이 가볍고 구수한 맛이 살아 있는 스리랑카 홍차 중에서 골라봐야겠다. 스리랑카의 홍차 브랜드인 믈레즈나Mlesna에서 딤불라Dimbula 잎차를 자잘하게 쪼개 만든 모닝글로리Morning glory라면 서울의 아침과 잘 어울리지 않을까?

진한 아삼 홍차를 베이스로 풀바디급 풍미
를 느낄 수 있는 브렉퍼스트티는 나른한 아
침에 강렬한 스타트 포인트가 된다. 잉글리
시, 아이리시, 스코티시 등 매일 다른 브렉
퍼스트티로 아침을 색다르게 시작해보자.

첫째, 물. 차를 끓여보면 왜 물이 중요한지 알게 된다. 물맛에 따라 차 맛이 달라지기 때문이다. 시중에서 판매되는 맑은 생수가 가장 좋지만 식수용 수돗물도 괜찮다. 미네랄워터는 찻물로 적합하지 않다. 차의 감미로운 맛과 향이 사라지고 무거운 맛만 우러나는 탓이다.

둘째, 온도. 섭씨 95~98도의 팔팔 끓는 물에 우려야 홍차가 가진 모든 맛이 충분히 우러난다. 끓여서 한 김 올리고 식힌 물에 우리는 녹차와는 다르다. 물이 바글바글 끓으며 잘잘한 기포가 골고루 떠오르면 불을 끈다. 너무 오래 끓인 물도 차 맛을 충분히 내주지 못한다.

셋째, 시간. 차마다 우리는 데 적당한 시간이 있다. 너무 짧게 우리면 향이 밋밋하고, 너무 오래 우리면 향긋한 맛은 사라지고 쓰고 텁텁해진다. 2~3분 정도 우리는 것이 기본이지만 딜마Dilmah의 와테Watte 시리즈는 5분이 가장 적당한 맛을 낸다고 한다. 홍차마다 패키지에 적당한 시간이 명시되어 있으니 참고할 것.

넷째, 예열. 티포트와 찻잔은 반드시 예열해둔다. 뜨거운 물을 조금 담아두었다가 헹궈내면 된다. 물을 끓이는 물주전자, 차를 우리는 찻주전자, 우려낸 차를 담아두는 찻주전자나 숙우, 차를 담는 찻잔 등 차를 끓이는 모든 도구가 따뜻하게 예열되어 있어야 차의 향이 충분히 우러나고 차가 쉽게 식지 않는다.

다섯째, 찻잎. 물 200ml에 찻잎은 3g이 기본이다. 티메저 스푼에 솟아오르지 않도록 한 스푼 덜어내면 딱 3g이다.

여섯째, 점핑jumping. 점핑 횟수가 많을수록 찻잎의 맛이 더 잘 우러난다. 점핑이란 찻잎이 물속에서 자유롭게 움직이는 것을 말한다. 티포트가 둥그스름하게 생긴 이유는 찻잎이 주전자 속에서 마음껏 대류할 수 있도록 배려한 것이다. 티포트에 물을 부을 때 물줄기를 세게 흘려야 찻잎이 더 많이 점핑하게 된다. 투명한 찻주전자를 사용하면 찻잎의 점핑을 지켜볼 수 있다.

Making a cup of HOT TEA

STEP 1

STEP 2

STEP 3

STEP 4

STEP 5

STEP 6

STEP 7

STEP 8

01 찻주전자, 유리 서버나 숙우, 찻잔을 준비하고 뜨거운 물을 부어 미리 데워둔다.

02 홍차는 95~98도의 물에 우려야 맛이 살아나므로 보글보글 끓는 물을 준비한다.

03 찻잎을 티메저 스푼에 수북이 담아 미리 데워둔 유리 서버 안에 담는다.

04 뜨거운 물을 유리 서버에 조절해가며 붓고 뚜껑을 닫아둔다.

05 찻잎이 물의 흐름을 따라 움직이는 것을 살펴본다.

06 2~3분 후 찻주전자에 거름망을 얹고 홍차를 옮겨 담는다.

07 찻잔의 80퍼센트 정도 홍차를 붓는다.

08 홍차가 남아 있는 찻주전자는 티코지를 씌워 보온한다.

2
마음을
치유해주는

한 잔의 차

서른이 다 되어가도록 변변한 여행 한번
제대로 해본 적 없는 내가 프랑스라는 멀고 먼 곳으로 떠날 생각을 하
다니, 나 스스로도 꿈을 현실로 만들 줄은 몰랐다. 새로운 장소, 게다
가 지금 이곳과는 완전히 다른 어떤 곳으로 떠나는 일이 그토록 필요
했던 것일까? 다들 열심히 경력을 쌓아가던, 쌓아가야만 했던 황금
같은 시기에 나는 멀쩡히 다니던 회사를 슬그머니 그만두고 본격적으
로 유학의 길에 몸을 실었다.

　　전셋집과 신혼살림을 정리하고 언제쯤 어느 도시로 떠날지 정하고
어학원에 등록을 마치고 나니 어느 정도 일이 마무리된 듯했다. 그리
고 타국으로 떠나기 전, 조금이라도 이 땅의 풍경을 마음 깊이 새기고
싶어서 남쪽의 몇몇 도시로 짧은 여행을 떠났다. 남들 다 가본 남도의
땅에 그제야 발을 디디게 되었지만 이것이 모두 우연은 아니었으리라.
그곳에서 그 너른 차밭을 보게 되었으니.

　　자동차로 한참을 달려 전남 보성에 닿았을 때, 눈을 시리게 하던 따
스한 햇살과 목덜미에 살랑대는 바람이 얼마나 달콤하던지. 사르르
눈이 감길 만큼 포근하고 따스한 그곳에서 생애 처음으로 차밭을 보
았다. 그 넓고 싱그럽고 푸른 녹차밭을. 단단하고 푸른 찻잎에서 우리
가 마시는 보들보들한 녹차가 만들어진다니 신기하기만 했다. 깎아지
른 절벽에 푸른 솜털처럼 몽글몽글 솟아나 있는 차나무들. 층층이 서
있는 차나무 사이로 남도의 햇살이 짙게 쏟아졌다.

　　상쾌한 향기 속에 푹 파묻혀도 좋으련만, 어느새 서쪽 자락으로 떨
어지는 태양을 보며 종종걸음으로 걸어 나왔다. 녹차농원 입구에 자
리 잡은 조그마한 찻집에서 구수한 녹차를 마시고, 녹차 수제비에 녹

차 아이스크림까지 맛보고 난 후에야 보성을 떠날 수 있었다. 보성이 전국에서 찾아온 관광객들로 늘 북적거리는 유명 관광지이자 우리나라에서 녹차 재배를 가장 많이 하는 곳이란 점은 익히 알고 있었지만, 녹차 중에서도 중국이나 일본의 것과는 다른, 우리나라 고유의 녹차를 만들어온 유서 깊은 장소라는 것을 제대로 깨달은 것은 처음이었다.

찻잔 속에 담긴 찻물이 멀고 먼 남의 나라에서 온 것이 아니라 우리 정신 속에 표표히 흐르는 깊은 강물처럼 느껴졌다. 차밭을 보고 나니 이 조그만 찻잎이 주는 의미가 새삼 아름답게 보였다. 우리 마음속에 늘 흐르고 있던, 누구도 어쩌지 못했던 미의식이 되살아났다고나 할까? 차를 마시는 사람의 아름다움, 차를 앞에 두고 나누는 이야기들이 너무나 살갑게 느껴졌다. 이 멋진 행위를 어찌 여태 잊고 있었던 것인지.

세상에 차란 녹차밖에 없다고 알고 있는 사람이 있다면 생각을 바꿔야 할 것이다. 녹차, 홍차, 백차, 황차, 청차, 흑차… 세상에는 이렇듯 다양한 종류의 차들이 있다. 이런 차들은 일견 비슷한 듯하면서도 특성이 다르고, 또 다른 듯하면서도 닮아 있다. 이들이 닮은 이유는 모두 하나의 차나무에서 시작되었기 때문이고, 이들이 다른 이유는 공정 절차와 발효 정도가 제각각이기 때문이다. 차 맛을 다양하게 즐기는 사람들조차도 이들이 모두 같은 차나무에서 생성되었다는 것을 아는 사람은 많지 않다.

　　태초에 차나무가 있었다. 카멜리아 시넨시스*Camelia Sinensis*라는 학
명으로 불리는 차나무는 3천 년 전부터 중국에 서식하는 독특한 식
물이다. 차나무는 산지에 따라 조금씩 다른 모양새와 특성을 지니는
데, 그 덕분에 어떤 찻잎은 발효차로, 어떤 찻잎은 발효하지 않은 차
로 표현된다. 드라마 〈태왕사신기〉 초반부에 궁성 앞에 자리 잡은 압
도적인 규모의 녹차밭 장면이 등장한다. 이렇듯 키가 나지막하고 잎
이 짧은 차나무를 소엽종이라고 하는데, 우리가 즐겨 마시는 녹차류
는 이 소엽종 차나무에서 얻어낸 찻잎이다.

　　발효차는 대엽종, 즉 잎사귀도 크고 키도 큰 차나무에서 얻는다. 잎
의 크기도 소엽종의 두 배 이상이며, 키가 10미터 넘게 자라기도 한
다. 중국 서쪽 고원지대의 여인들이 나무에 매달려 찻잎을 손으로 따
는 모습을 텔레비전에서 보곤 하는데, 바로 이 키 큰 차나무 잎이 홍
차의 기원이다. 이들 찻잎은 다양한 공정을 거쳐 발효차로 거듭난다.

　　녹차는 찌거나 덖거나 증기를 쐬어 찻잎의 산화발효를 억제시킨다.
따라서 구수한 맛과 연한 노란색이나 맑은 연둣빛 수색水色을 지닌다.

중간 정도 발효한 후 더 이상 발효가 진행되지 않도록 처리한 것이 우롱차이며 완전 발효한 것이 홍차다. 홍차는 찻잎이 산화하는 과정에서 붉은색과 달콤한 향기 그리고 새콤하고 떫은 맛을 형성한다.

발효 맛으로 보자면 녹차와 홍차의 중간에 위치하는 우롱차를 반발효차라고 부른다. 발효 정도가 10퍼센트인 것도 있고 80퍼센트인 것도 있어 맛의 영역이 더욱 넓어진다. 발효 공정에서 약간의 차이를 줌으로써 색, 맛, 향이 다양하게 변화하는데, 때로는 녹차처럼 은은하고 구수한 향의 것도 있고, 홍차처럼 복합적인 맛을 지니는 것도 있다. 백차는 중대엽종 차 중에서 솜털이 보송보송한 새순을 가공하여 다른 차에 비해 순수하고 정결한 느낌을 주며, 보이차는 후발효차라 하여 공정 과정이 녹차나 홍차와는 다른 양상을 보인다.

차를 발견한 사람은 중국의 전설 속 인물인 '신농'神農이라고 한다. 농사와 의료의 신인 신농은 세상의 온갖 식물을 맛보며 이로운 것과 해로운 것을 가려내던 의인이었는데, 어느 날 독에 중독되어 죽을 지경에 이르렀다. 이를 해독하고자 아무 식물이나 닥치는 대로 먹다가 우연히 차나무의 잎에서 치유의 성분을 얻고 생명을 되찾게 되었다. 이런 전설에 힘입어 차는 건강에 좋은 재료로서 음식이나 음료로 활용되다가 점차 예의와 격식을 갖춘 다도의 모습으로 발전하게 된다. 차가 건강 음료로 인식된 것은 신농의 전설에서처럼 이미 오래전부터 '약'의 대용으로 활용되어왔기 때문이다.

실제로 차에는 폴리페놀, 카페인, 비타민, 카테킨, 칼륨 등 유용한 성분들이 많이 함유되어 있다. 폴리페놀은 신진대사를 촉진하여 노폐물을 배출하고 노화방지에 효과적이며, 카테킨은 콜레스테롤을 억제해주는 항산화 성분이다. 차에 함유된 독특한 성분인 데아닌은 면역기능을 키워주고 항염작용을 한다. 최근 연구에 따르면, 홍차 속의 테아플라빈이 당뇨를 예방하는 데 효과가 있다고 한다. 비타민과 무기질도 빼놓을 수 없다. 지금도 중국 고원지대에 사는 사람들에게 차는 없어서는 안 될 음식이다. 찻잎을 한소끔 끓여내 산양버터를 큼직큼직하게 썰어 넣고 부글부글 끓여내는 버터차는 고원지대에 사는 민족들이 자칫 결핍되기 쉬운 비타민을 섭취할 수 있는 유일한 수단이기 때문이다.

"카페인이 많이 들었다던데, 건강에 해로운 거 아닌가요?" "임산부가 마시면 안 좋다던데요." 차를 바라보는 이런 냉소적인 반응은 찻잎에 함유된 카페인 때문이다. 커피와 비교해볼 때 홍차의 카페인은 결코 많은 양이 아니다. 흔히들 홍차의 카페인이 커피보다 많다고 알고 있는데, 이것은 같은 무게의 찻잎과 커피콩을 비교해 나온 결과일 뿐이다. 한 잔의 커피를 만들 때 10그램의 커피빈을 쓴다면 차 한 잔을 만들 때 찻잎의 양은 2~3그램에 불과하다. 따라서 차로 섭취되는 카페인은 커피보다 훨씬 적다. 원료의 양과 가공방법에 따라 홍차의 카페인 양이 달라지긴 하지만 커피의 절반 정도 수준이다. 또한 차 속에 든 카페인은 차의 유용한 활성성분 중 하나인 데아닌에 의해 활동이 저해된다는 연구결과도 있다. 차에 함유된 카페인의 부작용은 크게 걱정할 일이 아니라는 것이 차를 연구하는 사람들의 공통된 이야기다.

카페인은 어린 찻잎일수록 더 많이 함유되어 있다. 가장 먼저 돌아난 새싹에 가장 많고, 크고 단단한 잎일수록 카페인의 함량이 낮아진다. 그러므로 차의 등급 중에서 새싹이 포함되지 않은 다 큰 잎으로 만든 차들, 예를 들어 오렌지 페코Orange Pekoe보다는 소우총Souchong 잎을 선택하면 어느 정도 카페인을 비켜갈 수 있다. 또한 찻잎에 든 카페인은 뜨거운 물에서 우러나오는 특징이 있으므로 찬물에 찻잎을 넣어 우리는 냉침법을 활용하면 카페인의 불안에서 벗어날 수 있다. 요즘에는 디카페인 홍차도 많이 나오고 있다. 카페인 성분이 완전히 제거된 것은 아니지만, 기존 홍차의 3퍼센트 정도에 불과하므로 크게 염려하지 않아도 된다.

요즘 사람들이 차에 관심을 가지기 시작한 이유는 차에 분명 어떤 치유의 힘이 있기 때문이다. 건강에 좋은 성분이 많다는 이유만은 아니다. 차는 정신없이 바쁜 하루에 한 점 여유로움을 주기도 하고, 나른한 일상에 가벼운 긴장감을 주기도 한다. 도시생활에서 잃어버린 삶에 대한 유연한 시선과 여유로움의 미덕을 배우고 싶은 바람. 차를 마시면서 그러한 갈망에 조금이라도 다가갈 수 있다면, 그것이 차가 가진 가장 큰 치유력이 아닐까?

몇 해 전 여름, 고창 선운사에서 차를 마신 기억이 있다. 8월 중에도 가장 무더웠다는 어느 한낮, 숨쉬기도 힘들 정도로 뜨거운 햇살에 한 걸음 한 걸음 걷는 것조차 숨이 턱턱 차올랐지만 어찌어찌 선운사 문턱에 다다랐다. 우리를 반긴 것은 불심을 자극하는 웅장한 대웅전이 아니라, 그 앞에 쓰러질 듯 버티고 있는 이름 모를 장소였다. 사찰을 찾은 사람들이 한숨 돌리고 대웅전으로 들어갈 수 있도록 겹문을 활짝 열어둔 채 정갈하게 정돈되어 있었다. 날이 너무 더워 이곳의 이름이 무엇인지 현판을 볼 겨를도 없이 반질반질하게 잘 닦인 마루에 앉았다. 나지막한 좌탁과 소담스럽게 놓인 찻잔들을 보니 차를 마시는 다실인가보다 했다.

예상이 맞았다. 다실이긴 했지만 돈을 받고 차를 만들어주는 곳이 아니라 스스로 차를 우려서 마시는 곳이었다. 이 무더운 날에 뜨거운 차가 웬 말이냐 싶었지만, 뜨거운 물이 차를 만들어내는 2, 3분의 시간이 흐르면서 세상의 더위가 한풀 꺾이고 짜증스런 마음도 서서히 풀어졌다. 우리 일행은 서로 차를 만들어보겠다며 주거니 받거니 한 잔씩 나눠 마시고 다시 새로운 차를 우려냈다.

차를 마시며 쪽창을 바라보니 파란 하늘이 그렇게 청명하고 아름다울 수가 없었다. 여름날의 바람이 넘실넘실 방 안을 넘나든다. 이곳에서 제공하는 차는 사찰 주변에 자생하는 야생 차나무에서 얻은 찻잎을 살짝 발효하여 만든 것인데, 기분 좋을 정도의 쌉쌀한 맛과 은은한 자연의 향내를 선사했다. 차를 마신 후에는 다음에 마실 사람을 위해 정갈하게 차 도구들을 헹구고 정돈해두었다. 뒷자리를 깨끗하게 정리하고 조심조심 걸어 나오니 뜨거운 햇살이 어느덧 살며시 누그러져 있었다. 산을 내려가는 발길에 힘이 생겼다.

차가 주는 치유의 힘은 이런 것이리라. 사람을 좀 더 사람답게 만들어주는 것. 세상을 좀 더 진지하게 바라볼 수 있는 능력을 갖게 되는 것. 그리하여 미약한 인간의 힘으로도 충분히 세상을 견뎌낼 수 있게 하는 것.

3
티마인드에서
보낸
한철

혼자서도 차를 제대로 즐기려면 차의 참맛을 알아야 한다. 어떻게 끓여야 차의 진정한 맛이 우러나는지 배우고 알아야 한다. 때로는 전문가가 끓여주는 차도 마셔보아야 하고 누군가와 함께 차를 음미하며 의견을 나누는 시간도 가져야 한다. 차를 맛있게 끓이려면 차 도구들을 잘 다룰 줄도 알아야 한다.

처음 차를 마시기 시작할 무렵에는 내 멋대로, 내 입맛대로 홍차를 만들었다. 잎차를 꽉 막힌 스푼처럼 생긴 망에 넣어 찻잔이나 찻주전자에 담아두었다가 물빛이 적당히 붉어지면 티망을 건져내고 마시는 정도였다. 차를 만들면서도 내가 만든 차가 제대로 된 맛을 내는지 확신할 수 없었다. 홍차전문점에서 차를 처음 맛본 날, 내가 만든 차는 맛과 향이 많이 부족하다는 것을 알게 되었다. 찻잎의 양도 모자랐고 물의 온도도 적당하지 않았던 것이다. 게다가 찻잎이 아깝다고 어찌나 여러 번 오랫동안 우려냈던지.

홍차전문점에서 잘 우려진 차를 몇 번 마셔보고 나니 홍차를 공부하고 싶은 마음이 생겼다. 궁리 끝에 티 클래스에 참여해보기로 하고 정보 수집에 나섰다. 몇몇 대학교의 사회교육원에 다도 강좌가 개설되어 있고, 백화점 문화센터에서도 차 문화 강좌가 열리고 있었다. 딜마나 브리즈Brise 같은 홍차 브랜드에서 비정기적으로 시행하는 티 세미나도 있었다.

이 중에서 골라야 할까? 홍차에 입문하는 첫번째 길을 '다도'로 시작하자니 마음속에 부담감이 밀려왔다. 무엇보다 내가 좋아하는 홍차를 배울 기회가 거의 없을 것 같았다. 차 문화 강좌는 차에 대한 집중적인 정보를 구하려는 내 목적에 맞지 않았다. 브랜드별 티 세미나는 자주 열리지 않는 것이 문제였고 해당 브랜드의 차만 마셔야 한다는 아쉬움이 있었다. 한참을 찾아 헤맨 끝에 차를 쉽게 접할 수 있는 작은 공간 '티마인드'TeaMind를 발견했다.

달콤한 차의 향기, 정갈한 테이블 세팅, 잔잔한 음악이 마음을 편안하게 해주는 작은 공간. 차를 마시고 이야기 나누기에 딱 알맞은 곳이다. 번잡하기로 치자면 둘째가라면 서러운 서울 압구정동에서 이토록 고요하고 차분한 장소가 있었다니! 티마인드에는 한번 발을 디딘 사람은 다시 올 수밖에 없는 매력이 있었다. 아이들을 유혹하던 피리 부는 아저씨라도 있는 것인가?

티마인드에는 피리 부는 아저씨가 아니라 차를 끓여주는 주인 언니가 있다. 차를 교육하고 컨설팅하는 차 전문가인 김은혜 씨는 묵직한 직함에 비해 밝고 명랑한 소녀 같은 인상이었다. 전문가다운 폭넓은 이야기를 들려주면서도 친구처럼 쉽게 수다를 나누게 되는 그런 사람. 더하지도 덜하지도 않은 격식을 갖춘, 그러나 따스하고 포근한 한 잔의 녹차처럼 담백한 만남이었다.

티마인드는 중국과 우리나라, 일본의 각기 다른 녹차와 우롱차, 흑차, 홍차, 백차, 허브차 등 세상의 모든 차를 배워보는 곳이다. 이렇게 서로 다른 모습을 가진 차는 사용되는 다구나 우리는 방법도 달라진다. 개완, 자사호, 홍차용 티포트 등 각종 다구 사용법을 배우고 차를 구별하고 맛보는 테이스팅도 해보며 수업이 진행된다. 차 전문가를 양성하는 TC 프로그램과 차를 처음 접하는 사람들을 위한 초급과정인 힐링 티 프로그램이 있는데, 참가자들의 성격에 어울리도록 그때그때 차의 종류를 바꾸기도 하고 수업의 심도를 조정하기도 한다.

나는 차를 즐기는 중년의 부부와 함께 힐링 티 프로그램에 참가했다. 동서양의 다양한 차들을 어렵지도 무겁지도 않게 배워보며 천천히 차의 세계로 빠져들기에 좋은 입문과정이었다. 홍차를 즐기는 사람들은 녹차를 엄숙하고 권위적이라 느끼고, 녹차를 좋아하는 사람들은 홍차나 허브차를 영 탐탁찮게 여기는 경우가 많은데, 서로의 고정관념을 없애고 다양한 차의 세계를 넘나들면서 차를 전체적으로 이해하도록 수업이 진행되었다. 사무실에서 하루하루를 바쁘게 보낸 다음 토요일 오후에 맛보는 힐링 티 프로그램은 심신의 피로를 풀기에 안성맞춤이었다. 차를 배우고 마시고 나누는 토요일 오후를 나는 매일같이 기다리게 되었다.

향기로 즐긴다는 아리산 오룽차, 다양한 우리나라 다원의 세작과 우전, 일본차인 교쿠로차와 센차를 넘어 서호용정, 백호은침, 백모단, 곽산황아, 철관음, 대홍포, 봉황단총, 동방미인, 보이청병… 이름만

으로도 황홀한 차들이 내 삶으로 쏟아져 들어왔다. 내 인생에 이렇게 다양한 차를 마셔볼 기회가 과연 다시 올까? 심오한 차 맛을 일일이 기억할 수는 없지만 그날 그 차를 마셨던 황홀한 기쁨은 여전히 남아 있다. 다즐링 퍼스트 플러시, 세컨드 플러시, 오텀널을 비교해서 맛보기도 했고 누와라 엘리야, 우바 등 스리랑카 홍차의 묘미를 즐기기도 했다. 차의 세계가 넓고도 깊어 초보 수영을 하면서도 한껏 자유로움을 느꼈다.

한 치의 흐트러짐 없이 다구를 사용하는 티마인드의 주인은 감탄사를 자아낼 만큼 맛있는 차를 만들어낸다. 전문가가 끓여주는 차 맛은 과연 달랐다. 차를 우리는 숙련된 손놀림이 그 첫째 이유이고, 품질 좋은 찻잎이 둘째 이유이며, 차의 종류에 따라 적절히 보관하여 맛과 향을 최상으로 유지하는 것이 셋째 이유다. 이 세 가지는 차를 끓이는 데 기본적인 요소지만 초보자들이 간과하기 쉬운 것이다. 시간과 노력을 들이고 또 차에 대한 애정을 키우지 않고서는 얻을 수 없기 때문이다. 그래서 차 맛을 전혀 모르는 초보자들도 전문가의 솜씨가 발휘된 차를 마셔보고 그들로부터 차를 마시는 법과 차를 즐기는 법을 배워야 한다. 차 본연의 맛을 알고 중요한 것이 무엇인지 배워야 궁극의 맛을 찾아가는 법이니까.

두 달여의 수업 동안 나는 차의 근원으로 천천히 들어가면서 차 본연의 맛을 배워갔다. 녹차, 홍차라는 구분 없이 세계의 수많은 차를 '차' 그대로 받아들이게 된 것이다. 차를 마시는 데 필요한 다구는 또 어찌나 많은지… 익숙지 않은 다구들을 다룰 때면 바짝 긴장하고선 어설프게 차를 끓여냈지만 내가 끓인 차를 클래스 사람들과 함께 마시며 이런저런 이야기를 나누니 기분이 무척이나 좋았다.

나와 함께 클래스에 참가한 부부는 녹차를 전문가 수준으로 즐기는 분들이었다. 개완이나 자사호를 다루는 솜씨가 예사롭지 않았고 차의 향을 음미하고 표현하는 데도 남달랐다. 다구를 다룰 때면 허둥지둥하는 나와는 달리 차분하고 절도 있는 모습이 인상적이었다.

내가 홍차에서 시작하여 다양한 차의 세계로 시야를 넓혔다면, 그들은 녹차나 중국차에는 없는 가향차의 매력 속으로 빠져들었다. 서로 상반되는 관점을 지닌 차 마니아들이 허심탄회하게 차에 대한 이야기를 나눌 수 있는 흔치 않은 기회를 티마인드에서 가질 수 있었다. 나는 그곳에서 마음속의 기쁨과 기대를 한껏 표현하며 차를 마시는 즐거움, 차를 나누는 즐거움을 누렸다.

요즘 티마인드는 홍차를 공부하는 사람들로 무척 분주하다. 홍차를 좋아하고 배우려는 사람들이 많아지면서 홍차 전문 클래스가 개설되었기 때문이다. 입문과정과 심화과정으로 나뉘어 있는데, 티마인드라면 다정하고 친절한 홍차 클래스가 될 것이라 기대한다.

아무도 들어갈 수 없는 비밀의 문처럼 궁금하기만 했던 티마인드의 차 보관창고. 그곳에는 과연 어떤 차들이 얼마만큼 숨겨져 있을까? 나는 그 궁금증을 쉽게 해결해버리지 않기로 했다. 언제든지 가면 새로운 차를 마실 수 있는 마음의 쉼터로 남겨두려고 한다. 늘 따스하고 향기로운 차들이 나를 기다리고 있는 그곳. 티마인드의 그녀가 끓여주는 차가 늘 그립다.

4
애프터눈티와
크림티

"크림티로 하실래요? 애프터눈티로 하실래요?"

영국식 악센트가 독특한 영어로 점원이 말을 건다. 런던에서 홍차를 주문할 때 항상 듣게 되는 질문이다. 메뉴판에 볼드체로 씌어진 애프터눈티 메뉴 옆에는 크림티cream tea라는 메뉴가 나란히 씌어 있다. 오후에 마시는 애프터눈티는 흔히들 알고 있지만, 크림티는 또 무엇일까? 애프터눈티가 샌드위치며 스콘이며 달고 풍성한 케이크가 준비되는 격식을 갖춘 티타임이라면, 크림티는 스콘과 클로티드 크림*만 곁들여지는 간단한 티 세트다. 푸짐하게 즐기고 싶다면 애프터눈티를, 가볍게 마시고 싶다면 크림티를 선택하면 될 터이다.

샌드위치, 케이크와 과자로 구성된 세 개의 접시가 층층이 쌓인 3단 서빙 트레이는 애프터눈티의 상징이다. 샌드위치는 버터를 얇게 바른 빵 사이에 살짝 소금간을 한 얇게 저민 오이를 넣는다. 과일 타르트와 스콘은 빠질 수 없는 메뉴다. 리츠 호텔처럼 고급 호텔 레스토랑에서는 밀푀유Mille-Feuille, 에클레르eclair 같은 화려한 과자도 등장한다. 게다가 런던의 애프터눈티에는 특별한 메뉴가 하나 더 있으니 바로 '샴페인'이다. 샴페인으로 입 안을 상쾌하게 씻어준 후 뜨거운 홍차와 달콤한 디저트를 마음껏 즐기는 것이 정통 영국식 애프터눈티다.

그에 비하면 크림티는 귀부인의 허영심을 쏙 뺀 담백한 홍차 메뉴라고 할 수 있다. 가장 기본적인 메뉴인 스콘과 맛 좋은 홍차 한 주전자로 잠깐의 휴식을 누리는 시간이다. 크림티는 콘월 지방에서 유래되었는데, 스콘에 클로티드 크림을 곁들여 먹기 시작한 것은 거의 천 년

* clotted cream. 우유나 생크림을 저온가열한 후 굳혀 크림 형태로 만든 것.

전부터라고 한다. 이 오래된 음식에 찻주전자를 더해 크림티라는 이름으로 지금에 이르고 있으니 참으로 역사적인 음식이라 하겠다.

차를 마실 때 굳이 격식이나 형식을 차릴 필요는 없다고 하지만 격식을 갖춘 티 테이블이 어떠한지, 차를 마시는 순서는 어떠한지 궁금할 때가 있다. 이 차는 언제부터 마셨으며, 먼 옛날에는 어떻게 홍차를 즐겼을까? 홍차의 나라 영국의 여왕은 특별한 티타임을 누렸을까? 아마도 최고 품질의 홍차를 마음껏 즐긴 사람이 바로 여왕이었을 것이다. 가장 아름다운 찻잔을 소유한 이도, 가장 맛있는 디저트를 맛본 이도 영국의 여왕이 아니었을까?

『엠마』『오만과 편견』으로 널리 알려진 작가 제인 오스틴(1775~1817)은 영국 사람들이 홍차를 즐기는 모습을 잘 묘사한 것으로 손꼽힌다. 소설 속 인물들은 당시 유행에 따라 홍차를 마시고 차에 곁들여진 다양한 음식을 즐겼다. 점잖은 신사와 귀부인도, 소박하고 철없는 마을 처녀도 제각기 즐겁게 홍차를 마셨다.

제인 오스틴 역시 홍차를 좋아했고 다른 사람에게 홍차를 대접하는 것도 즐겼다. 아버지가 은퇴하고 가족 모두가 바스Bath라는 런던 근교의 휴양지에서 머물던 무렵에도 제인 오스틴은 질 좋은 차를 구입하기 위해 마차를 타고 런던까지 가는 수고를 마다하지 않았다. 그녀가 홍차를 사기 위해 들른 상점은 스트랜드 거리에 있는 트와이닝스 찻집이었다. 그곳에서 고급 잎차를 조금씩 구입한 후, 웨지우드 도자기 상점을 구경하며 마음에 드는 찻잔을 골랐다.

진하게 우려낸 홍차에 우유 없이 설탕만 넣어 마시던 제인 오스틴. 그녀의 깐깐한 차 습관은 집 안에서도 마찬가지였다. 값비싼 차와 다구, 설탕 등은 하녀들이 감히 만질 수 있는 물건이 아니었다. 제인 오스틴은 직접 차 보관함을 관리하며 찻잎을 정성스럽게 우려내 가족들의 아침식사 시간을 따뜻하고 풍요롭게 만들었다. 그녀가 마신 차의 향기는 과연 어떠했을까?

중국차는 16세기 무렵에 초콜릿, 커피와 앞서거니 뒤서거니 하며 유럽에 상륙했다. 유럽의 절대왕정들이 세계제패의 꿈을 품고 인도, 중국, 일본 등 아시아로 떠나던 시절, 극동 지역의 무역을 독점하던 포르투갈이 가장 먼저 중국차를 발견하게 된다. 하지만 당시에는 차에 대한 관심이 부족했고 리스본에 차가 첫발을 내디딘 것은 1600년대에 들어서다. 뒤를 이어 네덜란드인들이 중국, 일본과 무역을 시작하면서 1610년경 영국과 유럽 대륙의 중심부에 차가 입성하게 되고, 발 빠른 네덜란드인들은 중국의 다기를 비롯하여 차를 마시는 우아한 풍습까지 함께 들여오게 된다.

'신이 주신 음료'라 불리며 유럽의 입맛을 사로잡은 차는 1650년대에 들어오면서 왕실과 귀족들의 일상 음료로 자리 잡게 된다. 영국에서는 1656년 토머스 개러웨이가 커피하우스에서 찻잎을 판매하면서 차를 마시는 풍습이 널리 정착했으며 커피, 초콜릿 등 따뜻한 음료는 영국인의 입맛을 바꾸게 된다. 1700년대 이후로는 수많은 커피하우스가 등장하여 차의 보급에 큰 역할을 했다.

유럽의 다른 나라보다 유독 영국에서 차가 인기 있었던 것은 알코올이 들어 있지 않은 이 음료를 여성들이 특히 사랑했기 때문이라고 분석하기도 한다. 17세기 영국에는 동방의 아름다운 물건들과 차와 음료를 구경하고 구입할 수 있는 '인디아 하우스'India House가 있었는데 여왕을 비롯해서 여성들이 자주 출입하며 이국적인 분위기에 흠뻑 젖었다고 한다.

제인 오스틴이 특별한 애정을 보였던 '트와이닝스'는 영국에 홍차가 정착되고 점점 확대되던 시기를 증언하는 유서 깊은 홍차회사다. 1706년 토머스 트와이닝은 런던에 커피와 홍차를 판매하는 톰스 커피하우스를 개점하여 차와 커피의 맛을 영국인들에게 전파했다. 이때부터 시작된 트와이닝스는 빅토리아 시대에 이르러 영국 왕실에 홍차를 제공하는 권위 있는 홍차회사로 성장했고 지금까지 영국을 대표하는 홍차 브랜드로 전 세계의 다양한 계층에서 사랑받고 있다.

당시 커피하우스는 단순히 커피만 마시던 곳이 아니었다. 지식인들이 모여 신문을 돌려 읽고 토론을 벌이거나 정치적인 담론을 형성하던 문화와 정치의 중심지였다. 커피와 홍차는 남녀노소를 가리지 않고 널리 사랑받는 음료가 되었지만 정작 커피하우스는 남자들만 출입이 허용된 특별한 사교와 정보의 장이었다. 당시만 해도 여성들은 차를 구입하러 상점에 출입할 수 없었고 집 바깥에서 시간을 보내며 차를 마신다는 것은 있을 수도 없는 일이었다. 남자 하인을 시켜 차를 구입하게 하는 것이 최선의 방법이었다.

토머스 트와이닝은 1717년 커피하우스를 확장하면서 여성들도 마음껏 차를 구경하고 마음에 드는 차를 구입할 수 있는 티숍 '골든 라

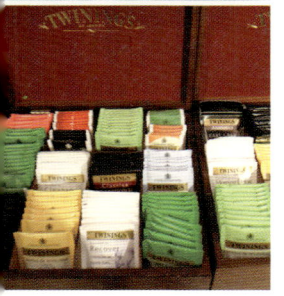

이언'Golden Lyon을 개장했다. 여성들로부터 폭발적인 호응을 얻었음은 두말할 필요도 없을 것이다. 남자들처럼 혼자서 레스토랑이나 커피하우스를 출입하는 일은 아직도 요원했지만 머지않아 제인 오스틴처럼 젊은 여성들이 런던 시내를 쇼핑하거나 바깥에서 과자와 차를 맛보는 일도 가능해졌다.

거리에서 차를 마신다는 것, 집 안이 아닌 곳에서 다른 사람들과 만남을 가진다는 것은 당시 여성들에게 자유를 선사한 것이나 마찬가지였다. 외출용 재킷을 입고 장갑에 양산, 모자까지, 갖출 것이 많았지만 여성들의 나들이는 즐거웠을 것이다. 쇼핑을 끝내고 케이크 가게나 티숍에서 차를 마시며 휴식하거나 레이디들이 함께 모여 담소를 나누는 장면도 점점 흔한 풍경이 되었다. 그녀들도 찻잔을 앞에 두고 때로는 아름다운 로맨스를 꿈꾸거나 때로는 구질구질한 일상의 답답함을 수다로 풀지 않았을까? 약간의 자유와 일탈이라는 일상의 쉼표를 티룸의 차 한 잔에서 발견했을 것이다.

홍차가 영국인의 생활 속으로 들어온 것은 1700년대였지만 애프터눈 티가 대중화되고 다채롭게 발달하기 시작한 것은 1800년대 중반의 일이다. 이 시대 이전까지만 해도 저녁식사, 즉 디너의 개념이 지금과는 달랐다. 정찬의 개념인 디너는 하루 일과 중 가장 큰 식사로 오후 2~3시쯤 이루어졌다. 그전에는 간단한 아침식사를, 그 이후에는 차와 디저트로 저녁 일과를 마무리하는 것이 이들의 식사 개념이었다.

　그러나 도시의 풍습은 조금씩 달라지기 시작했다. 귀족들의 파티는 자정이 넘도록 이어졌고 아침을 일찍 시작할 필요가 없는 도시사람들은 정찬시간을 점점 늦춤으로써 새로운 유행을 만들었다. 정찬시간은 저녁 6시에서 7시로, 다시 8시로 늦춰졌으니 간단한 식사만으로 정찬 때까지 견디기가 어려웠을 것이다. 점심식사와 정찬 사이의 긴 허기를 메워준 것이 바로 오후 4시에서 5시경 맛보는 '애프터눈티'다.

　빅토리아 여왕의 측근이기도 했던 베드포드 공작부인 안나 마리아는 여느 때처럼 지루한 오후를 보내고 있었다. 치장을 하거나 손님들과 담소를 나누는 일은 늘 되풀이되는 일과일 뿐이었다. 게다가 짧은 점심시간 이후 만찬까지 기다리려니 귀부인 체면에도 허기를 견딜 수가 없었다. 그녀는 조용히 하녀를 불러 간식거리와 홍차를 가져오라고 지시했고 남몰래 든든한 오후를 즐겼다.

때로는 오후의 티타임에 친구들을 초대하여 달콤한 오후를 만끽했다. 이후 많은 귀족들이 베드포드 공작부인의 티타임을 흉내 내기 시작했다. 배고픔이 빚어낸 어쩔 수 없는 선택이었던 애프터눈티는 점점 규모가 커져 새로운 풍습을 만들어낸다. 아름다운 도자기와 화려한 커틀러리로 테이블을 세팅한 후 손님들을 초대하여 홍차와 디저트를 풍성하게 즐기는 애프터눈티의 전통은 이렇게 시작되었으며, 어느새 이 새로운 풍습은 궁정으로 옮겨져 여왕이 즐기는 티타임으로 발전했다.

애프터눈티는 더 이상 허기를 면하기 위한 잠깐의 휴식시간이 아니다. 다양한 주제로 담소를 나누는 교류의 현장이자 차를 통해 세련된 매너를 발휘하고 또 배우는 장소가 되었다. 영국인들은 아침부터 잠들기 전까지 수차례에 걸쳐 티타임을 갖는데, 그중에서 가장 격식 있게, 모든 것을 갖추고 정성껏 준비하는 티타임이 바로 애프터눈티다.

전통적으로 차는 집 안의 안주인이 직접 준비했다. 차를 우리는 것은 요리처럼 까다롭고 섬세한 일이어서 남자들은 다구 근처에 얼씬도 못했으며 차건 다구건 설탕이건 모두 값비싼 물건들이기에 하인들이 함부로 다룰 것들이 아니었다. 따라서 애프터눈티는 안주인의 섬세한 감각과 취향을 마음껏 표현할 수 있는 여성들만의 세레모니였다. 알맞게 잘 구운 과자와 케이크가 꽃장식이 수놓인 접시에 담기고 윤이 나게 잘 닦은 스푼과 포크가 테이블에 가지런히 놓였다. 정성껏 손질한 정원에서 탐스럽게 피어난 꽃들이 테이블을 한층 화려하게 장식하기도 했다. 햇볕이 잘 드는 테라스에 아리따운 귀부인들이 자리 잡고 앉으면 뜨겁게 우려낸 홍차가 찻잔에 가득 담긴다. 값비싼 설탕과 고소한 우유는 취향대로 선택하면 된다. 때로는 향을 돋우는 럼이나 몰트위스키도 독특한 맛을 원하는 사람들을 위해 준비되었다.

애프터눈티는 나른한 오후를 새롭게 일깨워주고 처진 기분을 환기시켜줄 수 있도록 부드러운 홍차를 선택한다. 풍부한 감칠맛을 가진 다즐링이나 은은한 과일향이 가미된 홍차도 좋다. 라임의 일종인 베르가모트의 상쾌함이 가미된 얼그레이도 애프터눈티에 어울린다. 지금까지 오랫동안 사랑받아온 애프터눈티의 블렌딩 정보를 살펴보면 이렇듯 편안하고 부드러우며 약간의 악센트를 가미하여 기분을 상쾌하게 해주는 차들이 많다. 아마드Ahmad나 위타드Whittard of Chelsea의 애프터눈티는 베르가모트가 가볍게 가미되어 있고, 국내 홍차 브랜드인 다질리언Darjeelian의 애프터눈티는 꽃과 과일의 향이 풍성하게 더해져 독특한 풍미를 자랑한다.

일상이 바쁜 현대인들에게 여유롭고 풍성한 애프터눈티를 즐길 수 있는 시간이 과연 있을까? 크림티는 애프터눈티의 대안으로 등장한 것은 아니지만 오후 시간의 짧은 휴식에는 더없이 적당한 선택이다. 전통적인 티타임의 관습을 지켜나가고 싶지만 좀 더 간소한 차림으로 대체하여 시간 부담은 줄이고 티타임의 즐거움은 고스란히 누릴 수 있는 현명한 방법이니까. 바쁘게 움직여야 하는 여행자들에게 크림티는 런던의 오후를 기억하는 특별한 순간이 될 것이다.

Tea for one

찻잔과 티포트가 아래위로 포개져
있어 사용하기에 편리한 일인용 다
구 세트. 혼자만의 티타임에 요긴
하게 사용할 수 있다.

Tea pot

다관, 찻주전자라고도 한다. 투명한 유
리제품은 잎차의 움직임이나 찻물의 색
을 확인할 수 있어 편리하다.

Instruments

Tea strainer

찻잎을 걸려주는 차 여과기. 찻잔에 올
려서 사용한다. 도기로 된 스트레이너
가 모양이 우아하기는 하지만, 이중망으
로 된 것이 가장 깔끔하게 걸러진다.

Tea cup & saucer

취향에 따라 선택한다. 다양한 스타일을
갖추고 있다면 티타임의 성격과 홍차의
분위기에 따라 멋지게 세팅할 수 있다.

Tea measer

한 번 우릴 정도의 잎차를 덜어
내는 계량스푼. 한 스푼 덜어내
면 3g 정도.

Tea sac
인퓨저나 티백과 같은 역할을 한다. 잎차를 티색에 담아
다관에서 우려내면 잎차를 거를 필요가 없다.

Tea cozy
다관이 계속 따뜻한 온도를
유지할 수 있도록 덮어주는
보온용 덮개.

Tea infuser
잎차 우리는 도구. 잎차를 인퓨저에
담아 티포트에 넣으면 잎차를 거를
필요가 없다.

for tea

Timer
모래시계나 전자타이머가 있
으면 우리는 시간을 조정할 수
있다. 모래시계는 3분과 5분
짜리 두 가지가 있으니
적당한 것을 고르도록.

Milk jug
진한 홍차에 우유를 부어 마시도
록 밀크 저그를 함께 차려낸다.

Sugar bowl
각설탕이나 슈가록, 감미료도
취향에 따라 곁들인다.

Tea bag tray
우러난 티백을 찻잔이나 티포트에 계속 둘
수는 없는 일. 티백 트레이에 얌전히 올려
놓으면 티타임이 깔끔해진다.

CLUB PATRIOTIQUE DE FEMMES.

5
하이티의
비밀

저는 지금 세계에서 가장 화려한 거리라 불려도 손색없을 그곳, 도쿄 긴자에 있답니다. 거대한 대로가 격자로 이어진 골목 곳곳에 명품 브랜드의 플래그십 매장이 하나씩 자리 잡고 있지요. 버버리와 디올이 어깨를 맞대고 있고 샤넬과 루이비통이 힘을 겨루는 이곳의 하늘은 수많은 브랜드들이 장악해버렸네요.

지금 제 앞에 미츠코시 백화점이 나타났어요. 참새가 방앗간을 그냥 지나치지 못하듯 백화점 안으로 쑤욱 빨려 들어가고 맙니다. 우선, 패션 매장과 화장품 매장을 산책하듯 둘러보았지요. 그러다 달콤한 향기에 이끌려 지하에 있는 푸드홀로 발길이 움직여지네요. 고급스런 초콜릿, 케이크, 일본식 전통 과자… 도대체 어떤 것을 선택해야 할지 모르겠군요. 모두 다 너무나 아름다워서요. 입맛을 다시다가 문득 생각이 났습니다. 이곳에 해로즈 티숍이 있다는 것을요.

런던의 최고급 백화점 해로즈의 헤리티지를 그대로 느낄 수 있는 럭셔리한 홍차 해로즈야말로 긴자와 가장 잘 어울리는 홍차가 아닐까요! 전 이곳에 오면 늘 기분이 좋아진답니다. 멀리서 해로즈를 상징하는 테디베어가 보이는군요. 저기, 모퉁이만 돌면 바로 그곳이어요. 저 테디베어를 볼 때마다 곰 인형 따윈 사본 적 없는 저도 가슴이 두근두근합니다. 유치하다고 내던졌을 비닐 쇼핑백이나 기념품 인형도 해로즈라는 로고가 새겨져 있다면 눈빛이 달라지게 되지요. 해로즈 안에서는 모든 것이 빛이 난답니다. 오, 여기가 홍차의 명가 해로즈구나.

해로즈를 마시는 것은 런던의 명품을 마시는 것이라 할 수 있지요. 홍차의 샤넬이라고 불러도 되겠지요? 해로즈만의 독특한 블렌딩이라 불리는 넘버49은 샤넬의 고혹적인 향수 넘버5를 능가하는 마력을 지녔답니다. 자신의 잠옷을 샤넬 넘버5라 했던 여배우가 있었다지요? 나는 나의 저녁식사를 해로즈 넘버49이라고 하려고 해요. 샤넬 향수의 가격이 깜짝 놀라게 비싼 것처럼 해로즈 넘버49의 가격도 다른 홍차에 비해 턱없이 높은 것까지 완전 닮은꼴입니다. 사실, 런던에선 그렇게 비싸지 않다지요. 넘버49에 열광하는 일본에서만 유난히 이 홍차의 가격이 높다고 하지만, 뭐 어때요? 액세서리 두르듯 하나쯤 사는 것도.

해로즈에서는 꼭 홍차를 사야만 해요. 다른 사람들에게 선물할 때도 최고죠. 제 친구들도 해로즈의 49번만 마신답니다. 어떤 게 가장 비싼 홍차인가요? 저는 그냥 가격만 봐요. 그리고 보니 기념품 테디베어도 오늘따라 털 빛깔이 윤이 흐르며 늠름해 보이는군요. 비닐로 코팅된 해로즈 쇼핑백도 유용할 것 같고요. 모두 사고 싶어요!

잠깐, 이 홍차는 뭐죠? 제 눈에서 번쩍 빛이 납니다. 홍차 이름이 하이티라고 해요. 이건 하이~럭셔리한 스타일을 사랑하는 나에게 딱 맞는 홍차가 아니겠어요? 이런 홍차를 발견해서 너무 기뻐요.

오늘 하루 힘들었어요. 오늘은 쇼핑을 오래 할 상황이 아니에요. 이미 현금은 떨어졌고 카드도 한도에 이르렀거든요. 근사한 저녁도 편안한 택시도 오늘은 안녕해야겠어요. 양손에 쇼핑백을 들고 지하철 타는 것, 정말 힘든 일이지요. 호텔까지 몇 번이나 갈아탔는지… 벌써 출출해지네요. 오늘도 낮에 산 간식과 뜨거운 홍차로 저녁을 해결해야겠어요. 실은 며칠째 이러고 있지요. 백화점에서 실컷 쇼핑한 다음에는 늘 호텔방에서 싸늘하게 식은 삼각김밥으로 저녁을… 조금 우울해지려 하네요. 참, 아까 그 홍차 어디 갔지? 내 스타일에 딱 맞는 하이티. 하이티를 마시니 손바닥만 한 호텔도 넓은 스위트룸처럼 느껴지고 말라빠진 빵조각도 한 상 잘 차려진 만찬 테이블 같군요. 홀짝…

어어, 그런데, 여기 뭐라고 씌어 있는 거지?

"…하이티는 19세기 중반, 도시의 노동자들이 6시경에 식은 고기와 빵에 곁들여 마시던 홍차를 칭한다. 근사한 저녁식사를 상상하지 못했던 도시 노동자들의 애환이 담긴 홍차로 애프터눈티가 귀족계층에서부터 서민층으로 유행했다면 하이티는 서민층에서 시작된 새로운 형태의 홍차 문화이다…"

저는 그만 찔끔 놀라 찻잔만 바라봅니다. 그렇지만 이 홍차의 향은 유난히 구수하네요…

하이티는 홍차의 역사에서 독특한 의미를 지닌다.

홍차는 처음 영국 사회에 전래될 무렵부터 아주 값비싼 몸값을 자랑했기에 일반 서민들은 감히 꿈꿀 수 없는 물건이었다. 그래서 주인이 마시고 남은 홍차 찌꺼기를 하인들이 몰래 말려서 다시 팔기도 했고 각종 밀수도 난무했다. 그만큼 홍차 유행이 폭발적이었던 듯하다. 1800년대 중반 무렵 영국이 인도를 식민지화함으로써 홍차를 좀 더 풍부하게 수급할 수 있게 된 후 영국에서는 귀족에서 하층민까지 홍차를 일상적으로 맛볼 수 있게 된다.

차가 전해지기 전에는 영국에 뜨거운 음료가 존재하지 않았다. 사람들은 고기와 맥주를 아침부터 먹어왔는데, 홍차가 일상적으로 즐기는 음료가 된 후에는 이러한 부담스러운 아침식사가 홍차 한 잔과 따뜻한 빵으로 대체되었다. 홍차는 식사시간마다 알코올이 부담스러운 사람들의 속을 따뜻하게 풀어주는 일상 음료가 되었다. 일과를 마친 후에는 온 가족이 모여 뜨거운 차를 마시며 차가운 고기와 딱딱한 빵으로 저녁식사를 했다. 부실한 식사에도 차가 곁들여지니 한결 풍요롭게 저녁시간을 보낼 수 있었다.

하이티는 차를 곁들이는 간단한 저녁식사를 뜻한다. 점심 즈음에 푸짐하게 정찬을 먹은 후 잠들기 전에 차를 마시며 요기하는 시간이다. 런던의 귀족들은 밤늦은 시간에 이루어지는 정찬까지 허기를 참을 수 없어 애프터눈티를 마시게 되었지만 시골 농장에서 일하는 사람들이나 도시 노동자들은 이런 생활과는 거리가 멀었다. 그들은 하루 일을 마치고 집에 돌아와 차가운 고기나 파이를 차와 함께 차려 따뜻하고 소박한 저녁을 먹었고 이를 하이티, 혹은 고기와 함께 먹는다 하여 '미트티'meat tea라고 불렀다.

하이티는 만찬이나 파티로 바쁜 런던의 귀족들보다는 도시의 노동자나 중산층, 시골지역의 젠트리gentry들이 조촐하고 시끌벅적하게 저녁식사를 즐기는 시간이었다. 무늬 없는 깨끗한 흰 테이블보에 진한 홍차가 가득 들어 있는 커다란 찻주전자가 놓이고 구운 고기, 스모크 햄, 달걀과 베이컨이 든 파이, 큼직큼직하게 썬 치즈 플레이트, 샌드위치와 따끈하게 데운 케이크 등 푸짐한 식탁에 둘러앉아 이야기를 나누며 식사를 마쳤다. 벽난로가 설치된 식당에서 가족들끼리, 혹은 이웃과 친구들이 함께해 허물없이 즐기는 저녁식사는 소박한 일상의 기쁨을 마음껏 만끽하는 시간이었다.

애프터눈티가 차의 귀족적인 면모를 과시하는 티타임이라면 하이티는 차의 실용적이고 효용적인 부분을 부각시키는 티타임이다. 노동자들이 이른 저녁을 차와 함께 먹는 풍습은 점차 중산층으로 퍼져갔다. 애프터눈티가 귀족계층에서 서민층으로 내려온 풍습이라면 하이티는 서민들의 풍습이 중산층으로 전해진 것으로 이 두 가지는 영국의 대표적인 티타임 풍경이 되었다.

"티!"

결재서류를 마무리한 여왕은 두 손을 맞잡고 반가운 얼굴로 티 테이블로 향했다. 뜨거운 찻잔을 들고 향을 음미하려는 순간, 전화가 울렸다. 여왕은 실망스런 모습으로 찻잔을 내려놓았다. 노여운 목소리로 수화기를 받아든 여왕은 간단히 용건을 나눈 후 얼른 찻잔을 다시 집어 든다. 영국 여왕 엘리자베스 2세의 모습을 담은 영화 〈더 퀸 The Queen〉의 한 장면은 영국인들에게 오후의 티 브레이크가 얼마나 중요한 일과인지를 보여준다. 여왕이건 사무직원이건 누구에게나 방해받지 않고 편안하게 휴식하고 싶은 순간이 필요한 것이다.

하이티 외에도 노동자들의 풍습이 지금까지도 유지되는 것이 있으니 오후의 티 브레이크다. 오후 업무 중 홍차를 마시며 잠깐 휴식하는 티 브레이크는 산업혁명 이후부터 지속되어온 영국 사회의 오랜 전통이다. 산업혁명기에 도시로 모여든 사람들은 늘 배가 고팠다. 마실 것도 먹을거리도 부족했던 시절, 많은 사람들은 알코올을 마시며 인생의 시름과 배고픔을 잊곤 했다. 공장에서는 알코올에 찌든 노동자들이 많았고 늘 사고가 잦았다. 홍차가 이들의 생활을 바꾸어 놓았다. 공장에서 휴식시간에 홍차가 제공된 후, 알코올로 인한 사고도 줄고 사람들도 훨씬 건전한 생활을 하게 되었다. 이러한 티 브레이크 덕분에 공장의 업무능력은 더욱 향상되었다. 티 브레이크 전통은 영국 전체에 널리 퍼져 나갔다.

우리에게는 커피 브레이크로 더 알려진 오후 휴식시간이 티 브레이크라는 이름도 갖고 있다는 것을 기억해두자. 오후의 티 브레이크뿐만 아니라, 점심식사 전인 10시 30분에서 11시 사이에 가볍게 기분전환을 위한 티를 마시기도 한다. 이를 '일레븐시즈'라고 부른다. 복잡한 업무의 스트레스를 잠시 내려놓는 배려의 시간인 동시에, 차의 풍부한 맛과 향기를 음미하며 자신에게 더욱 집중할 수 있는 순간인 것이다.

런던에서는 오후의 티 브레이크보다 일레븐시즈를 더욱 선호한다고 한다. 오전 일을 어느 정도 마무리한 후에 잠시 숨 돌릴 틈을 주는 11시의 티타임은 직장인에게 꽤 괜찮은 관습이다. 회사에서도 이 시간이 되면 차를 우려낼 물을 끓이느라 분주해지는데, 아예 일레븐시즈를 공식적으로 두고 있는 회사들도 많다고 한다. 런던은 다양한 문화의 사람들이 혼재된 곳이라 점점 전통적인 제도가 사라지고 있는 상황이지만 여전히 영국 본토인이 경영하는 회사에서는 철저하게 지켜지고 있다.

English
milk tea blend
3g × 8bags
Afternoon Tea

6
밀크티에
관한
추억

대학 초년생 때 내가 처음으로 커피 맛을 볼 무렵에는 '카페'라는 이름이 낯설게 여겨졌다. 스타벅스가 없던 시절이라고 하려니 몹시도 오랜 옛날처럼 여겨지긴 하지만, 그때도 프랜차이즈 커피점이 있긴 했다. 지금은 기억 속에나 남아 있을 '자댕'이나 '도토루' 같은 이름들. 에스프레소나 핸드드립 커피는 메뉴에 없었지만, '○○커피전문점'이라는 간판이 붙은 곳에서 커피도 마시고 모임도 갖고 미팅도 하곤 했다. 어떤 커피전문점에서는 밀크티라는 메뉴를 맛볼 수 있었는데, 이것이 꽤나 맛깔스러웠다. 수입상점에서 판매하는 립턴 옐로티 티백에 뜨거운 우유를 부어 내왔는데 고소한 맛이 그렇게 좋을 수가 없었다. 찻물이 우러나면서 하얀 우유는 점점 노르스름하게 변해갔고 밋밋한 우유 맛도 고소하게 물들어갔다. 무엇보다 달지 않고 쌉쌀한 맛이 어린애들은 모르는 어른들만의 음료라는 생각이 들었다. 그때 내 입을 즐겁게 해주었던 최고의 밀크티는 뜨거운 우유에 진하게 우려낸 티백 홍차, 딱 그 정도의 맛이었다.

예전에 맛나게 마셨던 밀크티 생각에 집에서 한번 만들어보기로 했다. 뜨거운 우유 한 컵, 그리고 티백 하나. 그런데 입맛이 변했는지, 차 맛이 예전과 다르다. 홍차의 쌉싸래한 맛과 우유의 고소함이 겉돌면서 우유 특유의 비린내가 느껴졌다. 뜨거운 우유에 잎차가 든 크리스털 티백을 넣어보았지만, 우유 막이 잎차에 엉겨 붙어 보기에도 좋지 않았고 제대로 우러나지도 않았다.

책에서 찾아낸 밀크티 레시피에 따라 브렉퍼스트 홍차를 진하게 우려내고 뜨거운 우유를 부어보았지만 맛이 제대로 살아나지 않았다.

설탕을 넣을까 말까 고민하는 동안 차는 미지근하게 식어버렸다. 홍차의 미묘한 맛이 살아나기는커녕 느끼하게 식어가는 홍차를 보고 있자니 한심한 생각이 들었다. 맛난 밀크티, 과연 어떻게 해야 만들 수 있을까?

홍차를 즐기는 사람치고 밀크티에 도전해보지 않은 사람이 없을 것이다. 진한 홍차를 부드럽고 풍부하게 해줄 뿐만 아니라, 약간 출출하다 싶을 때나 추위를 느낄 때 한 잔의 밀크티는 그 어떤 것보다 위를 달래주고 마음까지 따스하게 풀어준다. 하지만 우유와 홍차의 배합과 온도에 따라 밀크티의 성공 여부가 달라진다. 어느 정도 우리느냐, 어떤 종류의 찻잎을 쓰느냐, 꿀이나 설탕, 혹은 시럽을 넣느냐에 따라 맛과 향이 달라지기도 한다.

이론상으로는 충분히 납득이 가지만 실제 밀크티를 만들어보면 늘 실패하게 된다. 홍차를 가장 맛있게 만드는 골든 룰이 있듯, 밀크티도 재료의 황금비율이 존재하지 않을까? 밀크티를 맛있게 마셨던 기억을 더듬으니 페코 티룸과 델 문도, 에이본 티 하우스 등 몇 군데 티룸이 떠올랐다. 그때의 맛을 기억하여 응용해보면 내 입맛에 딱 맞는 밀크티를 찾아낼 수 있지 않을까? 그럼 이제 밀크티를 맛보러 가자.

밀크티, 행복했던 기억들

잠을 깨기 위해 하루 중 가장 진한 홍차를 마시는 아침에는 밀크티의 역할이 크다. 영국 가정에서는 아침마다 잉글리시 브렉퍼스트나 아삼 같은 다소 무겁고 진한 차에 우유를 넣어 마신다. 진한 홍차와 부드러운 우유가 둘 다 절실한 아침에 가장 적합한 메뉴다. 부드러운 맛도

일품이지만 우유의 영양도 함께 섭취할 수 있으니 든든한 포만감이
들었을 것이다. 가벼운 식사와 뜨거운 밀크티 한 잔이면 아침나절이
거뜬하다. 프랑스에는 '카페크렘'cafe créme이라는 메뉴가 있는데 더블
에스프레소와 우유를 담은 밀크 볼을 함께 준다. 홍차건 커피건 우유
는 진한 것을 부드럽고 고소하게 만드는 비범한 재주를 지녔다.

도쿄를 여행할 때는 홍차전문점에 자주 가게 된다. 홍차를 사거나
올해의 햇차를 마시러 작정하고 갈 때도 있고 우연히 예쁜 티룸을 발
견해서 슬쩍 발걸음할 때도 있다. 긴자를 헤매다 쉬어갈 겸 애프터눈

티 리빙Afternoon Tea Living의 티룸으로 걸음을 옮겼다. 도
쿄의 큰 거리마다 쉽게 찾아볼 수 있는 캐주얼한 리빙
브랜드인데, 베이커리와 티룸도 함께 있어 구경하고 쉬
어가기에 좋은 곳이다. 자리에 앉아 애프터눈티와 스콘
을 주문했다. 따끈하게 데워진 찻잔과 티포트 가득 홍
차가 나왔고 따끈한 우유가 따로 담겨 나왔다. 잎차를

티포트에 담아서 우려낼 때면 첫 잔은 딱 알맞게 맛을 낼 수 있지만
첫 잔을 마시는 동안 티포트 속의 홍차는 찻잎이 계속 우러나기 때문
에 점점 진해진다. 이때 우유가 필요하다. 진하게 우러난 두번째 잔은
우유를 넣어 부드럽게 마시라는 뜻이다.

홍대 앞 카페 '델 문도'는 커피 대신 밀크티를 파는 곳이다. 간판
도 없고 번듯한 쇼윈도도 없어 아는 사람만 발걸음할 것 같은 아지트
형 카페인데 차만 판매하는 것이 재미있다. 마리아주 프레르와 포숑
Fauchon, 쉐무아Chez Moi 등 주인이 취향대로 고른 홍차와 호우지차, 센
차, 현미차 등 일본차를 마실 수 있는데, 이곳의 스페셜 메뉴는 바로

로열 밀크티다. 진하고 고소한 맛을 살리기 위해 우유의 비중을 조금 높였다는 이곳의 로열 밀크티는 설명대로 진하고 크리미한 감촉이 뛰어나다. 우유의 깊은 맛이 다소 부담스럽게 여겨질 수도 있지만 천천히 마시다보면 설탕이나 시럽 없이 본연의 맛을 느끼는 게 가장 좋다는 것을 알게 된다.

성북동에 있는 '에이본 티 하우스'는 포트넘 앤 메이슨Fortnum & Mason 홍차로만 메뉴를 구성했는데, 이곳에서 맛본 로열 밀크티도 좋았다. 우유의 양이 많은 듯 느껴졌지만 잡맛이 느껴지지 않고 차의 구수함과 우유의 부드러움이 원래 하나의 음료인 것처럼 잘 어우러졌다. 뜨거운 차도 묵직하고 데운 우유도 묵직한 맛을 가졌는데, 어찌 이 둘이 합하여 하늘하늘 가벼운 느낌이 드는 걸까?

삼성동에 있는 홍차전문점 '페코 티룸'에서 맛본 메이플 밀크티는 가장 인상적인 밀크티였다. 크림 거품을 풍성하게 올려놓아 보기에도 먹음직스러운 이 홍차는 달지 않으면서도 풍부하고 부드러운 밀크티의 맛 그대로였다. 크림 거품 가장자리로 가볍게 메이플 시럽의 맛과 향이 솟아올라 홍차를 한 모금 마실 때마다 부드러운 크림과 달콤한 시럽이 함께 입 안으로 흘러들었다. 설탕이나 꿀과는 다른 깊은 감칠맛이 있어 고소한 홍차의 맛을 더욱 달콤하게 만들어주지만 과하게 단맛을 주지는 않는다. 약간의 시럽이 이토록 근사한 맛을 낼 줄이야.

밀크티를 만들 때는 무엇보다 우유와 차 맛이 조화로워지는 접점을 찾는 것이 중요하다. 또한 우유를 데울 때도 질감이 묵직해지지 않도록 온도를 잘 조절해야 한다. 단골찻집의 밀크티 레시피를 배워오는 것은 불가능하지만 맛의 비밀은 조금 알 것 같다.

밀크티 하면 '로열 밀크티'가 가장 먼저 떠오른다. 로열 밀크티의 레시피를 백과사전에서 찾아보면 진하게 우려낸 홍차와 우유를 섞을 때 위스키를 살짝 가미한다고 한다. 뜨거운 홍차로 인해 알코올 향이 날아가고 깊은 맛만 남는 위스키와 우유의 만남. 왠지 귀족들이 즐겼을 만한 섬세한 차라는 생각이 든다. 아마도 영국 왕실에서 밀크티를 즐긴다면 이런 스타일이 아닐까? 전통적인 스타일의 로열 밀크티는 뜨거운 홍차에 찬 우유를 넣어 마시는 일반적인 모닝 밀크티와는 격이 다른 세련됨을 표현하고자 했을 것이다.

일본에서 새롭게 변형된 로열 밀크티 레시피를 찾아보면, 우유를 끓기 직전까지 데운 후 잔에 붓고 진하게 우려낸 홍차를 담는 스타일이다. 취향에 따라 약간의 감미료를 넣어 맛을 조절해준다. 우유가 먼저냐 홍차가 먼저냐는 닭이 먼저냐 달걀이 먼저냐의 질문과 같다.

홍차를 늘 가까이하면서 자신의 글 속에 홍차에 대한 이야기를 남겼던 소설가 조지 오웰은 차를 마실 때 설탕을 넣는 것을 절대적으로 반대했지만 우유에 대해서만은 너그러웠다. 그는 밀크티를 마실 때는 홍차를 먼저 붓고 우유를 나중에 넣어야 차의 농도를 조절할 수 있다고 강력하게 주장한다. 어떤 사람들은 그럴 경우 홍차의 뜨거운 온도 때문에 우유가 응고되어 단백질막이 생긴다고 우려의 목소리를 드러낸다. 홍차는 팔팔 끓는 물에 우려낸 것이므로 뜨거운 홍차를 붓는다면 아무리 데운 우유라고 해도 맛이나 영양 면에서 변성될 수밖에 없으니, 아쉽지만 조지 오웰의 홍차 이론은 접어두고 우유를 먼저 넣은 후 홍차를 살살 부어주는 방법을 활용해보도록 하자.

Chez moi

CARAMEL

Cinnamon Tea Set
Chocolate Tea

Straight tea or Milk tea
Enjoy to your taste!

내가 가진 홍차들로 밀크티를 만들어보기로 했다. 우선 실버팟Silver Pot의 아삼 CTC와, 아삼과 실론이 섞인 카렐Karel의 홀리 밀크티Holy milk tea를 두고 어떤 것을 선택할까 고민하다가 아예 다른 것들도 꺼내보았다. 뜨거운 물에 찻잎을 담그자마자 검붉은 찻물이 진하게 우러나는 아삼 홍차는 밀크티에 가장 잘 어울리는 홍차다. 자잘하게 잘라 동글동글 말아놓은 CTC 제법*의 잎차는 일반 잎차보다 더 빨리 우러나고 더 깊은 맛을 느끼게 한다.

여기에 고소하고 달콤한 향이 가미되면 더욱 맛있는 밀크티가 만들어진다. 캐러멜, 초콜릿, 바닐라 등 크리미한 맛의 홍차가 특히 잘 어울린다. 과일보다는 밤, 아몬드 같은 견과류의 고소함도 밀크티와 잘 어울리며 초콜릿과 민트 향이 혼합된 초코민트도 브랜드에 따라 밀크티로 즐기는 경우가 많다. 얼그레이나 꽃향이 가득한 홍차는 신선한 맛이 묻혀버리게 되므로 우유와 섞을 때 주의해야 하지만 달콤한 맛이 있기 때문에 오히려 밀크티에서 제 몫을 단단히 해내기도 한다.

커다란 캐러멜 덩어리를 찻잎 속에 쑹덩쑹덩 썰어 넣은 듯한 쉐무아의 캐러멜티는 일본의 내셔널 브랜드인 쉐무아의 인기를 한국까지 이어준 장본인이다. 달콤하고 고소한 향기는 찻잎을 덜어내는 순간부터 기분 좋게 만들어주는데, 살포시 느껴지는 럼의 향기가 더욱 풍미를 돋운다. 밤향이 그윽한 카렐의 마룬티Maroon tea나 아몬드의 고소함이 입 안에 가득한 루피시아Lupicia의 쿠키Cookie도 마니아를 거느린 인기 홍차다.

*Crush, Tear, Curl. 부수고, 자르고, 동글게 모양 내는 것을 기계로 일체화시킨 방법.

하니 앤 선스Harney & Sons의 밸런타인 블렌드Valentine's Blend는 이름에서 느껴지듯 밸런타인데이를 위한 달콤한 초콜릿 홍차다. 초콜릿과 스파이스가 세련되게 어울려 깊으면서도 깔끔한 맛이 있다. 가장 풍미가 독특하고 깊은 차는 국내 브랜드인 다질리언의 모카 마주르카Mocha Mazurka다. 초콜릿, 아몬드, 럼에 커피콩까지 섞어 한번 맛보면 잊을 수 없는 진하고 고소한 맛을 남긴다. 그냥 마셔도 "아, 맛있다"라는 탄성이 절로 나올 만큼 풍미가 좋지만 따끈하게 데운 우유와 섞으면 깊은 향이 부드럽게 녹아들어 더욱 기분 좋은 맛을 준다.

밀크티를 좋아하는 사람들이 많다보니 일본 홍차 브랜드인 로레이즈Lawleys는 아예 밀크티 전용 홍차만 따로 모아 밀크티 셀렉션을 만들어 판매하기도 한다. 애프터눈티 리빙이라는 홍차 브랜드에서도 밀크티로 즐기면 좋은 바닐라와 초콜릿 홍차를 시나몬 스틱과 함께 세트로 꾸며 알찬 밀크티 박스를 내놓기도 했다.

요즘 프랜차이즈 커피전문점에는 커피를 마시지 않는 사람을 겨냥해서 티라테Tea Latte라는 메뉴가 등장했다. 진하게 우린 홍차에 뜨거운 우유를 붓고 우유 거품을 가득 얹었는데, 밀크티의 대중적인 버전인 셈이다. 대부분 티백 홍차나 홍차 파우더로 티라테를 만든다. 홍차와 감미료의 농도를 조절할 수 없어 차 맛보다 우유 맛이 더 강하고, 그 이상으로 단맛이 강해 마신 후에는 늘 아쉽기만 하다.

"조금 덜 달게, 조금 더 진하게." 이런 주문을 매번 하지만 반영될 리 만무하다. 차와 우유의 황금비율은 개인에 따라 다르지만, 너무 많은 우유와 설탕은 홍차 자체의 맛을 떨어뜨린다. 뜨거운 우유 맛만 느끼기에는 깊고 그윽한 홍차 맛이 너무 아깝지 않은가?

바쁜 아침, 진하게 우린 차에 따끈한 우유를 넣은 브렉퍼스트 밀크티도 좋지만 좀 더 맛과 향을 살린 색다른 밀크티에 도전해보자. 느긋한 일요일 아침에 어울릴 만한 우아하고 향긋한 메이플 밀크티 상차림.

Making a cup of MAPLE MILK TEA

메이플 밀크티(1인용)
밀크티에 어울리는 홍차 4g(아삼 혹은 밤, 초콜릿, 캐러멜, 바닐라, 럼, 위스키 향이 가미된 가향홍차), 물 150ml, 우유 100ml, 설탕이나 시럽 약간, 비스킷이나 쇼트 브레드

01 편수냄비나 밀크팬에 150ml 가량 물을 담아 팔팔 끓인다.

02 불을 끄고 홍차를 넣어 우린다. 티백은 티백 그대로 넣어도 좋고 잘라서 잎만 넣어주어도 좋다. 5분 정도 진하게 우려낸다.

03 숙우에 거름망을 받치고 찻잎을 걸러낸 다음 다시 차를 밀크팬에 옮긴다. 차를 걸러내지 않으면 밀크티를 끓이는 동안 계속 차가 우러나와 맛에 변화가 생긴다.

04 차가 담긴 밀크팬을 약한 불에 가열하면서 우유를 천천히 붓는다. 강한

불에 끓이면 우유막이 생기고 우유비린내가 난다.

05 가장자리에 조그마한 기포가 생길 때까지 천천히 끓여준 후 불을 끈다.

06 찻잔에 설탕이나 시럽을 약간 붓고 밀크티를 담는다. 메이플 시럽을 사용하면 독특한 달콤함이 느껴진다.

07 시럽은 우유를 넣을 때 함께 넣기도 하고, 찻잔에 밀크티를 담은 후에 뿌리기도 한다.

08 진저 비스킷이나 버터 쇼트 브레드를 곁들인다.

7
티 다이어리를
쓰기
시작하다

홍차를 즐기기 위해 몇 가지 규칙을 세워보았다.

첫째, 매일 홍차를 마신다. 사랑이 깊어지려면 그의 얼굴을 자주 보아야 하듯이, 홍차도 자주 마셔야 그 맛을 알게 될 것이니.

둘째, 녹차, 홍차, 보이차, 우롱차, 허브차… 세상의 차들을 가리지 않고 마셔본다. 세상에 얼마나 많은 차가 있는데 한두 가지 맛만 고집할 것인가?

셋째, 혼자 마시더라도 정성껏 우려내어 예쁜 찻잔에 마신다. 홍차를 마시는 시간만이라도 여유를 부려보는 것이 좋지 않겠는가?

넷째, 나 아닌 다른 사람을 위해 차를 끓여본다. 어떤 것이 그의 취향에 어울릴까 고민하는 시간도 즐겁고 그 홍차로 인해 상대방이 즐거워한다면 내 마음이 곱절로 행복해진다.

다섯째, 전문가가 차려놓은 찻상도 받아봐야 한다. 제대로 된 차 맛을 알아야 혼자서도 제대로 끓여낼 것이 아닌가?

여섯째, 홍차와의 만남을 기록한다. 그 홍차가 내게 어떤 인상을 주었는지 맛과 특징을 일기처럼 적어본다.

일곱째, 컬렉션의 기쁨을 누린다. 그림만 컬렉션 하는 것이 아니다. 차도 다양하게, 다구도 다양하게 갖추다보면 어느새 진정한 컬렉터가 되어 있겠지.

그저 홍차 마시는 게 좋아서 잎차 한 통, 티백 한 박스로 시작한 것이 어느덧 홍찻장을 짜고 다른 사람들에게 나눠줄 정도로 많은 홍차를 갖게 되었다. 가지각색의 홍차통, 티백 라벨 보는 재미에 하나씩 구입하다보니 이렇게 되었다.

찻장 안에 나란히 놓는 것이 힘들어 두 줄 세 줄로 포개서 정리하고, 조금 남은 것은 찻잎만 따로 모아 소분 포장을 해서 한 곳에 모으고, 티백은 티백대로 잘 보이도록 박스에 담아두고… 소꿉놀이하듯 가지고 놀았을 뿐인데 1, 2년은 너끈히 버틸 정도의 홍차가 모였다. 홍차로 가득 찬 홍찻장을 보면 뿌듯함이 밀려온다. 값비싼 가구도 아니고 그럴싸하게 꾸며놓은 것도 아니지만 이것만 있으면 그 누구도 부럽지 않다.

그동안 얼마나 많은 홍차를 마셨을까? 셀 수 없을 정도로 다양한 차 맛을 봤지만 그 맛을 하나하나 다 기억해내기란 불가능하다. 분명 마신 것 같은데 그 차 맛을 나중에 떠올리자니 가물가물하다. 차란 또 마실 때마다 맛이 얼마나 달라지는지… 적은 분량으로 얻은 샘플 차나 다른 사람들과 교환한 차들은 한 번 마시고 나면 흔적도 없으니 또 아쉽다. 티백 포장지의 예쁜 글자들, 찻잎 봉투에 붙여진 예쁜 라벨들은 그냥 버리자니 너무 아깝다. 구입한 것도 많고 마신 것도 많은데 그냥 흘려버리기 아쉬운 이야기들. 이런 이야기들을 기록으로 남겨보면 어떨까? '기록은 기억을 지배한다'는 광고문구도 있지 않은가?

그래, 차 마시는 것을 기록으로 남기는 거다. 요즘처럼 인터넷 블로깅이 활발한 시절에 새삼스럽게 종이 다이어리에 손글씨로 정리할 필요는 없다. 찻잎의 모양, 찻잎을 우려낸 찻잔, 차와 함께 맛있게 먹었던 과자, 차를 마시며 머릿속에 떠올렸던 공상, 함께 차를 마신 사람과 나눴던 대화, 그리고 차 향기에 어우러진 분위기… 책을 읽거나 텔

레비전 오락 프로그램을 낄낄거리며 본다 한들 어떠랴. 이런 것들을 디지털카메라로 툭툭 찍고 블로그에 기록해보자.

그래도 좋이 냄새를 느끼며 자분자분 손으로 써보는 것이 차 향기에 조금 더 어울릴 거라는 생각이 든다. 나는 도톰한 노트 한 권을 꺼내 홍차 다이어리를 써보기로 했다. 차를 마신 후 생각나는 대로 느낌을 쓰기도 하고 찻잎의 모양과 향이 어떠한지 느껴지는 대로 끼적거려본다.

특별한 에피소드가 있다면 생각나는 대로 쓰고 예쁜 티백 포장지도 잘라서 테이프로 붙였다. 스탬프도 찍어보니 재미가 쏠쏠하다. 하나하나 꼼꼼히 정리할 때도 있지만 시간도 없고 귀찮아질 때는 색연필로 쓱쓱 채워 넣거나 티백 라벨만 스티커로 붙이고 끝내기도 했다. 하나하나 페이지가 채워지는 것을 보니 어느덧 모양새가 그럴싸한 다이어리가 되어간다. 홍차를 앞에 두고 이런저런 일들을 하다보니 홍차를 마시는 일이 삶을 조금 더 특별하게 만들어준다는 느낌이 든다.

아무리 노력해도 차 맛을 기록한다는 것은 쉬운 일이 아니다. 와인을 테이스팅하듯 차도 '테이스팅한다'는 표현을 쓴다. 홍차 클래스에서 조금 접해보기는 했지만, 찻물의 색을 보고 차를 분별해내는 것이나 찻잎만 보고 차 맛을 유추하는 것은 아무래도 쉬운 일은 아니다. 발달된 미감을 타고났거나 기억력과 분석력이 뛰어나야 할 것이다.

하지만 차 맛을 느끼고 그 감상을 표현하는 일에 꼭 전문적인 식견을 피력하고 복잡한 어휘를 사용할 필요는 없다. 차도 마시다보면 익숙해지고 그 후에는 더 많은 것을 스스로 체득하게 된다. 다만 차에 대해 간단한 감상을 표현해가며 차 맛을 기억하고 차 본연의 이야기에 좀 더 가까이 가보려고 노력하는 것이 티 다이어리를 쓰는 이유라고 보면 되겠다.

인터넷 카페나 블로그에서 차 시음기를 쓰는 사람들의 글을 엿보면 차를 표현하는 데 다양한 방법이 있다는 것을 알게 된다. 차의 역사와 다양한 에피소드를 곁들여 문장 좋은 한 편의 수필로 완성하기도 하고 찻잎과 맛, 향을 곰곰이 분석하며 머릿속에 그려지는 풍경을 글로 옮겨내는 사람들도 있다. 그런 시음기들을 읽다보면 "나랑 같은 홍차를 마셨는데도 누군가는 이렇게 느끼기도 하는구나" 하며 흥미가 생기고 "아, 나도 이런 느낌이 들었었지"라는 반가움도 느끼게 된다.

나의 블로그 이웃인 레드키위 님은 거의 날마다 예쁜 홍차 시음기를 포스팅한다. 입 안에 감도는 맛을 하나하나 음미하고 혀끝을 요리조리 굴려보며 무언가 새로운 것을 발견한 듯 진지하게 홍차 이야기를 남긴다. 어제는 어떤 홍차를 마셨을까? 나는 아침마다 그녀의 블로그를 방문하며 기대감에 부푼다. 한 잔의 홍차도 맛있게 그리고 예쁘게 마시는 그녀의 홍차 시음기를 읽다보면 어느새 나도 입맛을 다시며 홍찻장에서 새로운 홍차를 꺼내고 물을 끓이게 된다.

블러드 오렌지 빛깔을 지닌 루후누Ruhunu.
우바와 비슷하지만 살짝 다른 느낌의 달콤함을 지닌 차예요. 우바는 장미정원에 찔레꽃까지 아름드리 있는 느낌이라면 요 루후누는 창문가에 꿀을 담뿍 품은 작은 장미향이 차를 마시고 있는 탁자 위로 바람 따라 들어온 느낌.
우바처럼 단맛과 장미향이 두드러지기만 하지는 않구요. 어찌 보면 딤불라

에서 흙냄새, 재냄새를 빼고 우바의 맛과 향을 섞은 것 같은데 아주 순하고 부드러워요. 전혀 떫거나 쓰거나 한 기색이 없네요.

맛의 끝에는 설탕을 녹여 캐러멜이 된 것처럼 입 안에 착 감기는 단맛이 여운으로 남아요. 아삼이 엿기름 효소에 분해되어 캐러멜 맛을 남긴다면 실론은 좀 더 깔끔하고 정제된 당의 캐러멜 맛을 가졌다는 느낌을 받았어요. 오늘 지나고 또 다른 실론과 아삼을 맛보면 어떻게 달라질지 모르겠지만요.

— blog.naver.com/redkiwi

티 다이어리에 쓰는 내용을 특별한 형식에 맞출 필요는 없다. 나 자신이 느낀 대로 차 맛을 표현하고 시간을 내서 곰곰이 나름대로 분석해보며 몇 마디 끼적거리는 것 정도면 된다. 나만의 기록이고 좀 더 예쁘게 차를 즐기는 방법이니까 어떤 내용을 쓰든 상관없다. 맛을 언어로 표현해보고 차에 대한 정보들을 나만의 언어로 바꾸어보면 좋겠다.

리디아 고디에Lydia Gaudier가 쓴 『차Le Thé』(Aubanel 출판사, 2007)라는 책에는 백차, 우롱차, 중국 다원의 녹차, 홍차 등 32가지 명차를 시음하고 정리한 도표가 들어 있는데 이를 참고하면 티 다이어리에 어떤 내용을 담을 수 있을지 도움을 얻을 수 있을 것이다. 32가지 차 중에서 '푸구리' 다원의 다즐링과 마리아주 프레르의 인기 홍차 '마르코 폴로'의 시음기 내용을 정리해보았다.

다즐링 푸구리 Darjeeling Phuguri — 인도 홍차

등급		SFTGFOP
차 유형		발효차, 여름에 수확한 차(세컨드 플러시)
재배지		인도 북부 푸구리 다즐링 다원
마시는 법		커다란 티포트에 우려낸 뒤 작은 그릇이나 찻잔에 부어 마심
마른 잎 상태	**형태**	노란빛이 약간 섞인 밤색의 찻잎
		은빛 실버팁이 골고루 섞여 있음
	향	나무 향, 플로럴 향
우려낸 찻잎	**형태**	녹색의 작은 찻잎 조각
	향	마른 찻잎에서 느껴지는 향과 유사함
		장미향이 은은하게 풍기고 오렌지향이 살짝 느껴짐
우려낸 찻물	**색깔**	금빛이 감도는 노란색
	향	우러난 찻잎의 향과 같음
	맛	가벼운 수렴성, 식물의 향기와 꽃향이 입 안에서 소용돌이침
곁들이면 좋은 음식		브런치, 서양배가 들어간 디저트

마르코폴로 Marco Polo — 가향홍차

등급		SFTGFOP
차 유형		중국 홍차를 베이스로 중국, 티베트의 꽃과 과일 향을 가미한 가향홍차
마시는 법		티포트에 우려낸 후 작은 그릇이나 잔에 부어 마심
마른 잎 상태	**형태**	짙은 밤색의 길쭉한 찻잎
	향	부드러운 바닐라와 꿀 향이 은은하게 묻어나는 훈연향
		시트러스 향도 살짝 느껴짐
우려낸 찻잎	**형태**	야생 찻잎
	향	나무 향, 라벤더 향, 베르가모트 향
우려낸 찻물	**색깔**	앰버
	향	꽃향과 바닐라 향
	맛	입 안을 둥글고 부드럽게 감싸는 듯한 맛, 마른 상태에서 느꼈던 향이 그대로 이어짐
곁들이면 좋은 음식		브런치, 열대과일이 든 타르트, 꿀이 든 패스트리

봄

8
봄,
다즐링의 계절

봄은 차의 계절이다. 우리나라의 녹차다원에서는 4월 초 청명과 곡우 사이에 가장 보드라운 새싹과 말캉말캉한 두 개의 잎을 따서 한 해의 가장 좋은 차를 만든다. 땅의 기운이 샘솟을 준비를 하는 새벽녘, 찻잎은 아기 손가락처럼 말랑말랑하고 아기의 두 뺨처럼 보드랍다. 이 맑은 찻잎이 빚어낸 순수한 햇차를 사려고 봄이면 차 많이 나는 남도 전역이 부산스럽다. 차를 좋아하는 사람이라면 이때를 놓치지 않고 차의 원산지 중국으로 향하기도 한다. 지역에 따라 풍미가 더욱 다양한 녹차, 백차, 우롱차를 찾아서 중국의 차밭을 거니는 사람들이 많아진다. 그리고 홍차를 사랑하는 사람들 또한 이 시기를 숨죽이고 기다린다. 바로 올해의 첫 다즐링이 나오는 시기이기 때문이다.

다즐링, 다즐링… 입 안에서 돌돌 구르는 단어가 예쁘기만 하다. '빛나다'라는 뜻을 가진 '대즐링'dazzling과 발음이 비슷해서일까. 반짝거리는 윤기, 부드럽고 포근한 느낌, 섬세한 질감을 가진 특별한 존재를 뜻하는 단어인 것 같다. 누군가 이런 이름을 가졌다면 차분하고 생각이 바른 젊은 청년이 아닐까? 타인을 배려하는 따뜻하고 다정한 성품을 가진.

'다즐링'Darjeeliing은 인도어로 '천둥이 치는 계곡'이라는 뜻이다. 고급 홍차의 대명사로 통하는 다즐링 홍차가 생산되는 인도의 북동쪽, 히말라야 산맥과 인접한 고원지대의 이름이기도 하다. 벵골의 서쪽이라 불리는, 천둥이 치고 안개도 잦은 고원지대. 이런 곳이라야 차나무가 잘 자란다.

평균 해발고도가 2천 미터를 넘는 이 지역이 차밭으로 변모하게 된 것은 영국의 식민 지배를 받은 1840년대부터다. 동인도회사가 점령하고 있던 다즐링 지역은 물 좋고 햇살 좋고 바람 좋은 곳이라 뜨거운 무더위에 지친 영국군 장교들이 여름철 요양하기에 좋았다. 동인도회사의 의사로 체류하던 캠벨 박사는 이곳에서 차를 경작해보기로 하고 중국에서 사들인 차나무 씨앗을 심어 다원을 만들었다. 네팔에서 넘어온 이민자들이 이 다원의 주된 일꾼들이었다. 시작은 미약하였으나 숱한 시행착오와 우여곡절 끝에 결국 세상에서 가장 감미로운 향기를 가진 차를 만드는 데 성공했고, 1850년대 이후 이 지역은 가장 유명한 차 재배지가 되었으며, 아삼차를 생산하는 아삼 지역과 더불어 세계 홍차시장을 이끌어가는 곳으로 성장하게 된다.

이렇게 중국의 차나무에서 파생된 다즐링은 녹차가 가진 우아하고 은은한 태생적 습성 위에 인도 특유의 진하고 풍부한 풍미를 더하여 이름처럼 입 안 가득 살살 구르는 향긋함을 느끼게 한다. 다즐링을 맛볼 때면 항상 "아, 좋다"라는 탄성이 저절로 나온다. 덖은 녹차 같은 구수한 향기, 입 안과 혀를 구석구석 은근하게 자극하는 맛, 깔끔한 뒷마무리까지 다즐링은 차가 가진 미덕을 모두 겸비했다. 사람으로 비유하자면 고귀한 기품을 가진 귀족이요, 와인으로 치자면 최고급 그랑 크뤼다.

봄이 찾아온 다즐링 다원에서 솜털 같은 새순과 보들보들한 어린 잎을 3월과 4월 사이에 수확하여 4월 말부터 어엿한 홍차의 모습으로 선보이는 봄차를 '퍼스트 플러시'first flush라 부른다. 봄에 수확한 첫물차라는 의미에서 다즐링 퍼스트 플러시는 홍차를 사랑하는 사람들이라면 가장 애타게 기다리고, 또 맛보고 싶어하는 차 중 하나다. 부드럽고 향긋해서 산뜻한 봄날처럼 기분 좋은 맛을 준다.

좀 더 단단하게 자란 잎을 5월 말에서 6월 초에 거둬들여 7월부터 맛볼 수 있는 여름차를 '세컨드 플러시'second flush라고 한다. 뜨거운 햇살을 받아 맛이 더욱 깊고 단단해졌지만 우아한 품격은 그대로다. 퍼스트 플러시는 녹차처럼 순하고 향긋한 풀냄새가 물씬 풍겨 녹차와 홍차의 중간 정도의 맛을 보이고, 세컨드 플러시는 좀 더 농익은 맛과 향, 색을 자랑한다. 퍼스트 플러시는 일본이나 우리나라 같은 아시아 권에서, 농염한 세컨드 플러시는 유럽에서 더 인기가 많다고 한다.

다즐링 햇봄차와 여름차가 거의 바닥을 비워갈 무렵인 늦가을에는 다즐링 가을차가 등장한다. 9월 중순부터 한 달간 수확하는 가을차를 '오텀널'autumnal이라 부른다. 좀 더 진하고 묵직하며 뜨거운 불의 향기가 느껴지지만 다즐링 특유의 부드러움으로 입 안에 쉽게 녹아든다.

여름과 가을 사이 우기가 찾아올 무렵에 수확한 찻잎으로 만든 '몬순 다즐링'이나, 흔하지는 않지만 '겨울 다즐링'도 있다. 절기상으로는 겨울이지만 일찍 찾아온 봄기운에 차나무에 새순이 돋아나는 경우가 있는데, 늘 맛볼 수 있는 차가 아니기에 더욱 귀한 차다. 희귀한 겨울차를 맛보고 싶다면 인도 북쪽 지방의 일기예보에 좀 더 귀를 기울여야 할 것이다.

다즐링이 특별한 이유는 즐길 거리가 풍부하다는 점이다. 해마다 봄, 여름, 가을, 겨울에 각기 풍미가 다른 계절별 차를 선보일 뿐만 아니라, 다즐링 지역 어느 곳에서 채취하느냐에 따라 차 맛이 달라진다. 다즐링 지역은 해발고도가 600미터에서 2,400미터에 이르며 전체 면적이 17,500헥타르에 달한다. '천둥'과 '번개'가 잘 어울릴 정도로 일 년 내내 다양한 기후 양상을 보인다. 강수량도 많으며 강한 햇볕이 차나무를 잘 자라게 해줄 뿐만 아니라, 추운 바람과 복잡한 토양이 찻잎의 맛과 향을 더욱 특별하게 해준다. 이러한 자연의 영향으로 같은 해 수확한 다즐링이라고 해도 지역마다 맛과 향이 조금씩 달라진다.

다즐링차 재배지는 '서부 다즐링' '동부 다즐링' '티스타'Teesta '미릭' Mirik '렁봉'Rungbong '북부 커슝'Kurseong North '남부 커슝'Kurseong South 등 대략 일곱 개의 지역으로 나눌 수 있는데, 이들 지역에 자리 잡은 다즐링 다원은 모두 팔십여 개에 이른다. 홍차를 전문으로 판매하는 홍차 재배지 농가인 다원을 '티가든'tea garden이라고 부르기도 하는데, 토양이나 기후, 일조량, 해발고도가 각기 다를뿐더러 다원들의 품질 관리 노하우에 따라 다즐링의 맛과 향은 천차만별 달라질 수밖에 없다. 마치 같은 품종의 포도라 하더라도 어떤 양조장에서 어떤 식으로 재배하는가에 따라 와인의 맛이 달라지는 것과 마찬가지다.

와인도 샤토 라투르나 샤토 무통 로쉴드 같은 최상급 프랑스 와인 양조장의 이름이 붙으면 '최고급 명품 와인'이라는 왠지 모를 믿음

이 느껴지는 것처럼 어떤 이들은 홍차다원의 이름을 통해서 그 홍차의 맛을 짐작하고 또 믿음을 갖고 구입하기도 한다. 따끈따끈한 햇차를 마시고픈 사람들은 유명한 다원에서 가장 좋은 찻잎을 심혈을 기울여 가공한 시즌 차를 선호한다. 탄탄한 명성을 지닌 다즐링 다원으로는 암부샤Ambootia, 아리아Arya, 캐슬턴Castleton, 샤몽Chamong, 굼티Goomtee, 고팔다라Gopaldhara, 해피 밸리Happy Valley, 정파나Jungpana, 마카이바리Makaibari, 마가릿 호프Margaret's Hope, 남링Namring, 오케이티Okayti, 숭마Sungma, 셀림봉Selimbong, 터보Thurbo 등이 있다.

하나의 다원에서 그해에 수확한 단일 품종의 차를 내놓는 것을 '빈티지 홍차' 또는 '싱글 에스테이트'single estate라고 부르는데 라벨에는 구체적인 다원명과 출하연도, 찻잎의 등급이 표기되어 있다. 그해에 출시된 싱글 에스테이트 다즐링은 다원에서 가장 좋은 잎으로 만든 홍차이므로 그만큼 가격도 높다.

일반적인 홍차 브랜드에서 '다즐링'이라고 소개되는 홍차는 그 브랜드가 제휴를 맺고 있는 여러 다원에서 각기 다른 수확기의 다즐링을 구입하여 블렌딩 전문가가 고객의 입맛에 맞도록 적절한 비율로 섞은 것이다. 빈티지 홍차를 좀 더 높은 등급의 홍차라고 이야기하지만 그렇다고 블렌딩 홍차의 맛이나 품질이 기대 이하로 떨어지는 것은 아

니다. 솔직히 미묘한 맛과 향의 차이를 아직 이해하지 못하는 초보 홍차인에게는 다원 홍차의 맛을 파악하는 것이 어려울 수 있다. 브랜드 홍차는 대중적인 입맛에 잘 어울리도록 심혈을 기울여 생산된데다 가격도 합리적이어서 부담 없이 다즐링을 즐기기에 좋다.

해마다 봄이 오면 다즐링 첫물차를 맛볼 생각에 내 마음도 들뜨기 시작한다. 수입식품의 통관절차가 복잡한 우리나라에서 시즌 홍차를 재빨리 맛보기란 쉽지 않기에 어떻게 구할까, 어떤 맛일까, 기대가 더욱 커진다. 국내 홍차회사에서 시판할 때까지 기다리자면 한두 계절을 보내야 하기에 해외 전문 사이트에서 인터넷으로 구매하는 게 좀 더 빠른 방법이다. 봄날이 오면 해로즈Harrods나 마리아주 프레르의 웹사이트를 들락거리게 된다.

2008년 다즐링 다원차로 해로즈는 오케이티를, 마리아주 프레르는 암부샤, 남링, 너봉Nurbong, 캐슬턴 네 가지를 선보였다. 일본 홍차인 실버팟은 다양한 시즌 홍차를 조금씩 맛볼 수 있는 샘플러 세트를 판매하기도 한다. 2007년에는 터보와 정파나를, 2008년에는 숭마와 터보의 다즐링을 소개했다. 유럽권에 비해 상대적으로 배송료가 싸기 때문에 부담이 덜하다는 장점도 있다. 싱글 에스테이트 다즐링 시즌 홍차를 전문으로 판매하는 선더볼트 티Thunderbolt tea는 올해 시즌 차의 평점을 당당히 공개하며 그중에서 고르고 골라낸 특급 홍차들만 판매한다. 아리아, 마가릿 호프, 캐슬턴의 평점이 높은데, 인기 있는 다원 홍차는 금방 품절된다.

　나도 해마다 봄과 여름, 두 가지의 다즐링을 구입한다. 향과 맛을 직접 보고 고르는 것을 선호하기 때문에 인터넷 쇼핑보다는 해외 출장이나 여행 중에 짬을 내어 홍차를 구입하곤 한다. 그렇지 못할 경우에는 티 월드 페스티벌과 같은 차 관련 행사에 꼬박꼬박 참석하여 차를 구경하고 맛본다. 여러 부스를 방문하다보면 많은 양은 아니더라도 따끈따끈한 시즌 홍차를 조금씩 얻을 수 있다. 그것들을 아끼며 맛보다가 기회가 오면 하나씩 구입한다. 그러한 기다림이 지겹지 않다. 다즐링을 맛보기 위해서라면 기꺼이 기다릴 수 있다. 그 기대를 저버리지 않을 만큼 풍요로운 향기가 작은 찻잎 속에 담겨 있기 때문이다. 다즐링이 있어 일 년이 행복하다.

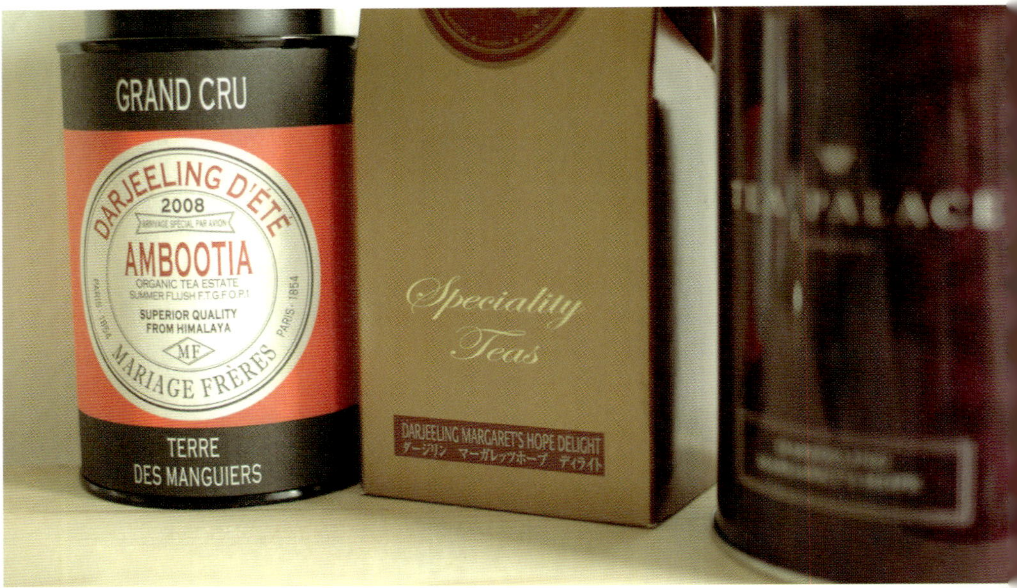
GRAND CRU
DARJEELING D'ÉTÉ
2008
AMBOOTIA
ORGANIC TEA ESTATE
SUPERIOR QUALITY
FROM HIMALAYA
MARIAGE FRÈRES
PARIS · 1854
TERRE
DES MANGUIERS
Speciality
Teas
DARJEELING MARGARET'S HOPE DELIGHT
ダージリン マーガレッツホープ ディライト
PALACE

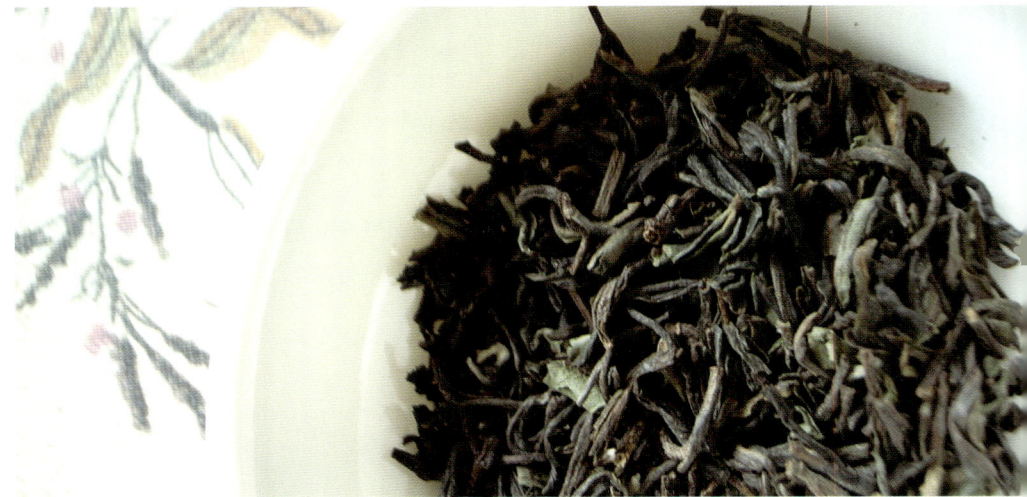

9
나의 다즐링 컬렉션

아직 꽃피지 않은 벗나무에 햇살이 걸렸다. 3월 중순, 벗나무도 햇차도 아직 이르다. 그렇지만 여기는 도쿄다. 도쿄에서는 좋은 홍차를 구경할 수 있다. 유럽의 어느 나라 못지않게 홍차를 즐기는 사람들이 많아 시즌 홍차가 재빨리 출시되는 곳이다. 햇차는 아니더라도 무엇인가 보물을 만나게 될 것이라는 기대감에 살짝 들떴다.

다즐링과 시그너처 블렌드Signature Blend, 홍차가게에 들어가면 이 두 가지는 꼭 살펴보아야 한다. 어느 다원의 어떤 등급의 다즐링을 판매하는가? 이것은 브랜드의 역량을 보여주는 것이다. 시그너처 블렌드가 얼마나 인상적이고 호기심을 자극하는가? 이것은 브랜드의 콘셉트가 나와 맞는지를 알려주는 지표이자 이 홍차 브랜드가 얼마나 세련된 것인가를 보여준다. 낯선 홍차 브랜드를 만나게 되면 이 두 가지를 먼저 살펴본 후 대표적인 아이템, 인기 있는 아이템들을 둘러보는 것이 순서다. 향도 맡아보고 시음도 해가며 천천히 알아가는 것, 차를 사러 가는 재미란 이런 것이다.

도쿄의 봄은 다즐링을 구입하기에 좋은 때다. 일본에는 다즐링, 특히 봄에 수확하는 그해의 첫 차인 퍼스트 플러시에 열광하는 사람이 많다고 한다. 다즐링이 인기가 있다보니 일본 내에서 다즐링 전문 브랜드도 등장했다. 일본의 홍차회사들은 고객의 입맛에 맞춰 다즐링 다원차를 구비하지 않을 수 없다. 최상급 다즐링도 쉽게 구할 수 있고 무엇보다 다양하게 구색을 갖추고 있어 선택의 폭이 넓다. "홍차를 즐기는 인구가 많다는 것이 이런 차이를 만드는구나"라며 감탄하게 되는 부분이다.

포트넘 앤 메이슨, 해로즈 등 티숍을 둘러보다 무언가 눈에 들어오는 것이 있었다. 해로즈 로고가 찍힌 홍차캔이 전시된 선반 중앙에 종이봉투에 담긴 홍차 몇 봉지를 발견했다. 가까이 가서 들여다보니 '마거릿 호프 딜라이트'Margaret's Hope Delight 라고만 적혀 있을 뿐, 아무런 정보가 없었다. 마거릿 호프는 다즐링 다원의 이름이니 이 홍차는 다즐링이 틀림없는데, 찻잎의 등급이나 출하시기 따위의 정보가 전혀 없이 간단명료하게 이름뿐이다. 하지만 특별한 홍차라는 느낌이 들었다. 수상경력을 화려하게 떠벌리지 않아도, 명품 브랜드의 근사한 이 브닝드레스를 입지 않아도 대배우는 알아보는 법. 마거릿 호프 딜라이트, 이것만으로 이 홍차가 완벽하게 설명된다는 느낌이다. 예상을 웃도는 가격이지만 이 홍차의 맛이 너무도 궁금하여 선뜻 구입했다. 아직 햇차가 나올 시기가 아니니 오텀널 홍차이리라. 이것이 내 첫번째 다즐링 싱글 에스테이트 컬렉션이 되었다.

마거릿 호프 딜라이트를 맛보기 위해 찻잎을 꺼내보았다. 고르지 않은 큰 잎 언저리에 붉은 갈색으로 바랜 잎사귀가 살짝 말려 있다. 짙은 오렌지 빛깔로 우러난 차 속에 깊은 향기가 스며들었다. 약간의

훈연향과 몰트 향도 풍기지만 깔끔하게 마무리되는 뒷맛에는 복합적인 과일의 맛, 자연의 향기가 물씬 풍겨난다. 언제 마셔도 부담스럽지 않을 정도로 부드럽고 상쾌한 이 맛. 다즐링에서 느껴지는 산뜻하고 달근한 맛을 전문가들은 '무스카텔*향'이라고 표현하기도 한다. 타닌의 떫은맛이 아주 엷게 스친다.

마거릿 호프 다원에는 특별한 이야기가 전해진다. 때는 바야흐로 1930년대, 인도의 다즐링 지역을 소유하고 있던 영국 신사 바든Bagden 씨에게는 마거릿이라는 이름의 예쁜 딸이 있었다. 습하고 어두운 영국 날씨가 아리따운 소녀의 얼굴에서 혈색을 앗아가는 것을 보다 못한 아버지는 딸을 인도로 데려왔다. 따가울 정도로 생생한 태양빛, 맑은 공기, 그리고 시선이 닿는 곳까지 넓게 펼쳐진 다즐링차 밭. 이곳에서 숨 쉬는 동안 그녀는 얼마나 행복했을까? 마거릿은 건강한 혈색을 되찾았고 이 아름다운 땅을 너무도 사랑하게 되었다.

하지만 결혼날짜를 받아둔 그녀가 고향 영국으로 돌아가야 할 날이 돌아왔고, 이곳으로 꼭 되돌아오겠노라 아쉬운 눈물을 흘리며 배에 올랐다. 하지만 결국 그 약속을 지키지 못했다. 멀고 험한 뱃길에 다시 몸져누운 마거릿은 기어이 영국에 닿지 못하고 배 위에서 죽음을 맞이했기 때문이다. 딸의 죽음에 슬퍼하던 아버지는 이 넓은 다즐링차 밭에 '마거릿의 희망'이라는 뜻의 '마거릿 호프'라는 이름을 붙였고 지금은 다즐링 지역의 수많은 다원 중에서도 눈부시게 훌륭한 다즐링을 수확하는 다원으로 손꼽히는 곳이 되었다.

* Muscatel, 백포도주의 재료가 되는 포도의 일종.

아름다운 소녀의 순수함이 묻어나는 이름 덕분인지, 아니면 다원을 출중하게 일구어낸 아버지의 노력 때문인지 마거릿 호프는 미국과 유럽에서 상당히 높은 인지도를 자랑하는 고급 다원으로 알려져 있다. 다양한 홍차 브랜드에서 시즌별로 마거릿 호프의 다즐링을 공급받고 있는데, 일본의 다즐링 전문 브랜드인 리풀Leafull, 해로즈, 티 팰리스Tea Palace 등에서 싱글 에스테이트로 이 다원의 다즐링을 소개하고 있다.

다즐링이나 아삼이 단일 다원에서 출시될 때는 찻잎의 등급을 표시하는 특별한 이름이 붙는다. 수확 시기와 티가든의 종류뿐만 아니라, 차나무 줄기의 어느 찻잎을 어떻게 가공했느냐에 따라서도 각기 다른 이름이 붙게 된다. 찻잎을 통째로 비비고 말아서 가공하는지(whole leaf) 반으로 자르는지(broken), 아니면 아예 작은 종잇조각처럼 잘게 부수는지(fannings)를 구분하여 명시하고, 찻잎의 가장 어린 새순인지, 길게 자란 찻잎인지 사용된 찻잎의 부위에 따라서도 다양한 이름이 붙는다. 홍차 라벨에 씌어진 SFTGFOP나 BOP 같은 알쏭달쏭한 명칭은 바로 홍차의 등급을 알파벳 약자로 표시한 것이다.

이 명칭을 쉽게 파악하려면 찻잎의 구성을 알아야 한다. 차나무의 줄기에는 새싹이 돋아나는 순서에 따라 새순과 작은 잎, 중간 잎, 커다란 잎으로 구성된다. 새순을 '플라워리 오렌지 페코'(FOP), 작은 잎을 '오렌지 페코'(OP), 중간 잎을 '페코'(P), 커다란 잎을 '소우총'(Souchong)이라 부른다. 페코라는 말은 백호白毫라는 한자어를 유럽식 발음으로 읽어낸 것인데, 전 세계적으로 찻잎을 구분하는 명칭으로 사용되고 있다. SFTGFOP는 '슈퍼 파인니스트 티피 골든 플라워리 오렌지 페코'Super Finest Tippy Golden Flowery Orange Pekoe를 줄여 쓴 것이며 새순 중에서도 솜털이 보송보송한 새싹이 많이 포함된 최상급의 홍차라고 풀어서 설명할 수 있다. 등급이 높을수록 보송보송한 새순이 많이 포함되어 있고, 표면이 고르고 잎의 모양이 예쁜 찻잎들을 사용했다.

BOP는 '브로큰 오렌지 페코'Broken Orange Pekoe이며 첫번째 잎을 절반으로 잘라 가공했다는 뜻이다. 나의 다즐링 컬렉션에 당당히 한자리를 차지하고 있는 포트넘 앤 메이슨 다즐링 BOP는 구수함이 살아있는 어린 찻잎을 기존 잎보다 1/2이나 1/4 크기로 자잘하게 잘라 가공한 것이다. 홀 리프whole leaf 혹은 풀 리프full leaf라 하여 원래 크기의 잎을 살짝 말아서 가공하는 방법이 차의 맛을 가장 잘 살리겠지만 자잘하게 잘려진 다즐링은 더 빨리 진하게 우러난다. 천천히 그 향을 음미하며 우려내는 기쁨은 다소 적지만 진하면서도 부드러운 다즐링을 맛볼 수 있다.

혼돈하기 쉬운 명칭 중에 또 하나 '오렌지 페코'가 있다. 오렌지향이 그윽하리라 기대하고 이 차를 마신다면 분명 당혹감을 느끼게 될 것이다. 오렌지 페코는 찻잎을 구분하는 명칭일 뿐 오렌지 과일과는 아무런 관련이 없다. 당시 중국에서 차를 수입해가던 네덜란드 상인이 자신들의 지도자인 오렌지 공公의 이름을 붙인 것이라고 한다.

이런 찻잎 등급 표시는 잎의 상태에 초점을 맞춘 표현들이라서 다즐링이 가진 고유의 섬세한 차이점을 정확하게 설명해주지 못한다.

그래서 다즐링 다원은 특급 다즐링임을 강조하는 자신들만의 고유한 표현을 사용하여 차이점을 강조하곤 한다. '차이나'China '클로날'Clonal '스페셜'Special과 같은 이름을 붙이거나 숫자 1을 붙여 최상의 등급임을 표시하기도 한다. 남들 다하는 SFTGFOP 같은 긴 이름보다는 마거릿 호프 딜라이트, 숭마 클로날 슈프림, 이렇게 간단하면서도 특별하게 부르는 것으로 자부심과 전통을 표현하는 것이다.

특급 다즐링 홍차를 전문으로 판매하는 선더볼트 티에서 소개하는 특등급 다즐링 홍차들의 이름을 살펴보니 그 맛과 향이 어떠할지 상상의 날개가 마구 퍼덕인다. 한번 볼까? 아리아 루비, 캐슬턴 스페셜 차이나, 터보 차이나 블룸, 숭마 딜라이트, 푸타봉 클로날, 마가릿 호프 티피 클로날, 마카이바리 실버 팁, 캐슬턴 무스카텔… 참 예쁘기도 하지.

내 홍찻장 안에는 꽤나 다양한 홍차가 있는데, 그중에서 다즐링에게 가장 좋은 자리를 만들어줄 정도로 나 역시 다즐링을 편애하는 사람 중 하나다. 명망 있는 티가든의 다즐링을 두루 갖춘 것은 아니지만 편하게 마실 수 있는 하우스 블렌드 티백에서부터 올해 출시된 다원차까지 기분에 따라 골라 마실 수 있을 정도의 다즐링을 모았다. 다즐링을 개봉하는 날은 특별한 날이다. 바쁘고 정신없을 때는 이 차를 꺼낼 수 없다. 발끝부터 머리카락까지 차의 향기에 오롯이 파묻히고 싶은 날, 정성스럽게 우려서 천천히 음미할 수 있도록 주변을 정돈한 후 차를 꺼낸다.

찻잎의 모양과 수확 시기가 다르고 다원의 종류도 다양하기에 다즐링은 한 가지 맛으로 정의할 수 없다.

1. 솜털이 보송한 팁과 푸른빛이 감도는 통통한 찻잎의 오케이티 다원의 트레저급 다즐링.
2. 푸릇푸릇한 빛깔이 마음까지 상쾌하게 해주는 오케이티 다원의 봄차 다즐링 퍼스트 플러시.
3. 진한 붉은빛이 감돌며 좀 더 농축된 맛을 선사하는 암부샤 다원의 여름차 다즐링 세컨드 플러시.
4. 붉은빛이 감도는 잎사귀와 커다란 찻잎이 소담하게 구성된 마거릿 호프 다원의 딜라이트급 홍차.

오늘은 다즐링 다원차를 새로 개봉하는 날이다. 파리에서 구입하여 고이고이 모셔온 마리아주 프레르의 세컨드 플러시 다즐링. 암부샤 티가든에서 올해 수확한 차다. 마리아주 프레르는 암부샤, 남링, 너봉, 캐슬턴 등 매년 시즌별로 네 가지 정도의 다원 다즐링을 소개하는데, 그중에서 늘 빠지지 않는 것이 암부샤 다원차다.

차 향기를 맡아보려고 코를 갖다 댄다. 마른 잎 상태에서는 향기가 풍부하다는 생각은 들지 않는다. 향기에도 높낮이가 있다면 약간 낮은 음을 가진 풀향기라고 할까? 젖은 풀잎에서 날 법한 새콤달콤한 향기가 살포시 날린다. 하지만 예열된 티포트에 다즐링차를 한 스푼 넣으면서 방 안의 공기가 달라지기 시작한다. 달근하고 푸릇한 향기가 예열된 다구의 온기만으로도 뭉근히 올라온다. 깊이 숨을 들이마셔본다. 감탄사가 절로 나온다. 팔팔 끓인 물을 천천히 티포트에 쏟아 부으니 기분 좋은 향기가 방 안을 따스하게 감싼다. 한 모금 머금으니 입 안 가득한 풀잎의 향.

다즐링의 특징은 구수함이다. 때로는 바람결에 누웠다 일어나는 초록색의 들풀처럼 가볍게 다가오기도 하고, 때로는 바짝 말라버린 낙엽처럼 깊게 가라앉기도 하지만, 다즐링은 "나는 자연에서 왔어요"라고 속삭이듯 푸릇푸릇한 풀향기가 오래 남는다. 계절의 변화, 땅과 물의 흐름, 자연의 속삭임, 이 모든 것이 다즐링차 한 잔에 담겨 있다. 이 맛 덕분에 다즐링에 매혹된 사람들이 많으리라.

OP
Orange Pekoe
오렌지 페코.
말랑말랑하고 보드라운
어린 첫 잎.

FOP
Flowery Orange
Pekoe
플라워리 오렌지 페코.
솜털이 보송보송한 새순.
팁이라고 부르기도
한다.

P
Pekoe
페코.
잎사귀가 크고
말랑말랑한
두 번째 찻잎.

PS
Pekoe Souchong
페코 소우총.
크기가 조금 더 크고 색이
진한 세 번째 찻잎.

S
Souchong
소우총.
잎사귀가 크고 색이 진한
네 번째 찻잎.

Tea Leaf

10
5월의
차 축제,
티 월드 페스티벌

매년 5월은 차를 좋아하는 사람들에게
는 더없이 행복한 시절이다. 귀한 햇차와 소비자의 테스트를 기다리
는 새로운 차들을 만나볼 수 있는 행사가 서울에서 제주까지 열린다.
이른바 '차 문화대전'Tea World Festival. 차를 재배하는 보성, 대구 등 남
쪽 지방에서 서울, 경기도에 이르기까지 여러 도시에서 차 문화대전
이 열린다.

　차를 즐기는 사람들 중에는 남도에 땅을 사서 차를 재배하며 매년
자신의 땅에서 난 차를 마시는 사람도 있고, 중국이나 인도 등 차 생
산지를 방문하여 원산지에서 직접 햇차를 맛보는 사람도 있다. 그렇
지만 매일매일 살아가는 일이 급한 와중에 좋은 차를 마시고픈 보통
사람들에게는 각 지방의 다원들이 한자리에 모이는 이런 행사가 규모
가 크건 작건 반가울 따름이다.

　지방의 차를 판매하고 홍보하는 차회사들, 차 도구를 판매하는 다
구회사들, 다도를 배우고 차 문화에 대한 정보를 나누는 동호회 사람
들 등 차와 관련한 온갖 분야의 사람들이 모이는 자리라 맛볼 것도
많고 얻는 것도 많다. 햇차 샘플을 얻거나 다구를 값싸게 구입할 수도
있고 인터넷에서만 보던 이름 모를 차들을 직접 맛볼 수도 있다. 우
리나라 녹차 부스 주변으로 일본의 증제 녹차도 속속 얼굴을 보이고,
맛보다 '차테크'라는 이름으로 더 알려진 보이차도 널찍하게 자리 잡
았다. 인도와 스리랑카의 다원 홍차, 그리고 허브차도 소개되고 있어
말 그대로 다양한 차 문화를 한자리에 모아둔 분위기다.

　차 문화대전은 홍차 애호가들이 홍차를 직접 구경하고 마셔보며 또
저렴하게 구입할 수 있는 몇 안 되는 행사다. 할인폭도 제법 크고 시

음 티도 다양하게 구할 수 있다. 때로는 외국에서 막 수입된 따끈따끈한 홍차들이 까다로운 고객들의 테스트를 위해 대기하고 있어 거대한 지도를 놓고 보물찾기를 하는 듯한 두근거림이 있다.

2008년에 열린 차 문화대전에서는 우리에게 다소 낯선 스리랑카 홍차회사들이 눈길을 끌었다. 주한 스리랑카대사관 등 자국의 정부기관들과 합작하여 대대적으로 스리랑카 홍차의 이미지를 쇄신하는 분위기였다. 고급 품종이면서도 합리적인 가격을 제시하는 아크바Akbar, 딜마, 믈레즈나의 세 군데 홍차 숍에는 홍차를 맛보고 싶어하는 사람들의 발길이 계속 이어졌다. 딜마와 아크바는 국내에 시판되는 브랜드라 인지도가 높은 편이고, 믈레즈나는 아직 국내에 정식으로 소개되지는 않았지만 입소문을 통해 조용히 알려진 브랜드다(19쪽, 119쪽 사진 참조). 토속적인 무늬의 패키지에 담긴 믈레즈나 홍차에 대한 반응은 뜨거웠다. 다양한 홍차들을 20~30그램으로 소량 포장한 샘플러 세트는 믈레즈나 홍차의 맛보기용으로도 좋고 선물용으로도 적당했다.

믈레즈나 홍차 담당자는 몇몇 유럽 홍차제품들도 준비해두었으나 첫날 모두 팔려나가 재고가 남아 있지 않다며 어깨를 으쓱했다. 그래도 믈레즈나 홍차를 접할 수 있는 기회가 어디랴! 서운함을 덜었다는 생각을 하던 중, 담당자가 좋은 홍차가 있다며 장식장 안쪽에 숨겨둔 홍차를 꺼내왔다. 바이어들에게만 보여주는 특별한 홍차인 듯싶었다.

그가 보여준 것은 유명한 다즐링 다원 중 하나인 오케이티 다원의 트레저급 홍차와 퍼스트 플러시다. 황금빛 이파리들이 반짝거리는 골든 팁만 모아놓은 트레저treasure는 최고등급의 홍차다. 아기 솜털처럼 부드러운 퍼스트 플러시 또한 은근한 향기로 자신의 몸값을 증명하

고 있었다. 수입절차를 밟고 있다는 이 홍차를 언제쯤 맛볼 수 있으려나. 올해 다즐링을 아직 맛보지 못했다고 아쉬운 소리를 냈더니 담당자는 친절하게도 오케이티 트레저와 다즐링 퍼스트 플러시를 조금 덜어 포장해주었다. 아, 이곳에서 올해의 첫 다즐링을 맛보게 되는구나!

언제쯤 맛볼까 기다리던 올해 첫 다즐링을 이렇게 만난 것도 기쁨이었지만, 몰랐던 스리랑카 홍차의 새로운 면모를 경험할 수 있었기에 행사에 참여한 보람이 느껴졌다. 실론티라는 이름으로 더 잘 알려진 스리랑카 홍차는 인도 홍차 못지않은 생산량을 자랑하며 흔히 각종 블렌딩의 베이스 홍차로 활용되는, 가장 보편적인 맛을 지닌 홍차다. 게다가 립턴과 같은 글로벌 브랜드에서 적극적으로 스리랑카 홍차를 판매하고 있으니 그만큼 널리 알려질 수밖에. 하지만 스리랑카 홍차는 인도 홍차에 묘한 열등감을 느껴왔다. 영국 식민지시대, 인도의 야생 차종인 아삼종이 스리랑카에 이식되면서 스리랑카 홍차의 역사가 시작되었고, 맛과 향을 비교해도 다즐링이나 아삼에 비해 캐릭터가 약하기 때문이다.

캐릭터가 약하다고 맛없는 홍차라는 말은 아니다. 오히려 언제나 부드럽고 편안하게 오래 즐길 수 있는 홍차이기도 하다. 스리랑카에도 미묘하지만 분명한 차이를 드러내는 다원차들이 있다. 주로 남부 고원지역에서 생산되는 이들 홍차는 해발고도와 몬순의 영향에 따라 차 맛이 달라지는데 누와라 엘리야, 우바, 딤불라, 캔디, 루후나, 마탈레 등 다양한 지역에서 각기 다른 계절에, 각기 다른 맛을 가진 홍차가 나온다.

몇 번 차 문화대전에 참가해보았지만 이번 행사는 홍차를 좋아하는 사람들에게는 큰 재미를 주지 못했다. 홍차를 즐기는 사람들은 점점 늘어나는데 홍차를 소개하고 판매하는 부스는 턱없이 적었다. 그마저도 매년 줄어들고 있는 듯하여, 우리나라 홍차의 현주소를 보는 것 같아 쓸쓸한 마음이 들었다. 차를 즐기는 사람들의 규모와 수준은 점점 더 높아지고 차 문화에 대해서도 좀 더 깊이 있는 정보와 색다른 볼거리를 원하는데, 차 판매업체들은 다양하게 차를 보여주며 시선을 끌지도 못했고 차에 대한 새로운 이슈도 만들어내지 못했다. 잠재고객이자 트렌디한 소비자인 젊은 층을 끌어들일 매력적인 전략을 아직 갖추지 못한 실정이다.

업체에서도 볼멘소리를 하는 것은 마찬가지다. 차를 즐기는 인구가 적고 시장의 규모 자체가 고만고만하다보니 홍차 시장이 크게 성장하기에 한계가 있다는 것이다. 차 관련 수입품은 관세가 특히 높은 분야인데, 녹차의 경우 5백 퍼센트 이상의 관세가 부가될 수 있으며 발효차인 홍차는 40퍼센트의 높은 관세가 붙는다. 당연히 판매가가 높아질 수밖에 없고 그 이유로 다른 기호품들에 비해 턱없이 가격경쟁력이 떨어진다.

해외 홍차 브랜드가 들어온다고 해도 녹차나 홍차의 함량이 높으면 그만큼 가격이 높아진다. 그나마 허브차나 과일차들이 시중에 많이 유통되는 이유는 찻잎이 함유되지 않아 식품으로 처리되어 관세가 비교적 낮기 때문이다. 소비자들은 선택의 폭이 좁아질 수밖에 없다. 목마른 이가 우물을 판다는 말처럼, 홍차 애호가들은 다양한 홍차를 맛보기 위해 비싼 배송료를 물고서라도 해외 온라인숍에서 직접 구매하거나 이베이를 이용하는 것을 택한다. 배송료를 포함하더라도 우리나라에서 거래되는 가격보다 저렴하게 책정되는 경우가 많아 업체 쪽에서도 어쩔 수 없이 지켜볼 뿐이라고 한다.

드라마 한 편이 커피 붐을 일으켜 수많은 사람들을 바리스타로 만들었다. 이렇게 커피에 관심을 집중한 사람들이 그 다음으로 옮겨가는 것이 녹차, 홍차, 허브차 등 차 분야라고 한다. 이미 녹차는 젊은 층이 좋아하는 맛으로 자리 잡았다. 녹차빙수와 녹차라떼에 열광하는 이들이 얼마나 많은가?

 최근 녹차 분야는 큰 시장으로 성장했다. 녹차가 건강에 좋다는 정보가 유효하게 작용하면서 우리나라 녹차의 우수한 품질을 알기 시작한 소비자들이 녹차 자체에 깊은 관심을 갖게 되었기 때문이다. 젊은 층이 녹차에 열광할 수 있도록 맛있고 다양한 제품들을 선보인 것도 주요하게 작용했다. 커피나 다른 드링크가 갖지 못한 녹차의 매력을 소비자들이 받아들였기 때문이다.

 홍차야말로 녹차가 가진 장점과 더불어 녹차 이상의 매력이 있다. 꽃이며 과일이며 향신료를 가미하여 수천수만 가지의 다양한 맛을 만들어낼 수 있다는 점, 여러 사람과 함께 즐기는 '사교적인 음료'로서 우리에게 새롭고 재미난 즐길 거리를 많이 제공한다는 점 등이 홍차의 장점이다. 일본 드라마에는 섬세한 취향과 문화적인 코드를 표현하기 위해 항상 홍차가 등장한다. 귀족적으로 격식을 차린 상차림에도 어울리고 소녀 취향의 맛있는 상차림에도 어울리는 것이 홍차다. 아름답고 여유 있는 라이프스타일을 단적으로 보여주는 색다른 경험인자다.

 애프터눈티 세트에 나오는 3단 서빙 트레이는 남자들도 홍차에 열광하게 만든다. 예쁘게 세팅된 테이블에서 차를 우리고 층층이 놓인 접시 세트를 하나하나 비우는 행위는 활동적인 스포츠를 즐기는 남자들조차도 차에 집중하게 만든다. 3단 트레이와 찻주전자만 있으면 대도시의 북적대는 카페에서도 여유로운 티타임이 가능하다. 이 새로운 습관은 게다가 건전하고 아름답기까지 하니 이런 즐길 거리를 누가 마다할 것인가?

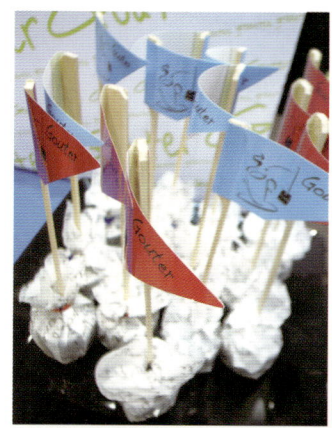

녹차에 대해 올바른 정보를 갖게 됨으로써 녹차 애호가가 늘어나듯, 커피에 대한 담론이 넘쳐나면서 커피 마니아가 탄생하듯, 홍차를 접할 기회가 많아지고 홍차에 대한 이야기가 많아져야 홍차를 제대로 즐기는 문화가 형성될 것이다. 홍차를 교육하고 홍차의 즐거움을 함께 나눌 수 있는 장소들도 많이 생겨야 한다.

차 문화대전 외에도 홍차를 접할 수 있는 행사가 있는데 그중에서 가장 호응이 높은 것이 '카페쇼'Café Show다. 매년 11월에 코엑스에서 개최되며 홍차와 녹차, 커피를 비롯하여 아이스크림, 제과제빵, 초콜릿 등 말 그대로 카페에서 맛볼 수 있는 다양한 기호품들을 한자리에서 만날 수 있는 행사다. 커피의 인기에 힘입어 다양한 식음료 행사들이 열리게 된 덕분에 차에 대한 관심도 더 많아졌다.

2008년 카페쇼에서는 재미난 행사가 있었다. 홍차 부스들이 모여 있는 홀에 홍차전문점인 '페코 티룸'이 주최한 작은 티룸이 마련되었고 여기서 애프터눈티 메뉴를 선보였다. 소정의 금액을 내면 예쁜 테이블에 앉아 제대로 끓여낸 홍차 한 주전자와 3단 서빙 트레이에 담긴 티푸드를 맛볼 수 있도록 한 것이다. 사람들은 3단 트레이의 존재를 흥미로워했고 찻주전자와 찻잔의 고급스러운 퍼포먼스를 경험해보며 뿌듯해했다. 북적대는 행사장 안에서 느긋하게 차를 마시고 과자를 맛보는 시간. 티룸의 규모가 작기는 했지만 애프터눈티를 맛보려고 길게 줄을 설 정도로 인기가 많은 행사였다.

홍차가 많이 팔리지 않는다고, 홍차 시장이 너무 작다고 단정하기에는 우리는 홍차를 너무 모른다. 이제 좀 더 다양해지고 깊어질 때도 되었다. 홍차를 즐기는 사람들이 더욱 다양한 선택을 할 수 있도록, 그리고 잠재고객들이 홍차라는 매혹적인 세계로 빠져들 수 있도록 홍차 문화가 활성화되기를 바란다. 쉽게 홍차를 마시고 배울 수 있는 자리가 더욱 많아지기를, '홍차' 아니면 '티라테'가 고작인 카페의 메뉴판에 차 메뉴가 좀 더 다양하고 길어지기를.

차 문화대전 Tea World Festival: www.teanews.com
국내외의 다양한 차를 한자리에서 만나볼 수 있는 행사. 매년 5, 6월에 개최된다.

서울 카페쇼 Café Show: www.cafeshow.co.kr
카페 창업에 관심 있는 사람들에게 실질적인 정보를 주는 식음료 박람회. 매년 11월에 열린다.

11
홍차와
와인,
닮은꼴 이야기

우리나라에 와인 열풍을 몰고 온 만화
『신의 물방울』을 매호 빼놓지 않고 읽고 있다. 저자 아기 타다시 남매
는 수많은 와인을 마시며 서로 감상을 나누고 그중에서 고르고 골라
낸 와인을 만화 속에 등장시킨다고 한다. 이 만화의 압권은 상반된 캐
릭터를 가진 두 경쟁자 킨자키 시즈쿠와 토미네 잇세가 와인을 테이
스팅하는 장면이다.

　와인을 한 모금 입 안에 넣기가 무섭게 와인에 영감을 받은 그들의
표현력은 상상을 초월하는 대하드라마를 탄생시킨다. 테루아Terroir의
흙냄새를 잡아내고, 와인 양조장의 풍경을 그려내고, 와인 제조가가
표현하고 싶어한 이상향을 언어로 묘사해낸다. 절묘한 상상력과 미스
터리한 수수께끼가 와인의 향, 색, 맛 속에 숙성되어 근사한 한 병의
와인으로 완성된다.

　"오, 오, 오…"로 시작되는 탄성이 터져 나오면 대체 무엇으로 이 와
인을 맛깔스럽게 표현해낼지 궁금함을 참을 수 없어 다음 장면을 보
려고 얼른 페이지를 넘기게 된다. 너무 오버한다 싶으면서도 커다란
탄성으로 시작되는 그들의 감상을 듣고 있자니 루비 빛 와인 한 모금
에 농축된 이야기가 얼마나 매혹적인지, 한 병의 와인 속에 얼마나
많은 이야기들이 담겨 있는지 마음을 쏙 빼앗기게 된다.

　『신의 물방울』의 두 주인공 시즈쿠와 잇세가 만약 홍차에 심취했다
면 어찌될까? 커다란 탄성을 지르고선 홍차에 대한 찬사와 찬미를 아
끼지 않는 모습이 상상이 된다. 홍차 역시 작은 찻잎 하나에 수많은
이야기가 담겨 있으니 그들의 깐깐한 혀가 그런 이야기들을 그냥 지
나칠 리 없다.

가끔 새로운 홍차에 목마를 때, 뭔가 즐거운 영감을 주는 홍차가 필요할 때 즐겨 찾는 곳이 있다. 인터넷 블로거인 주원 님의 홍차 블로그(blog.naver.com/claudiajean)다. 이름도 얼굴도 모르는 이 블로거의 홍차 테이스팅 이야기에 귀를 기울이게 되는 이유는 수많은 홍차들을 다양하고 유쾌하게 즐기는 모습이 좋기도 하거니와 시즈쿠와 잇세의 와인 찬가에 못지않은 생생한 홍차 시음기에 나도 모르게 흐뭇해지기 때문이다.

···깔끔한 찻잎도 찻잎이거니와 어찌나 존재감이 강한 맛이던지!··· 입 안에 물결치며 밀려들어오는 사탕 같은 단맛과 진정한 난향이라 할 수 있는 화사한 꽃향, 거기에 우아한 훈연향. 진하게 우렸는데도 목 천정에 아무 부담 없이 기꺼이 맞이하게 되는 홍차. 기문에서 항상 느껴지는 여왕님 이미지가 오늘은 강력한 권력을 행사하는 여군주의 압도감이라 해도 좋을까요···

(해로즈, 기문 공부차)

···많은 분들이 로열 블렌드는 이름에 비해 그다지 매력적이지 못한 평범한 홍차라고 하시더군요. 그런데 저는 로열 블렌드를 마시고 무척이나 마음에 들었기 때문에 나중에 다른 사람들의 품평을 듣고 몹시 당황했답니다··· 저는 그 무난함이 굉장한 매력이라고 생각했어요. 만약 집에 손님이 찾아왔는데 그분이 홍차에 대해 잘 모르는 분이라면 다른 홍차보다도 이 로열 블렌드를 내드렸을 것 같거든요. 딱히 홍차 마니아가 아닌 사람도 집에 하나쯤 놔두고 마셔도 좋을, 적당히 기품도 느껴지는 그런 맛이니까요···

(포트넘 앤 메이슨, 로열 블렌드)

첫 모금을 마시고 나서 두번째 입을 대기까지 한참이 걸렸던 차였어요. 당연히 향이 강할 거라 예상은 하고 마셨음에도 불구하고 어찌나 깜짝 놀랄 만큼 톡 쏘는 맛과 향이던지. 계피향이 강하다 못해 아무래도 진저가 분명 가미되었구나 생각했어요. 끝맛에 약간 매운맛이 났는걸요…

강한 그 느낌 때문에 순간적으로 검은색 벨벳 슬림 드레스를 입고 복고풍 헤어스타일을 한 검은 머리의 여인이 떠올랐어요. 붉은색의 긴 벨벳 소파에 나른하게 기대서 손목에 검은색 앙고라털이 둘러진 같은 색의 벨벳 장갑을 끼고 기다란 손가락으로 조그만 찻잔을 살짝 잡아 붉은 입술로 차를 홀짝이는 모습이 그려지는 거예요. 차향의 강렬한 충격에 저도 모르게 관능적인 이미지를 떠올리게 된 걸까요?

(테일러스 오브 헤로게이트, 스파이스드 크리스마스티)

이 블로그의 홍차 테이스팅 내용 중에는 다양한 향을 세밀하게 비교하고 찻잎의 향과 맛을 면밀하게 분석하는 부분도 많아 전문적인 시음기를 접하고 싶을 때 좋은 길잡이가 되어준다. 재미있는 것은 홍차가 가진 첫인상을 손에 잡힐 듯, 눈에 보일 듯 생생하게 표현한 부분이다. 블로거의 다양한 관심사와 논평이 차 향기 속에 녹아들 때면 인터넷 공간을 넘어 내 방 안까지 그 맛과 향이 전해지는 듯하다. 시즈쿠나 잇세를 능가하는 그녀의 미각은 홍차의 묘미를 낱낱이 꿰고 있는 듯하다.

와인과 홍차는 서로 많이 닮았다. 솔솔 피어오르는 향기, 투명한 잔에 찰랑이는 와인 빛깔과 시각적 무게감, 향과 맛의 조화로움, 목으로 넘어갈 때 느껴지는 뒷맛과 마무리감을 살펴보는 것이 와인 테이스팅의 기본이다. 이는 홍차 테이스팅과 거의 일치한다. 와인처럼 홍차도 향과 색, 맛의 세 단계로 구분해 설명한다. 카베르네 쇼비뇽이니 피노 누아니 품종에 따라 와인의 개성이 달라지듯이 홍차도 기본 베이스가 다즐링인지 실론인지 품종에 따라 맛과 분위기가 달라진다.

와인이 발효주로 독특한 빛깔과 향기를 갖고 있듯이 홍차 역시 발효차로 붉고 달콤한 향을 지녔다. 그랑 크뤼급 와인을 보증하는 보르도 5대 샤토가 있듯이 홍차도 고급 품종을 생산하는 유명한 다원이 있다. 수만 가지의 와인을 놓고 좋음과 덜 좋음을 판가름하는 와인 전문가나 소믈리에가 있듯이 차의 품질을 살피고 차에 대해 조언하는 차 전문가와 티 소믈리에도 등장했다. 다양한 품종의 포도를 섞어 최상의 맛을 자랑하는 와인을 탄생시키듯이 홍차도 블렌딩 기술자의 역량이 차 맛을 그토록 달라지게 한다.

언제 어디서 어떤 품종의 와인으로 만들었는지, 믿을 만한 와이너리인지, 품질이 어느 정도인지를 알아보려면 와인 라벨을 보면 된다. 홍차 라벨에도 수많은 정보가 있다. 베이스 홍차가 인도산인지, 스리랑카산인지, 중국산인지 또는 그 외에 어떤 성분들이 함유되어 있는지 블렌딩 정보가 표시되어 있다. 다원 홍차라면 어느 다원에서 언제 수확한 것인지, 어느 등급인지 등의 정보도 라벨에 담겨 있다.

그밖에도 홍차와 와인은 닮은 점이 또 있다. 와인은 맛과 향을 가장 잘 표현한다는 고급 상표의 글라스에 담아 우아하게 마시기도 하지만, 작은 유리잔에 담아 가벼운 식사에 곁들인다 하여 그 품위가 떨어지는 것은 아니다. 홍차 역시 잘 차려진 티파티의 멋진 주연으로, 혹은 늘 마시는 작은 머그잔으로 즐긴다 해도 마시는 즐거움은 한결

같다. 때론 품위와 격식을 갖춰 즐겨도 좋고 마시고 싶을 때마다 편하게 즐겨도 좋다. 마음 내키는 대로 기분 좋게 마신다면 형식은 어떠하든 괜찮다.

다른 점이 있다면, 와인은 발효시키기 전에 다양한 품종을 섞어 그 맛에 변화를 주지만 홍차는 이미 발효가 진행된 각각의 찻잎과 다양한 꽃과 허브를 블렌딩한다는 점이다. 홍차는 물의 온도나 우려내는 시간에 따라 맛이 달라질 뿐만 아니라 마시는 사람이 다양한 홍차들을 서로 블렌딩하여 새로운 맛을 창조할 수 있다. 그래서 나는 홍차가 와인보다 좀 더 창의적으로 즐길 수 있는 분야라고 생각한다.

와인을 마실 때, 빛깔을 먼저 감상하고 향기를 느낀 후 맛을 음미하라고 한다. 색, 향, 맛의 3단계 테이스팅 방법은 와인을 구별하고 와인의 특성을 살펴보는 가장 기본적인 방법인데, 이것을 홍차에도 그대로 적용해볼 수 있다.

홍차는 우려내기 전 건조된 상태에서 찻잎의 색과 향기를 먼저 감상한다. 찻잎의 모양과 색깔은 어떠한지, 단일한 종류의 찻잎인지, 형태가 가지런한지 둥글게 말려 있는지 살펴본다. 찻잎 외에 꽃이나 허브, 초콜릿이나 캐러멜이 첨가되어 있을 때는 향을 느껴본다. 차를 우려낸 후에는 그 향기가 어떻게 변화하는지 먼저 느껴보도록 한다. 찻물의 색은 어떠한지 살펴보고 천천히 차 맛을 음미한다. 첫맛은 어떠하며 목넘김은 어떠한지, 끝맛에서 풍기는 향이 무엇과 닮았는지 혀의 느낌에 집중해본다. 좀 더 관심이 있다면 다 우려낸 찻잎을 분석해보는 것도 좋다. 녹차는 우리고 나면 원래 생성된 모양으로 되돌아가기 때문에 찻잎의 크기나 모양을 확인할 수 있다. 홍차도 녹차와 마찬가지로 말리기 전 원래의 찻잎 모양새를 되찾게 된다.

스리랑카 홍차 브랜드인 딜마에는 맛과 향을 와인과 비교한 독특한 홍차인 와테 시리즈가 있다. 와인의 풍미에 비교해 상급 스리랑카 홍차를 특화한 제품이다. 와테는 '다원'이라는 뜻이며, 스리랑카의 홍차 다원은 해발고도에 따라 각기 다른 맛과 향의 찻잎을 생산하는데, 이 미묘한 차이에 착안하여 쉬라즈, 카베르네 쇼비뇽, 피노 누아 등 레드와인과 은은한 샴페인의 특성을 홍차에 부여한 독특한 제품이다.

해발 1천8백 미터 이상 고지대에서 수확한 홍차 '란와테'Ran watte는 잔디, 해초, 건초, 민트의 풋풋한 향과 제라늄, 오렌지 향이 풍부하여 샴페인의 아로마를 느낄 수 있으며, 해발 1천2백~1천5백 미터의 고원지대에서 수확한 '우다와테'Uda watte 홍차는 라즈베리, 블랙커런트 등의 과일향과 몰트, 토스트, 나무 훈연향 등 깊고 달콤한 향으로 피노 누아의 향미와 유사하다. 해발 6백~9백 미터의 '메다와테'Meda watte 홍차는 재스민, 블랙커런트의 은은한 향과 후추, 정향, 바닐라 등의 향신료, 레몬과 오렌지껍질 등 복합적인 풍미가 느껴져 쉬라즈 품종 와인과 비교해볼 만하고, 해발 3백 미터 이하의 '야타와테'Yata watte 홍차는 블랙커런트, 무스카텔, 자두, 복숭아, 포도 등 과일향이 풍부해 향이 깊고 그윽한 카베르네 쇼비뇽의 아로마를 즐길 수 있다고 한다.

홍차와 와인의 아로마를 비교해보니 비슷하게 맞아떨어지는 듯한 느낌도 든다. 이 정도면 홍차와 와인이 하나가 되는 진귀한 경험을 하게 되지 않을까? 『신의 물방울』의 두 주인공에게 홍차 테이스팅을 맡긴다면 그 무엇보다 와테 시리즈를 권하고 싶다. 이들이라면 과연 홍차의 맛 속에 담긴 와인의 아로마를 어떻게 표현해낼까?

홍차와 와인, 어떤 점이 서로 닮았을까? 딜마의 와테 시리즈를 보면 의문이 풀린다. 상쾌하고 가벼운 풍미의 란와테는 샴페인과 닮았고, 강하지만 섬세한 맛이 매력적인 우다와테는 피노 누아의 풍미를 가졌다. 풍부하면서도 드라이한 맛의 메다와테는 쉬라즈, 잘 익은 과일향이 가득한 풀바디급 향미의 야다와테는 카베르네 쇼비뇽과 비교할 만하다.

12
홍차대전,
인도와
스리랑카

같은 듯 다른 맛을 지닌 인도와 스리랑카 홍차. 이 두 나라는 홍차의 양대 산맥으로 세계 홍차 시장의 대부분을 차지한다. 다즐링이 인도의 대표 홍차로 알려져 있지만, 인도에서 가장 많이 수확하는 홍차는 아삼이며, 2위 자리는 닐기리Nilgiri가 차지하고 있다. 우리가 사랑하는 다즐링은 생산량으로 따진다면 이들에 훨씬 못 미친다.

북동부에는 다즐링과 아삼, 남쪽 고원지대에는 닐기리에 더하여 도아스Dooars, 테라이Terai 등 소규모로 출하되는 지역 차들을 포함하면, 인도는 히말라야에 인접한 고원지대에서부터 남쪽 끝까지 차가 생산되는 곳이다. 이렇게 다양한 지역에서 다양한 시기에 출하되는 차의 연간생산량은 2002년 기준으로 85만 톤에 이른다. 중국 전역에서 생산되는 모든 차의 연간생산량을 74만 톤으로 추정하고 있으니 인도의 차 생산량이 어느 정도인지 짐작할 수 있다.

'홍차는 이런 맛이다'라고 어렴풋이 짐작되는 맛과 향이 있다면 그것이 바로 아삼이다. 아삼은 진하고 떫으면서도 뒷맛이 개운하고 깔끔하다. 코를 스치는 훈연향, 루비처럼 빛나는 수색, 쌉쌀한 맛과 혀뿌리를 간질이는 수렴성 등 '홍차란 바로 이것'이라는 결정적인 단서를 준다. 이런 홍차의 특성을 '영국식 홍차'라고 표현하기도 한다.

전체 홍차 생산량의 70퍼센트 이상을 차지할 정도로 홍차 시장에서 아삼의 비중은 높다. 『홍차왕자』라는 만화에서 금발의 미소년으로 등장한 얼그레이와 반대되는 캐릭터로 어두운 피부, 검은 머리의 인도 왕자로 등장한 섹시 가이 아삼을 기억하는가? 그 느낌 그대로 아삼의 캐릭터에는 솔직하고 진하며 이국적인 향취가 스며 있다.

아삼은 인도 북부 고원지대, 즉 다즐링과 국경을 마주한 지역에서 재배된다. 아삼 그대로 우려서 마시기도 하지만, 아삼을 베이스로 하여 다즐링, 닐기리, 실론의 다양한 홍차를 블렌딩하면 브렉퍼스트티나 애프터눈티, 하이티 등 시간대에 따라 제각기 다른 맛과 향의 홍차로 변모하게 된다. 졸린 눈을 번쩍 뜨게 만들 정도로 진하면서도 뒤끝이 깔끔한 브렉퍼스트티, 오후의 나른함을 깨워줄 부드럽고 산뜻한 애프터눈티, 고기가 든 파이나 로스트비프 등 무거운 저녁식사와 곁들여도 손색이 없을 정도로 풍부한 맛과 향을 지닌 하이티 등 아삼의 변화는 무궁무진하다.

또 한 가지, 아삼은 밀크티로 즐기는 대표적인 홍차다. 진하게 우려낸 아삼에 우유를 섞으면 첫맛은 부드럽고 끝맛은 고소하다. 특유의 쌉싸래한 맛도 완화되어 한층 부드러운 홍차를 즐길 수 있다. 밀크티를 위한 다양한 블렌딩, 즉 로열 밀크티 블렌딩이나 로열 블렌딩도 인도 홍차를 베이스로 쓰는 경우라면 아삼을 가장 많이 사용한다고 보면 되겠다.

비슷비슷해 보이는 찻잎들 중에 아삼을 구별하는 독특한 제다 방식이 있다. 대부분의 잎차는 직접 손으로 찻잎을 따서 수분을 말리고 발효한 후 잎을 돌돌 말거나 적당한 크기로 자르는 방식을 거친다. 이를 전통적인 제법이라 부른다. 아삼의 경우는 엄청난 양을 빠른 시간 내에 홍차로 상품화하기 위해 CTC라는 특별한 제법을 쓴다. 찻잎을 채취하여 작은 크기로 자른 후 동그랗게 말아내는 방법인데, 대부분의 작업이 기계화된 공장에서 이루어진다. CTC란 '자르고 찢고

둥글게 만다'는 뜻으로 CTC 제법으로 만들어진 아삼은 재빨리 진하게 우러나는 특색이 있어 밀크티를 만들기에 좋다.

이름부터 친근하게 다가오는 닐기리는 인도차의 또 다른 부분을 형성하고 있다. 닐기리는 '푸른 산'이라는 뜻으로 남쪽 고원지대를 일컫는다. 이곳은 일 년 내내 차를 수확할 수 있는 신비로운 곳이다. 스리랑카의 고원지역과 기후조건이 유사해서 맛이 둥글고 입 안 구석구석을 자극하는 풀바디급 풍미의 스리랑카 홍차와 닮았다. 우리에게는 다소 낯선 이름이지만 가볍고 풍부한 맛으로 인해 닐기리를 즐기는 층도 꽤나 두터운 편이다. 닐기리는 겨울 시즌의 차가 가장 품질이 좋으며 여러 가지 찻잎을 섞어 블렌딩할 때 폭넓게 이용되고 있다.

실론 섬으로 불렸던 작은 섬나라는 1972년 스리랑카라는 독립국으로 성장했음에도, 여전히 우리에게 실론 홍차의 섬으로 기억되고 있다. 스리랑카 홍차의 연간생산량은 31만 톤에 이른다. 연간생산량으로 단순비교하면 인도 홍차에 다소 뒤처지는 감이 있지만 수출량으로 보면 자국 내 소비량이 대부분인 인도를 능가한다. 총 생산량의 94퍼센트를 수출하며 스리랑카 홍차의 절반 이상이 프랑스에서 소비된다고 할 정도로 유럽의 수요가 크다.

스리랑카에 차농업이 시작된 것은 1850년대의 일이다. 섬 전체에 커피농업이 성행하던 때라 당시에는 크게 환영받지 못하다가 1869년에 기생충 때문에 커피 작황이 실패로 돌아가자 대안으로 차농작을 본격화한 이후 실론티의 명성이 시작되었다.

실론 섬은 매력적인 차 생산지다. 해발고도가 최고 2천6백 미터에 이르는 이 섬에는 연중 차 생산이 가능한 여섯 개의 큰 고원지대가 있다. 고원의 고도에 따라 하이그로운high grown 티, 미드그로운mid grown 티, 로그로운law grown 티로 나누는데, 이는 스리랑카 홍차만의 독특한 차 구분법이기도 하다. 이 고도에 따라 각기 다른 아로마의 홍차가 생산된다. 하이그로운 티는 섬세하고 품질이 높은 차, 미드그로운 티는 향긋하고 목 넘김이 좋은 차, 로그로운 티는 맛과 향이 강한 차라고 설명한다. 하이그로운 지역의 누와라 엘리야, 우바, 딤불라, 미드그로운 지역의 캔디, 로그로운 지역의 루후나, 마탈레 등으로 구분하는데, 그중 섬세하고 세련된 아로마를 지닌 우바는 다즐링, 기문과 함께 세계 3대 홍차로 명성이 높다.

　1천6백 미터 이상으로 해발고도가 가장 높은 고원지대에서 재배되는 누와라 엘리야Nuwara Elya는 몬순의 영향을 거의 받지 않은 차로 맑은 빛깔과 재스민처럼 은은한 향기를 풍긴다. 가장 품질이 좋은 수확 시기는 2월에서 4월까지이다. 다즐링처럼 봄철차로 맛보기에 좋다. 1천3백 미터에서 1천5백 미터에 이르는 고원지대(하이그로운)에서 생산되는 우바Uva는 타닌 함량이 높고 맛이 깊다. 풀바디급 아로마를 자랑하는 우바는 8, 9월경 수확한 것을 최고로 친다.

　딤불라Dimbula는 해발고도 1천2백 미터 이상의 고원지대에서 생산되며 수색이 밝고 달근한 맛을 지녔다. 미드그로운 지역인 스리랑카의 옛 수도 캔디 인근에서 생산되는 캔디Kandy 홍차는 떫은맛이 적으며 향긋하면서도 깊은 맛이 있어 스리랑카 사람들이 가장 좋아하고 즐겨 마시는 홍차라고 한다. 해발고도가 낮은 지역(로그로운)에서 생산

되는 루후나Ruhuna와 마탈레Matale는 아삼종 차나무 특유의 진한 맛과
깊은 향이 있어 밀크티로 마시면 좋다.

다즐링 지역과 가까운 히말라야 지역에는 다즐링과 유사한 아로마를
가진 시킴Sikkim 차가 생산되며 네팔과 방글라데시에서도 다즐링 아로
마를 가진 차들이 소량으로 출하된다. 큰 시장은 아니지만 인도네시
아, 베트남에서도 차를 재배하고 있는데, 대부분 외국으로 수출된다.
　가장 큰 녹차 재배지이자 차의 종주국인 중국은 기문祁門홍차와 랍
상소우총Lapsang Souchong으로 홍차에서도 독자적인 세계를 열고 있
다. 깊은 스모크 향과 섬세한 맛이 있는 중국 홍차는 유럽인들이 홍
차 맛의 본류라고 느낄 정도로 사랑을 듬뿍 받고 있다. 일본 녹차의
생산지이자 거대한 차 소비지인 일본에서도 홍차 생산이 이루어진다.
일본은 찻잎뿐만 아니라 수많은 내셔널 홍차 브랜드를 만들어 외국
으로 수출하고 있기도 하다. 우리나라에서도 홍차가 소량 만들어진
다. 녹차 시장과 맞물려 야생발효차와 홍차 생산이 이루어지고 있으
며 이들 발효차에서도 덖음 녹차처럼 구수한 맛을 느낄 수 있는 것이
특징이다.
　아프리카의 여러 나라에서도 홍차가 생산된다. 대략 스리랑카만큼
의 수확량을 자랑하는 케냐 홍차는 유럽 권역으로 수출되어 그곳에
서 대부분 소화된다. 인도와 중국의 홍차가 너무나 값비싸던 시절,
차 맛을 잊지 못한 유럽인들은 상대적으로 쉽게 구할 수 있었던 케냐
홍차를 선호했다고 한다. 케냐의 난디 고원은 해발고도가 2천7백 미

터에 달하는데, 이 부근의 다원에서 건기(1, 2월 및 7월)에 수확한 차가 가장 품질이 뛰어나다. 르완다, 짐바브웨, 카메룬, 모리셔스 등 고원지대에 자리 잡은 나라들에서 차 생산이 가능하다.

차 생산지를 살펴보면 커피 생산지와 유사하게 맞물려 있다. 언젠가 우리가 유명 프랜차이즈의 커피를 비싼 값에 마실 때 커피농장에서 일하는 노동자들은 처참한 가난을 벗어나지 못한다는 이야기를 들은 적이 있다. 소비자가 지불하는 비용을 커피농장에서 일하는 사람들이 아니라 글로벌 유통기업이 가져가기 때문이다. 이러한 불공정하고 부도덕한 무역관행에 대한 반성으로 페어 트레이드Fair Trade, 즉 공정무역이라는 대안이 등장했다. 공정무역은 합리적이고 아름다운 소비를 원하는 사람들로부터 큰 지지와 호응을 얻고 있다.

공정무역은 생산자와 기업이 공정한 가격정책을 마련하여 경작의 질을 높이고 생산자들의 생계도 보장해주는 제도다. 차, 커피, 초콜릿, 설탕 등 세상을 아름답게 해주는 이 먹을거리들이 모두 공정무역의 주요 대상이다. 중국의 차 경작이 수천 년의 역사를 가진 자생적인 문화라고 해도 차를 생산하는 소수민족들은 자신의 생계를 걱정하며 불안한 나날을 보내는 경우가 많다. 하물며 서양의 고급 취향을 만족시키기 위해 이식된 인도, 스리랑카 그리고 아프리카의 홍차 농장의 풍경은 어떠했을까 짐작이 가는 바다.

우리가 마시는 차에는 수많은 사람들의 노동력, 우리보다 훨씬 힘들게 일한 사람들의 운명이 담겨 있다. 하나의 찻잎을 만들기 위해 아침부터 저녁까지 연중 내내 바쁘게 손을 움직이는 사람들이 있지만, 그들이 차를 만든다는 자부심도 느끼지 못하고 정당한 대가도 없이 일하고 있다면 차를 마시는 마음이 과연 편할 수 있을까? 정당한 임금과 합리적인 품질관리로 생산된 차를 우리가 기분 좋게 맛볼 수 있다면 세상이 좀 더 아름다워지지 않을까? 정성껏 만든 것을 기쁘게 즐기는 것. 차는 응당 그러해야 한다.

국내 홍차 브랜드인 '사루비아 다방'도 공정무역제도에 동참하고 있다. 1천 년 된 야생 차나무가 자라는 중국의 고원지대인 징마이景迈 지역의 차를 공급하는 사루비아 다방은 다즐링, 중국 녹차, 보이차, 루이보스 등 다양한 차종을 공정무역 인증 라인으로 소개하고 있다. '아름다운 가게'에서도 착한 홍차를 판매한다. 네팔의 부드러운 홍차를 공정무역으로 들여온 '아름다운 홍차'는 맛도 향기도 더욱 아름답다. 공정무역은 단순히 생산자들을 가난에서 벗어나게 하는 데서 그치지 않는다. 차나무 숲을 보호하고 제초제 없이 건강하게 차를 재배하며 좀 더 깨끗한 환경에서 더 나은 생산을 할 수 있도록 독려하는 행위다. 더불어 생산지의 사람들뿐만 아니라 즐기는 사람들에게도 희망과 기쁨을 주는 것이라 하겠다.

마틴 루터 킹은 이렇게 말했다. "우리는 아침에 일어나면 탁자에 앉아 남아메리카 사람들이 수확한 커피를 마시거나 중국 사람들이 재배한 차를 마시거나 또는 서아프리카 사람들이 재배한 코코아를 마신다. 우리는 일터로 나가기 전에 이미 세계의 절반이 넘는 사람들에게 신세를 지고 있다."

한 잔의 차가 기쁘고 감사한 이유가 바로 여기에 있다.

13
그레이 백작의
홍차

영국 귀족가인 스펜서 집안의 영양이었던 조지아나가 데번셔 공작인 캐번디시 가家로 시집을 가게 된 것은 1780년의 일이다. 세기의 미인이자 당대의 패셔니스타로 칭송받았지만, 속내를 들여다보면 사실 후계자를 낳아야 하는 중압감에 시달리며 하루하루를 답답하게 살아가던 그 시절 여인과 상황이 별반 다르지 않았다. 그런 그녀가 젊고 열정적인 정치 지망생 찰스를 만났으니 어찌 사랑에 불타지 않을 수 있으랴? 남편의 여성편력에 지친 그녀는 마침내 얻은 아들을 남편에게 안겨준 후 찰스와 격정적인 러브스토리에 빠져든다.

초상화로 본 조지아나는 조각처럼 빼어난 미인이라기보다 세련되고 여성스러운 쪽에 가깝다. 다소곳하고 우아한 인상의 그녀가, 세상에 없는 옷을 스스로 디자인하고 독창적인 스타일 메이커로 런던 여성들의 부러움을 샀다는 이야기나 정치적 식견에도 밝아 사교계의 꽃으로 추앙되었다는 사실은 다소 의외라는 생각이 든다. 이 부드러운 여인은 도대체 어떤 빛깔을 마음속에 숨기고 있는 것일까? 그레이 가家의 젊은 청년을 주체할 수 없는 열정에 휘말리게 한 눈부신 매력은 과연 어디에서 빚어진 것일까?

결국 조지아나는 찰스 그레이가 아니라 공작과 아이들을 택한다. 한때의 열정이 영원할 수 없음을 알았기 때문

토머스 게인즈버러, 〈데번셔 공작부인〉, 1787, 데번셔 컬렉션

일까? 죽는 날까지 모든 것을 가슴에 품은 채 다시 사교계로 돌아가 공작부인의 역할을 완벽하게 수행한다. 그때 그녀의 눈빛은 모든 것을 받아들인 담담함 그 자체였으리라. 세상의 모든 심각한 일들이 시시하고 우습게 여겨졌을지도 모른다. 동서고금을 막론하고 이 세상의 모든 남과 여의 삶은 진부할 정도로 똑같다. 그 뻔한 것들에 잠시 열광했다 잠시 슬퍼했다 그럴 뿐인가보다.

조지아나 캐번디시 데번셔 공작부인으로 살아간 이 여인은 우리에게 너무나 낯선 시대를 살아간 인물일지도 모른다. 하지만 그녀가 끝까지 사랑했던 그레이 가의 젊은 백작은 그리 낯선 인물은 아니다. 홍차를 사랑하는 사람이라면 누구나 한 번쯤 손을 거쳐 간 그 홍차, 얼그레이Earl Grey가 바로 찰스 그레이의 이름에서 비롯된 것이니까.

조지아나와 이별한 후 찰스 그레이는 정치계의 거두로 자리 잡고, 1830년 그토록 원하던 대영제국의 수상 자리에 오른다. 재임기간 동안 그는 수많은 개혁으로 영국을 새롭게 이끌었다고 한다. 그리고 또 한 가지, 그동안 사람들의 입맛을 길들였던 홍차를 새롭게 바꾸었다. 중국차에 레몬 향을 넣어 상큼하고 향긋하게 마실 수 있게 한 것이다. 이 독특한 홍차의 맛은 그레이 백작의 재임 시절 중국을 방문한 측근이 가져온 차의 레시피에서 비롯된 것으로 급속하게 영국 상류층의 입맛을 사로잡았다. 지금도 홍차에 슬라이스한 레몬을 곁들여 내기도 하는데, 이러한 습관이 여기서부터 시작된 것이다.

어떤 사람들은 얼그레이의 시작을 스모키한 중국 홍차에서 비롯되었다고 보기도 한다. 대표적인 중국 홍차인 기문이나 랍상소우총은 독특한 훈연향이 물씬 피어나는데, 이렇듯 스모키한 홍차 맛에 매료 당한 유럽인들이 이와 비슷한 맛을 내보겠다고 이런저런 시도를 하던 끝에 레몬향을 곁들인 홍차에서 비슷한 분위기를 발견했고, 그때부터 고급스런 차로 대접받기 시작했다는 이야기다. 몇몇 홍차회사에서는 훈연향이 가득한 홍차에 베르가모트 오일을 함유한 스모키 얼그레이를 내놓았고 나름 진지한 애호가들을 거느리고 있다.

또한 홍차회사들이 서로 자기네 얼그레이가 정통이라고 주장하기도 한다. 세계적으로 가장 많이 팔리는 트와이닝스는 얼그레이의 원조로서 자부심을 강하게 피력하고 있고, 이에 맞서 찰스 그레이로부터 얻은 레시피 그대로 지금까지 철저하게 생산되고 있다는 잭슨스

오브 피카딜리Jacksons of Piccadilly의 반론도 팽팽하다. 홍차 역사에서 전설처럼 전해오는 여러 가지 이야기들 중 하나다.

어찌되었건 얼그레이는 홍차가게에서건 티룸에서건 가장 자주 만나게 되는 홍차다. 어떤 브랜드에도 존재하며 어떤 베이스 홍차로도 훌륭한 맛을 낼 수 있기 때문이다. 차를 마실 때 약지를 살짝 들 것만 같은, 취향이 까다로운 영국 귀족 도련님을 연상케 하는 얼그레이는 홍차의 왕자라 불리며 여성들의 사랑을 듬뿍 받는 존재이기도 하다. 감귤계의 상큼한 베르가모트 오일이 함유되어 중후한 홍차의 맛에 세련된 성격을 가미한 얼그레이는, 바로 이 상큼한 향기 때문에 열렬히 환영받기도 하고 또 이유 없이 마다하게 되는 홍차이기도 하다.

얼그레이처럼 과일이나 꽃, 스파이스의 독특한 향기를 더한 차들을 '가향홍차'flavored tea라고 부른다. 얼그레이도 어떤 브랜드에서는 베르가모트 오일을, 어떤 브랜드에서는 오렌지 혹은 레몬 향을 가미하기도 한다. 새콤달콤한 시트러스 향을 선택하되 각 브랜드에서 가장 대중적으로 사랑받을 만한 맛을 주는 과일을 선택한 것이다. 재미있는 것은 수많은 홍차 브랜드에서 얼그레이를 출시하고 있지만, 똑같다고 느껴지는 향미는 없다는 점이다.

같은 비율의 베르가모트 오일을 넣었음에도 베이스가 되는 홍차 잎의 종류와 품질이 다르다보니, 수백 수천 가지의 얼그레이가 탄생하기도 한다. 기문이나 아삼 계열의 잎차가 베이스로 활용되는 편인데, 독일 홍차 회사인 로네펠트Ronnefeldt는 독특하게 다즐링을 기본 베이스로 사용한다. 순하고 구수한 맛과 은근한 풀향기가 독특한 다즐링에 강한 레몬향이 과연 조화를 이룰 수 있을까 의구심이 생기지만, 깊은 감칠맛이 제법 산뜻하다. 심플한 맛이 매력적인 로네펠트 홍차답게 군더더기 없이 깔끔한 톤의 얼그레이다. 녹차를 베이스로 베르가모트 향을 가미한 '얼그레이 그린'도 점점 늘어나고 있다.

홍차 애호가였던 조지 오웰을 비롯하여 많은 사람들이 "홍차는 레몬이나 설탕을 가미하지 않고 스트레이트로 마셔야 제 맛을 알 수 있다"라고 하지만 레몬의 향기가 살짝 곁들여지면서 홍차의 향기가 얼마나 상쾌해지는지를 아는 사람이라면 레몬의 유혹을 거절하기는 어렵다. 홍차와 레몬, 얼마나 멋진 궁합인가?

나른한 봄날 오후, 살짝 졸리기도 하고 집중력도 떨어질 때는 진한 홍차 한 잔이 필요한 법. 단단하고 깊은 맛, 진한 수색이 압권인 아삼이 필요할 때다. 잘 우린 아삼 홍차가 담긴 티포트와 따끈하게 예열한 찻잔을 준비하자. 그리고 도자기 스트레이너 위에 얇게 슬라이스한 레몬 한 조각을 얹어보자. 레몬을 보니 비타민C 타블릿을 입에 넣은 것처럼 상큼해진다. 홍차에 레몬을 띄워 그 향을 계속 즐기는 것도 나쁘지 않다. 나라면 오늘 같은 날에는 레몬을 홍차에 담그지 않고 스트레이너에 올려둔 채로 홍차를 따르는 방식을 선택할 것이다.

홍차와 레몬이 섞이는 것은 단 몇 초에 불과한데, 그사이 레몬의 상쾌한 향기가 소로록 피어오른다. 스트레이너를 들어내니 찻잔에 담긴 홍차에 은은하게 레몬 향기가 스며든다. 오늘처럼 나른한 날에는 진한 아삼과 상큼한 레몬만큼 잘 어울리는 것도 없다.

많은 사람들이 홍차를 두고 이렇게 마셔라, 저렇게 마셔라 특정한 룰을 설파하지만 홍차를 마시는 데 정해진 틀은 없다고 본다. 오히려 즐겁고 재미있게 다양한 방법으로 마셔보고 자기가 좋아하는 맛을 발견해나가는 것이 홍차를 즐기는 더 좋은 방법일 것이다. 창의력을 발휘해서 나만의 홍차 레시피를 만들어보는 것이다. 내친 김에 레몬잼이나 레몬절임을 곁들여보면 어떨까? 러시아에는 뜨거운 홍차에 딸기잼을 곁들여 달고 강하게 즐긴다고 하지 않던가? 러시아식 홍차를 맛본 적도 없는데 코끝을 간질이는 레몬 향기에 이런저런 생각이 꼬리를 물고 이어진다.

홍차에 우유, 시럽, 꿀, 잼을 곁들여 마시면 더욱 풍미가 다양해진다. 쌉쌀한 맛을 부드럽게 완화해주는 우유, 달콤한 향기를 돋우는 시럽과 꿀을 곁들여보자. 홍차향이 가득 담긴 꿀도 있다. 티허니Tea Honey라는 이름으로 불리는데 유명 홍차 브랜드에서 찾아볼 수 있다. '얼그레이 티허니'처럼 홍차의 묵직하고 섬세한 향이 가득한 꿀을 홍차에 한 스푼 떠 넣거나 빵에 발라 먹기도 한다. 밀크티에 밤잼이나 고구마잼을 넣어 고소한 향기를 더욱 풍부하게 만들어도 좋다. 잼을 넣을 때는 다른 시럽이나 설탕을 넣지 않아도 된다.

레몬이나 사과 등 과일 조각이나 껍질을 홍차 우릴 때 함께 넣어주면 과일의 풍부한 향기가 은은하게 감도는 색다른 홍차가 된다. 홍차를 발효할 때 아예 과일조각을 함께 넣어 그 향기가 홍차 잎 속에 배어들도록 한 과일 가향차도 있지만, 일반 홍차에 과일껍질이나 말린 과일을 넣어 우려내면 가향차와는 또 다른 맛을 경험할 수 있다. 너무 오래 담그지 말고 찻물에 향이 가미되도록 살짝 적시도록 한다. 흐물흐물해진 과일을 건져내는 것도 썩 기분 좋은 일이 아닌데다 과일향에 홍차 고유의 맛이 사라져버릴 수도 있으니까. 달콤한 시럽에 절인 체리를 곁들이는 것도 홍차를 특별하게 즐기는 방법이 될 수 있다.

그래도 레몬만 한 것은 없다. 레몬의 새콤한 향이 홍차의 텁텁함을 부드럽게 완화해주고 발효되느라 사라져버린 홍차의 비타민C도 보충해주니 괜찮은 궁합이다. 살짝 적신 후 건져내거나 찻잔 가장자리에 레몬을 가볍게 문질러 향을 피우는 것도 좋다. 스트레이너 위에 얹은 후 찻물을 걸러내면 은은하게 향이 스며들어 레몬의 첫 향이 오래가고 맛도 산뜻해진다.

파리에 머물던 시절, 가끔 홍차를 사러 일부러 시내로 나가곤 했다. 번화가로 조금만 나가도 포숑, 마리아주 프레르, 에디아르Hediard, 팔레 데 테Le Palais des Thés 등 수많은 브랜드 홍차가게도 있고, 다양한 홍차를 한자리에서 구입할 수 있는 잡화점이나 식료품점, 리빙숍도 있다. 레트로스타일 리빙숍인 '레조낭스' Résonance에는 테 오 도Thé O Dor, 팔레 데 테의 홍차들을 맛볼 수 있고, 모던한 스타일숍인 '코테 메종'Côté Maison에는 마리아주 프레르가 넓은 자리를 차지하고 있다. 마리아주 프레르는 프랭탕 백화점 메종관에서도 찾아볼 수 있어 마레나 생미셸에 있는 매장까지 가지 않아도 된다. 오늘은 어디로 갈까? 쇼핑도 할 겸 구경도 할 겸 프랭탕 백화점으로 향했다.

지금은 외관 리노베이션이 한창인데 그때도 백화점 내부가 어수선하기는 마찬가지였다. 그래도 아름다운 컬러의 식기, 패브릭, 멋진 가구들을 보다보면 시간가는 줄 모르는 게 파리의 백화점이다. 에스컬레이터를 타고 메종관 3층에 오르니 이미 세계적으로 유명해진 라듀레 과자점의 마카롱이 색깔별로 나란히 전시된 간이판매대가 눈에 들어온다. 나는 이곳을 그냥 지나치지 못한다. 색깔별로 하나씩 골라 작은 박스에 담아 포장하고 기분 좋게 돌아서면 뒤쪽 홀 중앙에 커다란 양철 홍차통이 3단으로 잘 정리된 마리아주 프레르 홍차매장이 눈에 들어온다.

시청 부근 마레 지역과 센 강변 안쪽 두 군데에 티룸과 숍을 갖춘 마리아주 프레르 살롱 드 테가 있다. 백화점 내 매장은 홍차나 다구의 가짓수가 좀 부족하지만 인기 있는 품목들은 거의 모두 갖추고 있

어 홍차를 마실 생각이 아니라면 이곳에서 간단하게 쇼핑하는 것도 좋다. 나는 거의 바닥을 드러낸 홍차를 리필백에 채워갈 생각으로 줄을 섰다. 판매대 쪽에 서 있는 점원이 양철 항아리처럼 생긴 커다란 홍차통에서 원하는 차를 덜어서 포장해준다.

이곳에서는 고객이 원하는 홍차를 이야기하면 향을 맡아볼 수 있도록 홍차통을 열어 보여준다. 입구 속으로 얼굴이 쑥 들어갈 것 같은 커다란 홍차통에 코를 가까이 대고 킁킁거려본다. 조금 민망한 모양새지만 마음에 드는 홍차를 잘 고르기 위해서는 반드시 거쳐야 할 과정이다. 향도 감상하고 잎 모양도 본다. 여러 가지를 보여달라고 해도 절대 실례가 아니다. 원하는 만큼 충분히 차향을 맡아본 후 마음에 드는 것을 고르면 된다.

내 차례가 오길 기다리며 서 있는데 갑자기 묘한 향기가 훅 날아온다. 내 앞의 여자 손님이 주문한 홍차를 담기 위해 통을 여는 순간, 그 틈으로 홍차의 향기가 거침없이 날아온 것이다. 알싸한 향기 속에 특별하게 농축된 에센스가 느껴진다. 검정 양복 차림의 점원은 차를 리필백에 담아 꼼꼼히 포장했고 만족스러운 표정의 여자 손님에게 정중하면서도 당당한 표정으로 쇼핑백을 넘겨주었다. 내 차례가 되었다.

"앞 손님이랑 같은 것 좀 보여주세요!"

그는 이미 짐작하고 있었다는 눈빛으로 고개를 끄덕이더니 조금 전에 꺼냈던 홍차통을 다시금 열어 내게 향기를 맡을 수 있도록 바짝 들이밀었다. 톡 쏘는 향과 거역할 수 없는 향긋함이 골고루 담겨 있었다. 몸이 날아갈 듯 가벼워지는 상쾌한 향이었다. 점원은 익숙한 솜씨로 홍차를 덜어 포장하고 라벨에 홍차 이름을 써주었다. 얼그레이 프렌치 블루Earl Grey French Blue.

아, 이것이 얼그레이구나. 처음 경험해본 얼그레이가 매력적으로 다가왔다. 홍차 이름이 아름다운 시의 제목처럼 예쁠 수도 있고 홍차의 향이 마치 꽃이 만발한 정원에 앉아 있는 듯 싱그럽고 향기로울 수도 있다는 것을 처음 알았다. 살짝 말린 검은 홍차 잎 사이로 꽃잎이 슬쩍슬쩍 섞여 있었다. 푸른색 길쭉한 꽃잎은 섬세하기 짝이 없었고 개나리 속살 같은 노란색 꽃잎도 앙증맞았다. 그 사이에서 새콤한 레몬향이 진하게 퍼져 나왔다. 푸른색 꽃잎이 콘플라워Conflower이고 노란색 꽃이 매리골드Marigold라는 것은 나중에 알게 된 사실이었다. 이 홍차가 어떤 맛인지 살펴보고 싶어 다른 곳은 구경도 하지 않고 얼른 돌아오는 버스에 올랐다. 집에 들어오자마자 물을 끓였다. 찻잎을 한 스푼 담아 뜨거운 물에 우려내니 세상에 태어나 한 번도 경험해보지 못한 향기가 온 방 안을 가득 채웠다.

나긋나긋하고 향긋한 홍차인데도 얼그레이를 두고 백작의 홍차라고 부르는 이유는 더 사랑스럽고 더 여성스러운 얼그레이가 엄연히 존재

하기 때문이다. 다양한 꽃잎들이 한 가지 한 가지 조금씩 더해지면서 얼그레이의 섬세한 향기는 점점 미묘해지고 풍성해지고 아름다워진다. 치장을 마친 백작부인처럼 화려한 홍차로 변모하게 되는 것이다. 오렌지껍질이나 레몬껍질을 첨가하고 콘플라워와 매리골드 꽃잎을 섞기도 하면서 새로운 얼그레이가 탄생한다.

얼그레이에 마른 꽃잎과 풍성한 오렌지향을 더하면 진정한 백작부인의 홍차라는 의미의 레이디 그레이Lady Grey라 불리고, 실론과 기문 홍차를 베이스로 한 얼그레이에 매리골드 꽃잎을 섞으면 풍성한 꽃향기가 더해졌다는 의미에서 얼그레이 플라워Earl Grey Flower라 불린다. 황금빛 매리골드와 푸른빛의 콘플라워 꽃잎까지 들어가면 이 푸른색 꽃이 홍차에 강한 인상을 심어준다 하여 얼그레이 프렌치 블루라는 이름이 붙기도 한다. 달콤한 바닐라나 새콤달콤한 과일, 화사한 꽃의 향기가 더해지니 확실히 여성스러운 분위기로 바뀌었다.

때로는 얼그레이에 더욱 강한 시트러스 향이 가미되기도 하고 장미 꽃잎이나 장미오일, 혹은 바닐라나 계피 같은 진한 스파이스가 가미되기도 한다. 강한 시트러스와 스파이스가 가미된 홍차는 러시아에서 즐겨 마시는 홍차 스타일이라 한다. 얼그레이라는 이름을 사용하면서도 다른 향기를 첨가하거나 블렌딩 비율을 달리하니 각각의 얼그레이가 확실히 다른 모습으로 다가온다. 레이디 그레이는 다정다감하고 귀족적인 분위기로, 프렌치 블루는 세련되고 도도한 파리지엔의 느낌으로, 얼그레이 플라워는 싱그러운 봄의 여신 같은 모습으로 각기 다른 스타일을 만들어낸다.

아름답고 다정다감한 공주님 같은 홍차 레이디 그레이는 얼그레이와 쌍벽을 이루며 여성들의 사랑을 듬뿍 받고 있는 홍차다. 얼그레이의 묵직한 맛이 시트러스 계열의 향기와 꽃향기가 가미되면서 하늘을 날아갈 듯 가볍고 산뜻해졌다. 입 안에서 소용돌이치는 화려하고 상큼한 향기에 마음이 설렌다. 이름 모를 예쁜 꽃들로 가득한 넓은 들판을 마음껏 산책하는 즐거움이 숨겨져 있는 듯하다. 길고 지루한 치장 시간을 견디다 못해 시녀가 잠시 자리를 비운 사이 궁을 빠져 나온 아름다운 공주님이 긴 치맛자락을 여미고 종종걸음으로 들판을 뛰어가는 모습이랄까. 봄 햇살이 눈부시게 쏟아지는 넓은 정원에서 잠시 자유로움을 느꼈을 공주님 같은 홍차.

1638년 11월 25일 포르투갈의 브라간자 공작가에는 둥글고 큰 눈을 가진 검은 곱슬머리의 귀여운 여자아이가 태어났다. 카타리나 헨리에타Catarina Henrietta라는 이름을 얻은 아기는 2년 후 아버지가 포르투갈의 왕실 전통에 따라 후안 4세로 즉위함에 따라 공작가의 영양

1. 감미로운 얼그레이에 상쾌한 푸른빛 콘플라워가 더해진 마리아주 프레르의 '얼그레이 프렌치 블루'.
2. 히비스커스 꽃잎과 모브 꽃잎이 들어 있어 상쾌하고 향긋한 마리아주 프레르의 '에로스'.
3. 자몽과 블러드 오렌지의 강렬하고 상쾌한 향, 황금빛 매리골드의 화사한 조화가 돋보이는 니나스의 '테 드 방돔'.
4. 중국 운난홍차를 베이스로 베르가모트 오일과 다양한 꽃잎이 가미된 독특한 얼그레이인 팔레 데 테의 '블루 오브 런던'.

에서 포르투갈의 왕녀로 신분이 바뀌게 된다. 당시 왕녀의 임무란 다른 왕실과의 혼인을 통해 왕국의 안녕을 다지는 것. 어린 카타리나도 예외는 아니었다. 오스트리아의 요한 황제, 프랑스의 루이 14세, 잉글랜드의 찰스 2세 등 수많은 열강의 왕비 자리를 놓고 어른들의 저울질이 시작되었다. 포르투갈의 왕녀는 불안한 정치상황을 왕정복고로 해결하고자 했던 영국의 찰스 2세와 맺어지게 된다.

1662년 4월 23일 카타리나는 고향 리스본을 떠나 영국으로 향했다. 대양을 지배했던 포르투갈의 대형범선은 순풍을 타고 포츠머스 항에 입성했다. 카타리나가 영국 왕실에 가져간 지참금은 역대 왕비 중 가장 규모가 크다고 알려져 있다. 현금과 보석, 그리고 엄청난 양의 설탕이 공주의 범선을 가득 채웠다. 그뿐만이 아니다. 지중해 무역항인 탕헤르와 인도의 무역항인 봄베이의 통치권까지. 이 두 항구는 영국이 브라질과 동인도 무역을 재패하는 계기를 마련해주었다. 이 대가로 포르투갈이 얻은 것은 스페인 등 주변 강대국을 제압할 수 있는 든든한 군사력이었다.

포르투갈은 차 맛을 경험한 최초의 유럽 국가였다. 카타리나가 영국에 처음 홍차를 소개한 인물은 아니지만 홍차 문화에 푹 빠져 있던 포르투갈 왕실에서 자란 덕분에 그녀는 영국 왕실에 뜨거운 홍차 유행을 몰고 왔다. 또한 포르투갈이 독점하다시피 했던 브라질산 설탕이 영국 사회에 전달되어 새로운 문화를 만들었다. 쌉쌀한 차에 설탕을 넣어 귀족적인 티타임을 만끽할 수 있었던 기반이 여기서 시작된다.

카타리나 왕비 이후 영국의 역사는 홍차 없이는 설명이 불가능하다. 인도와의 무역을 장악하게 된 영국이 백여 년 후 인도로부터 가져온 것도 두말할 것 없이 품질 좋은 차였다. 이 덕분에 소수의 귀족들만 맛보던 차가 영국 사회로 급속히 확대되었고 영국은 홍차대국으로 성장했다. 홍차는 대외적으로는 미국의 독립전쟁의 시발이 되었던 보스턴 차 사건이나 중국으로부터 홍콩을 갖게 된 아편전쟁과 같은 뜨

거운 사건을 몰고 왔으며, 대내적으로는 음식, 도자기, 예술, 생활습관, 산업에 이르는 폭넓은 분야에서 혁명과도 같은 변화를 일으켰다. 어찌 보면 이 모든 것이 카타리나 왕비와 그녀가 사랑했던 홍차에서 시작되었다. 영국에서 차의 역사를 이야기할 때 가장 먼저 언급되는 인물이 바로 카타리나 (영국식 명칭으로는 캐서린) 왕비다.

가름하고 흰 얼굴, 둥글고 큰 눈, 검은 곱슬머리, 단정하고 새침한 입술의 우아한 초상화는 결혼을 위해 영국 왕실에 보내진 초상화였으리라. 입

카타리나 왕비의 초상화가 그려진 트와이닝스의 레이디 그레이.

술을 꼭 다문 새침한 왕녀는 먼 곳으로 시집을 가면서 무슨 생각을 했을까? 바람둥이 왕으로 인해 고통받을 때마다 달콤한 설탕으로 과자를 만들어 외로움과 그리움을 달래지 않았을까?

왕비가 되기 전 왕녀의 신분으로 포르투갈의 드레스를 입은 채 그려진 카타리나의 초상화는 트와이닝스에서 가장 인기 있는 홍차인 레이디 그레이 슈프림 라인의 티백을 장식하고 있다. 카타리나 왕비의 초상화는 런던의 내셔널 포트레이트 갤러리에 여러 왕실 초상화와 함께 걸려 있지만 티백 속의 왕비는 매일 산뜻한 애프터눈티를 즐기고 싶은 전 세계 사람들의 테이블을 방문한다. 티타임의 즐거움을 누구나 누릴 수 있도록 해준 왕비에게 바치는 아름다운 오마주다.

여름

15
꽃향기 가득한
여름,
장미홍차

나는 향기로운 것들이 좋다. 외출할 때는 심플한 꽃향과 신선한 우디 향의 향수를 번갈아 뿌리고, 방마다 리넨, 매그놀리아, 장미 등 각기 다른 향의 파우더와 캔들을 놓아 은은하게 향기를 피운다. 늘 향기가 가득해서는 곤란하다. 평소에는 있는 듯 마는 듯 존재감이 없다가 방문이 여닫힐 때, 바깥바람이 살포시 방 안으로 불어올 때 가볍게 가루가 날리듯 살짝 피어나는 것이 가장 아름답다. 그 향기가 풋풋하고 생기 넘치는 자연의 향기라면 더 바랄 것이 없겠다. 마치 꽃과 풀이 넘실대는 햇살 좋은 벌판에 드러누워 있는 듯한 느낌이 아니겠는가?

나는 꽃을 좋아한다. 향기롭고 아름다워서 좋다. 꽃이 가진 수많은 빛깔과 눈부신 존재감도 사랑스럽다. 빈티지한 느낌의 꽃무늬도 좋아하고 꽃에서 추출한 에센셜 오일도 곧잘 활용한다. 로즈 앱솔루트, 파출리, 재스민… 꽃의 에센스만 모아놓은 이 향긋한 오일로 아침저녁 스킨케어도 하고 목욕할 때 넣기도 한다. 가끔은 플라워숍에서 꽃을 사기도 하지만, 생명이 짧은 이 소중한 존재는 곧 시들어버리기에 마음이 아프다.

수많은 꽃 중에서 장미가 가장 마음에 든다. 장미 향기는 은근한 매력이 있다. 드러내고 유혹하는 달콤한 꽃들이 얼마나 많은가? 하지만 장미향은 몇 겹의 베일에 감싸여 있다가 깊은 내면에서부터 서서히 발산된다. 불같은 뜨거움과 나무의 부드러움도 함께 느낄 수 있다. 강하고 아름답고 섬세한 장미는 '꽃의 여왕'이라는 이름이 더없이 잘 어울린다.

장미는 여성들에게 특히 좋은 효과를 발휘한다고 한다. 에스트로

겐이 풍부하고 비타민과 무기질이 다량 함유되어 있어 여성의 피부미용을 위해 빼놓을 수 없다. 기분전환이 필요할 때, 마음속 우울을 떨쳐버리고 싶을 때도 장미향은 효과를 발휘한다. 이 아름다운 꽃을 차로 마신다면 더없이 좋겠다.

오랜 옛날부터 여인들은 장미를 사랑하고 아껴왔다. 그 향기를 즐기고 그 맛을 즐겼다. 장미의 꽃잎과 꽃봉오리를 잘 말려두었다가 뜨거운 물에 몇 개씩 넣어 우려내면 은은한 장미 향기가 감도는 장미차가 완성된다. 차로 만드는 장미는 흔히 보는 장미보다 훨씬 작고 섬세하게 생겼다. 풍성한 장미 꽃잎은 아니지만 장미차 속에는 장미향의 은근한 여운이 길게 남는다. 꽃차는 맛보다는 향기다. 특히 장미가 그렇다. 쌉싸래한 맛보다 은근하고 고혹적인 향기에 취해 차 맛이 더욱 그윽해진다.

실론이나 아삼 찻잎에 장미꽃잎이나 꽃봉오리를 섞어두기도 한다. 말린 식용 장미는 유기농 허브숍에서 쉽게 구입할 수 있다. 홍차 특유의 맛 사이에 살포시 장미향이 느껴진다. 장미 가향홍차 중에는 장미꽃잎과 장미의 식용오일을 함께 넣어 맛과 향을 높이기도 하고 다른 꽃이나 허브를 가미하여 맛의 밸런스를 유지하기도 한다. 알고 보면 우리가 흔히 마시는 홍차 중에도 장미향이 가미된 것이 상당히 많다.

장미홍차 중에서 편안하게 마실 수 있는 것을 찾는다면, 위타드의 잉글리시 로즈English Rose가 대표적이다. 홍차 잎 속에 말린 장미꽃잎이 송송 박혀 있어 향기가 그윽할 뿐 아니라 마무리가 상큼해서 상쾌한 로제 와인을 마시는 듯하다. 장미향에 거부감이 있는 사람도 편안하게 접근할 수 있어 애호가들의 사랑을 듬뿍 받고 있는 홍차다.

216 더 스트랜드216 The Strand의 엘리건트 로즈Elegant Rose 또한 정갈한 홍차 잎과 아름다운 붉은빛의 장미꽃잎이 섞여 그윽하고 향기로운 홍차가 필요할 때 즐겨 마시게 된다. 영국에서 인기가 많은 티 팰리스의 로즈 포우총Rose Pouchong*은 장미홍차의 교과서를 보는 것처럼 표준의 맛을 가지고 있다. 하니 앤 선스의 샐리 시크릿Sally's Secret은 촘촘한 찻잎과 장미 꽃잎이 잘 섞여 세련미를 느낄 수 있는 장미홍차다.

마리아주의 블랑 앤 로즈Blanc & Rose는 발효되지 않은 실버 팁의 화이트티에 장미 꽃잎이 블렌딩되었는데, 은빛과 절묘하게 섞인 은은한 핑크빛 꽃잎의 컬러감, 그리고 하나하나 손으로 채취한 화이트티의 가공되지 않은 질감과 미묘하고 은은한 향기 등 섬세하기가 이루 말할 수 없다. 향기가 진하다고 해서 좋은 차가 완성되는 것은 아니다. 쌉싸래한 홍차에는 그에 어울리는 강하고 짙은 맛이, 은은하고 맑은

* 포우총은 홍차처럼 완전발효되지 않은 중간발효차로 중국 푸젠과 타이완에서 생산된다.

백차에는 섬세하고 미묘한 향이 곁들여져야 더욱 완성도 있는 차가 될 것이다. 고혹적이고 화려하고 섬세하면서도 미묘한. 장미 향기는 그래서 어떤 차와도 잘 어울린다.

이따금 에쿠니 가오리江國香織의 소설을 읽는데, 나는 그녀를 '홍차의 작가'라고 부르고 싶다. 그녀의 소설에는 등장인물들이 슬픔을 느낄 때, 누군가를 기다릴 때, 마음속의 메아리에 귀 기울일 때, 사랑에 마음 아파할 때, 시간이 빨리 흘러가기를 바랄 때 홍차를 마신다. 뜨거운 차를 홀짝거리거나 소리 없이 입 안에서 음미한다. 그 혹은 그녀가 마시는 차가 레몬향인지, 장미향인지, 혹은 다즐링인지, 차 맛에 대한 깊은 설명은 없지만 차를 마시는 길지도 짧지도 않은 시간 동안 몰려드는 상념을 따라 따스한 찻물을 느낀다. 홍차는 인물의 감정이 되기도 하고 또 일상의 풍경이 되기도 한다.

에쿠니 가오리의 홍차 사랑은 소설 『홀리 가든』에서 두드러진다. 이 책은 표지부터 홍차 애호가의 시선을 사로잡을 만하다. 은은한 하늘색 배경에 하얗고 둥근 홍차 잔이 덩그러니 그려져 있다. 꽃잎처럼 퍼진 찻잔 모양이 사랑스럽다. 알 만한 사람들은 다 아는 브랜드의 홍차 잔이다. 투명하게 비어 있는 찻잔은 지금 허허롭기만 한 주인공의 마음이다. 그러나 우리는 이 찻잔에 머지않아 누군가와 함께 마실 홍차가 담기리라는 것을 알고 있다. 홍차란 그런 것이다.

실연의 상처를 안고 조용히 하루하루를 견디고 있는 주인공은 푸른 장미가 그려진 홍차 잔을 옷장 위에 숨겨둔 채 커다란 카페오레 잔에 홍차를 부어 마시며 감정의 여백을 기다린다. "홍차는 온기를 가진 것이다"라고 이야기하면서도 온기를 나누는 것을 두려워하는 주인공. 남몰래 따스한 온기를 애타게 그리워하던 그녀는 혼자 마시던 차를 다른 사람과 나누고, 어느덧 세상을 향해 마음의 문을 연 그녀는 새 남자친구에게 홍차를 대접하기 위해 숨겨두었던 아름다운 홍차 잔을 꺼낸다.

머그잔에 가득 부어 마셔도 되고 수프볼처럼 커다란 잔으로 마셔도 되고 곱디고운 앤티크 찻잔에 마셔도 되지만, 홍차가 가장 아름다운 자태를 뽐내는 순간은 바로 홍차 잔에 담길 때다.

홍차 잔은 커피 잔과 모양이 다르다. 홍차 잔은 높이가 낮고 꽃잎이 열리듯 입구가 넓다. 햇빛이 그대로 투과할 수 있을 만큼 얇고 두드리면 맑은 소리가 난다. 그리고 손바닥에 동그랗게 감쌀 수 있는 크기가 좋다. 투박하고 커다란 머그잔보다는 동그스름한 전통적인 라인의 찻잔이어야 홍차의 맛과 향, 색을 제대로 느낄 수 있다.

홍차 잔이 커피 잔보다 입구가 넓은 것은 홍차의 복잡 미묘한 향기를 좀 더 섬세하게 느낄 수 있도록 하기 위해서다. 커피향의 구수함은 먼 곳에서도 느낄 수 있지만, 차의 향기는 은은하고 가볍다. 그러므로 차를 마실 때 향기까지 고스란히 음미하기 위해서는 입구가 살짝 펼쳐지는 것이 더 좋다. 커피원두의 종류가 아무리 다양해도 로스팅 roasting 후 추출한 색은 모두 탁하고 진한 일색이지만, 홍차는 황금빛에서 검붉은 빛까지 찻잎의 종류에 따라 각양각색의 컬러를 가진다.

그러므로 찻잔이 얇고 빛을 잘 투과할 수 있다면 맑게 우러난 아름다운 찻물의 색을 살펴볼 수 있을 것이다. 다양한 홍차의 빛깔과 어울리도록 찻잔 바닥에 꽃무늬나 채색 장식이 그려져 있는 경우가 많은데, 꽃그림 장식을 보면서 음미하는 홍차의 맛은 더욱 특별할 수밖에 없다.

우려진 홍차는 적절한 분량만 잔에 담고 나머지는 따뜻한 온도를 유지하도록 티포트에 그냥 두었다가 잔을 비운 후 다시 따라 마시는 것이 보통이다. 그러므로 홍차 잔은 너무 크지 않은 것으로 선택하는 것이 좋다. 크기가 작은 잔에 여러 번 마시는 것이 큰 잔에 가득 부었다가 다 식어버린 차를 맛보는 것보다 나은 선택이다. 보통 150밀리리터의 잔에 70~80퍼센트의 용량으로 두 번 정도 마시는데, 우러난 정도에 따라 첫잔은 홍차 그대로, 둘째 잔은 우유를 타서 밀크티로 마시기도 한다.

홍차 잔은 우아하다. 작고 얇은 꽃봉오리가 활짝 열린 튤립처럼, 팔랑팔랑한 잎사귀가 옴팡하게 피어오른 개양귀비처럼 홍차 잔은 꽃을 닮았다. 거역할 수 없는 향기도, 혀에 감기는 따스함도 아찔하도록 아름다운 꽃을 닮았다. 꽃처럼 예쁜 홍차 잔에 한 송이 꽃처럼 홍차가 담긴다.

01 아이스티 기본 레시피

홍차를 우려낸 다음 냉장고에 시원하게 보관하다가 얼음을 넣어 마시는 것이 가장 기
본적인 아이스티 레시피다. 다즐링처럼 섬세한 홍차나 랍상소우총처럼 짙은 향보다
는 산뜻한 과일 가향차나 수색이 투명하고 붉은 오렌지 빛을 띠며 얼음을 넣더라도
백탁 현상이 생기지 않는 닐기리, 캔디, 딤불라가 적합하다. 홍차를 뜨거운 물에 우
려낼 때 평소보다 많은 양을 넣어서 진하게 우려내는 것이 포인트다. 얼음이 녹으면
서 홍차가 묽어지는 것을 방지하기 위해서다. 또 핫티보다 아이스티가 홍차의 진한
맛이 덜 느껴지기 때문이기도 하다.

02 찬물에 우려내는 냉침법

가장 쉽게 아이스티를 만드는 방법은 냉침법, 즉 냉수침출법이다. 길고 투명한 유리
물통에 티백 두 개 혹은 잎차 두 스푼을 넣고 찬물을 7백 밀리리터 정도 부어 냉장고
에서 밤새 우려낸다. 좀 더 진한 색과 맛을 위해서는 잎차 세 스푼으로 늘리면 된다.
적당히 우러나면 찻잎을 걸러내고 냉장 보관한다. 냉침법은 장시간 우려내야 하는 단
점은 있지만 찻물이 맑게 우러나고 차 특유의 쓴맛이 제거되어 산뜻한 아이스티를
마실 때 좋다. 찬물에는 카페인이 우러나지 않기 때문에 카페인이 걱정된다면 냉침법
으로 차를 즐기면 된다.

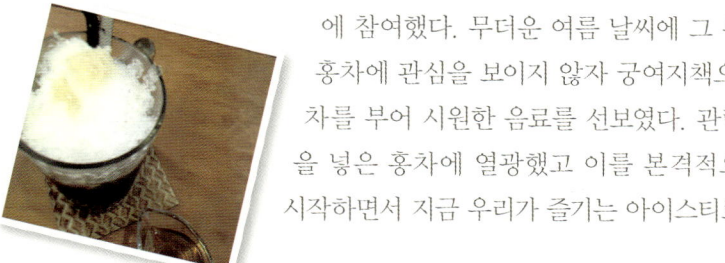

아이스티를 마시기 시작한 것은 백여 년 전 미국에서다. 영국인 홍차 상인 리처드 블레친든Richard Blechynden은 인도산 홍차를 홍보하기 위해 1904년 세인트루이스에서 열린 만국박람회에 참여했다. 무더운 여름 날씨에 그 누구도 뜨거운 홍차에 관심을 보이지 않자 궁여지책으로 얼음에 홍차를 부어 시원한 음료를 선보였다. 관람객들은 얼음을 넣은 홍차에 열광했고 이를 본격적으로 판매하기 시작하면서 지금 우리가 즐기는 아이스티로 발전했다.

보통 12시간에서 24시간 정도 우려내야 한다지만 나는 가향차의 경우 한두 시간 정도, 스트레이트티와 과일차는 서너 시간 정도면 충분하다고 생각한다. 사람마다 좋아하는 맛이 있으니 지속적으로 맛을 보며 적당한 타이밍을 찾아내는 것이 좋겠다.

03 재빨리 아이스티를 만드는 또 다른 방법

좀 더 빨리 아이스티를 마시고 싶을 때는 냉침법과 대조되는 온수침출법을 활용해보자. 평소대로 뜨거운 물을 끓여 차를 우려내는데 이때 4~5분 정도 더 오래 우려야 맛이 좋아진다. 너무 오래 우리면 차가 탁해질 수 있기 때문에 5분을 넘기지 않도록 한다. 진하게 우려낸 차에 얼음을 듬뿍 넣어 마신다.

04 색다른 홍차의 맛, 프로즌티frozen tea

넓은 유리 볼에 얼음을 곱게 갈고 차를 끼얹어 서서히 녹이면서 마시면 아이스티 본래의 맛을 느낄 수 있다. 홍차나 과일차를 진하게 우려낸 후 아이스 큐브에 부어 얼려두면 언제든지 쉽게 아이스티를 마실 수 있다. 홍차를 얼려 곱게 갈아 홍차빙수로 즐겨도 된다.

16
여름의 한가운데,

복숭아
향기에 물들다

아침부터 기분이 들떴다. 하니 앤 선스의 미드서머 피치Midsummer's Peach를 구할 수 있다는 연락을 받았기 때문이다. 지난해 여름 처음 이 진한 복숭아 맛 홍차를 맛보고 '아, 난 정말 복숭아를 좋아하는구나'라고 다시 한번 느꼈다. 즙이 풍부한 복숭아를 한입 베어 문 것과 같은 싱그러움, 향긋하고 달착지근한 맛, 홍차 특유의 개운한 맛까지 단연 '퍼펙트!'라는 칭찬을 해주고 싶은 홍차였다. 간절히 바라면 이루어진다더니, 이 홍차를 나눠줄 블로그 이웃과 연락이 닿았다.

국내에 시판 중인 홍차의 규모가 워낙 한정되다보니 우리나라의 홍차 문화는 조금 독특한 면이 있다. 홍차 인터넷 카페나 블로그 등을 통해 전국적인 망이 형성되고 이 거대한 네트워크를 통해 각종 홍차들을 주고받는 것이다. 재미있는 것은 '소분'小分이라는 방식이다. 홍차는 엄연히 유통기한이 있는 식품이고, 따라서 한꺼번에 많은 홍차를 개봉해서 두고두고 먹을 수 있는 것이 아니기 때문에, 각각의 것들을 조금씩 소량 밀봉 포장하여 한두 번 먹을 수 있을 정도로 나눠두는 것이다. 5그램, 10그램 정도로 나눠 은박포장지에 밀봉해두었다가 다른 홍차를 가진 사람들과 교환하기도 한다. 내가 가진 트와이닝스의 허브차를, 블로그 이웃이 가진 포트넘 앤 메이슨의 얼그레이로 바꾸는 식이다. 서로 만나본 적 없는 사람들끼리 홍차를 좋아한다는 이유만으로 서로 믿고 교환하기도 하고 자기 것을 선뜻 나눠주기도 한다. IT 강국의 인프라와 자기가 가진 것을 나눠주는 데 익숙한 우리 정서가 맞물린, 다른 나라 사람들은 상상하기 어려운 독특한 모습이 아닐까 싶다.

홍차 나눔이나 교환을 자주 하는 편은 아니지만, 내가 가진 홍차 중에 혼자 마시기에는 양이 너무 많거나 새로 호기심을 자극하는 홍차인데 한 통 덥석 사기가 망설여질 때 조금씩 교환해본 경험이 있다. 홍차를 교환하는 데도 룰이 있다. 비슷한 가치의 홍차, 단단한 포장, 등기우편, 기분 좋을 만큼의 덤. 핸드메이드 티코지나 직접 만든 스콘, 과자가 덤으로 담겨온 적도 있다.

우연히 블로그 이웃으로부터 알게 된 하니 앤 선스 홍차는 블렌딩 구성이 화려하면서도 맛이 균형 잡혀 있고 캐릭터가 강하다. 우리나라에 정식 수입되는 홍차 브랜드라 브렉퍼스트나 얼그레이와 같은 기본 홍차와 몇 가지 블렌딩 홍차 그리고 허브차 정도는 시내의 특급호텔 델리숍이나 백화점에서 구입할 수 있다. 그러나 웹사이트를 방문해보면 하니 앤 선스의 매력을 좀 더 쉽게 파악할 수 있다. 눈을 뗄 수 없는 화려한 블렌드, 시즌별 다원차들, 깜찍한 여행용 타가롱 틴 Tagalong Tin과 예쁜 피라미드형 티백이 든 아름다운 홍차 틴까지 사고 싶은 욕구를 불러일으키는 수백 개의 홍차들이 있다. 미드서머 피치는 국내에 정식 수입되는 제품 중에는 빠져 있지만 하니 앤 선스의 베스트셀러 중 하나다. 내가 처음 맛본 하니 앤 선스이기도 하다.

첫 만남이 만족스러워서인지 하니 앤 선스에 대한 기대가 높아졌다. 봄비가 촉촉이 내리는 날, 물을 가득 머금은 풀밭을 산책하는 듯 풋풋한 제인스 가든 Jane's Garden이며 은은한 얼그레이에 장미 향기가 가득한 샐리 시크릿도 좋았고, 진한 초콜릿 향기가 감도는 밸런타인 블렌드, 좀 더 깊은 베르가모트 향이 그윽한 얼그레이 수프림 Earl Grey Supreme도 하니 앤 선스의 대표 브랜드다. 하니 앤 선스를 한마디로 설

명하자면 품질 좋은 차종을 뛰어난 블렌딩과 세련된 패키지로 묶어서 여심을 사로잡는 브랜드라고 할 수 있다.

　블렌딩이란 여러 가지 홍차 잎과 과육, 허브, 꽃, 스파이스 등 다양한 향과 맛을 가진 재료를 혼합하여 독특한 맛을 창조하는 기술이다. 홍차 브랜드마다 자신만의 독특한 블렌딩을 선사하여 고객들에게 즐거움을 준다. 하니 앤 선스는 다양한 허브와 차를 섞어 놀랄 만큼 화려한 조합을 보여주며 풍부하고 깊은 맛의 세계로 안내한다. 라벤더와 캐모마일이 배합된 옐로 앤 블루Yellow & Blue, 콘플라워, 매리골드, 블루멜로, 장미 등 오색 꽃들과 찻잎이 화려하게 혼합된 차이니즈 플라워Chinese Flower, 루이보스에 크랜베리, 오렌지 등 붉은 계열의 열매들이 혼합되어 이국의 진한 풍미를 느낄 수 있는 아프리칸 오텀African Autumn, 시나몬, 오렌지, 스위트 클로브를 배합하여 진하고 톡 쏘는 향미를 선사하는 핫 시나몬 선셋Hot Cinnamon Sunset 등 이름도 예쁘고 맛도 훌륭하다.

하니 앤 선스에서 놓치지 말아야 할 것이 있으니 바로 티백 샘플러다. 다양한 홍차를 하나씩 티백으로 포장하여 구성한 일종의 맛보기 상품. 티백 샘플러 세트 앞에서 나는 방앗간의 참새처럼 가슴이 콩닥콩닥한다. 그 브랜드의 홍차를 골고루 맛볼 수 있다는 점도 좋지만 같은 옷을 입고 나란히 줄서 있는 티백들을 보면 뭔가 많이 가진 것 같은 풍족함을 느끼게 되기 때문이다. 게다가 티백 샘플러 세트의 홍차들은 차림새가 제법 근사하다. 세련된 컬러와 아름다운 디자인의 티백 포장지를 열 때마다 말 그대로 새로운 세계로 한걸음 내딛는 듯한 착각에 빠지곤 한다.

　이웃 블로그에서 티백 샘플러를 판매한다는 게시글을 보았다. 내가 좋아하는 하니 앤 선스와 티백 포장지가 예쁘기로 소문난 애슈비Ashby's 홍차라니 더 솔깃해졌다. 달근한 과일홍차가 눈앞에서 아른거릴 때라 더욱 마음이 흔들린다. 결국 블로그 이웃에게 쪽지를 보냈고, 며칠 후 두 박스의 샘플러가 내 품에 들어왔다.

　티백 홍차가 품질이 떨어지는 찻잎에 적당한 향 오일로 맛을 냈다고 생각하면 오산이다. 물론 빨리 우려내기 위해 잘게 썬 잎을 사용하고 간편하게 마실 수 있도록 고안되었기에 인스턴트 음료처럼 느껴지기도 한다. 그런데 티백에도 종류가 다양하다. 납작한 종이 티백, 모슬린 천으로 찻잎을 감싼 모슬린 티백, 미세한 나일론 재질로 피라미드 형태로 제작한 테트라 티백, 실크 재질의
값비싼 티백까지, 이제는 티백의 모양과 재질,
크기, 분량에 따라 입맛대로 취향대로 고를 수
있다. 커다란 찻잎을 손상 없이 넣을 수도 있고
자잘하게 썬 잎을 넣을 수도 있다. 여과지 재질
로 만든 티색tea sac은 원하는 잎차를 직접 넣어
서 티포트나 찻잔에 우릴 수 있도록 고안된 것
이다.

　일반적인 종이 티백의 경우, 물을 잘 흡수하
고 빠른 시간 내에 홍차가 우러나도록 물에 닿는 면적을 넓게 하기 위
해 두 번 접힌 형태를 띠고 있다. 또한 홍차가 재빨리 진한 맛을 낼 수
있도록 마치 가루처럼 미세하게 분쇄되어 있다. 덩치가 큰 잎차가 잘
우러나려면 티백 안에 충분한 공간이 있어야 하는데 이를 위해 피라
미드형 테트라 티백이 등장하여 홍차 마시는 일이 훨씬 쉬워졌다. 실
크 재질에 예술미를 가미한 티백도 있는데, 티 포르테Tea forte의 삼각
티백은 우려내는 동안 모양이 흐트러지지 않도록 긴 사각뿔 형태를
살려 제작되었다. 끝에 초록색 잎을 매달아 티백을 보는 재미를 더
했다. 정성을 들인 만큼 가격이 상당히 높다. 다이아몬드가 박힌 실
크 티백도 있다고 하니 티백 홍차는 값싼 홍차라는 고정관념은 떨쳐
버려야 할 때다.

1903년 미국의 홍차 판매상인 토머스 설리번Thomas Sullivan은 고객에게

보낼 찻잎을 모슬린 주머니에 넣어 포장했다. 홍차의 맛과 향이 쉽게 날아가지 않을뿐더러 보기에도 좋고 휴대하기에도 좋았던 찻잎 주머니를 고객은 포장이라고 생각지 않았던 듯하다. 주머니를 풀지 않고 그대로 티포트에 우려냈던 것이다. 잎을 거를 필요도 없고 뒤처리도 간단하니 얼마나 좋은가!

모슬린 주머니에 홍차를 담는 유행은 이때부터 시작되었고 몇 년 후 티백이라는 제품으로 상품화되었다. 지금도 옛날처럼 모슬린 주머니에 담긴 홍차가 예스러운 분위기를 풍기며 고객을 기다리고 있지만, 홍차의 맛을 유지하면서도 간편하게 사용할 수 있도록 티백은 지속적으로 진화했다. 홍차가 아무리 좋아도 손쉽게 마실 수 없다면 소용이 없다. 늘 다구를 가지고 다녀야 한다면 차 마시는 일이 얼마나 번거롭겠는가? 휴대하기 편리하고 빨리 우러나며 특별한 도구가 필요 없는 티백 홍차. 어쩌면 티백 제품이 전 세계 홍차 시장의 절반 이상을 차지한 것도 이상한 일이 아니다. 맛도 훌륭한데다 간편하기까지 한 티백의 유혹을 어찌 뿌리칠 수 있으랴? 게다가 티백은 찬물에 우려내는 냉침용으로도 훌륭하다.

나는 티백 홍차를 늘 파우치에 넣고 다닌다. 바깥에서 차를 마시고 싶을 때 생수를 한 병 사서 티백을 우리기도 하고 사무실에서 차를 마실 때도 편리하게 활용한다. 다른 사람에게 맛보라고 인심도 쓴다. 그러면 바쁘게만 돌아가던 사무실 한 켠이 작은 티룸으로 변하고 팍팍하던 하루 일과도 조금 느슨해진다. 이런 날 티백 샘플러 세트는 꽤 괜찮은 선택이다. 매일매일 다른 홍차로 사무실의 티 브레이크를 즐기는 것. 티백이 있어 나는 매일매일 홍차를 즐길 수 있다.

17
지구 반대편에서
온

위타드 과일차

내가 어릴 적에는 산딸기가 많았다. 빨갛고 통통하게 물이 오른 조그마한 산딸기들을 커다란 양푼에 담아 하얀 설탕을 넣고 쓱쓱 비벼 큰 스푼으로 푹푹 떠먹곤 했다. 입 안에서 알알이 터지는 과일의 새콤달콤한 향기, 입 안에 가득한 신선한 즙. 길지 않은 초여름 동안 반짝 등장했다 사라지는 산딸기를 먹을 생각에 여름이 시작되기를 무척이나 기다리곤 했다.

지금은 산딸기 보기가 어렵다. 대신 복분자라는 과일이 등장했지만 내 입에는 아직 산딸기의 달콤함과 부드러움이 더 좋다. 서양 과일 중에서 산딸기와 유사한 것을 찾자면 라즈베리 정도 되려나? 라즈베리는 산딸기보다 크고 신맛이 강해 그리 맛있지가 않다. 입 안에서 말캉거리며 부드럽게 이지러지는 산딸기의 달콤함에 비할 바는 못 되지만 라즈베리의 짙은 향기는 타르트나 과일차로 즐기기에 좋다.

여름바람이 불기 시작하면 시원한 차를 찾기 시작한다. 바야흐로 냉침冷浸의 계절이 돌아온 것이다. 보통 찻잎은 뜨거운 물에 우려내지만 찬물에 곧장 찻잎을 넣고 오랜 시간 동안 우려내는 냉침법으로도 즐긴다. 차를 즐기는 사람이라면 지금쯤 냉침용 과일차들을 준비할 것이다. 발효 찻잎이 포함되지 않고 순수하게 말린 과육들로만 이루어진 차를 티tea라 하지 않고 인퓨전infusion이라고 부르는데, 여러 브랜드 중 위타드의 과일 인퓨전이 여름차로 인기가 높다. 하루 종일 물을 마시듯 즐겨도 부담이 없지만 약간의 새콤한 맛은 감안해야 한다.

위타드는 런던의 유명 거리마다 지점이 하나씩 있을 만큼 대중화된 홍차 브랜드다. 홍차뿐만 아니라 재스민차, 허브차, 과일차, 보이차 등 품질 좋은 차를 구비하고 있다. 예쁜 문양이 그려진 다구와 초콜릿, 커피도 인기가 많다. 특히 125그램짜리 반투명 봉투에 든 수십 종의 과일차들은 여름이면 가장 먼저 찾게 되는 위타드의 간판스타들이다. 이름에서부터 달콤함이 솔솔 풍긴다. 히비스커스와 엘더베리, 블랙커런트 등 진하고 새콤한 맛이 강한 베리 베리 베리Very Very Berry, 잘 익은 여름딸기의 향이 가득한 서머 스트로베리Summer Strawberry, 새콤한 블루베리에 부드러운 요구르트 향이 가미된 블루베리 요구르트Blurberry Yogurt, 히비스커스와 사과, 복숭아 조각 그리고 시트러스 껍질 등 새콤달콤한 레몬향이 가미된 상쾌한 모닝 리바이버Morning Reviver, 새콤달콤한 과일이 총집합된 서머 푸딩Summer Pudding, 키위와 스트로베리, 블루베리와 스트로베리 등 달고 새콤하고 상쾌한, 세상의 모든 여름과일이 가득 담겼다. 위타드의 과일차들이 유난히 생각나는 것을 보니, 여름이 본격적으로 다가왔나보다.

이제 더 이상 뜨거운 차를 마시고픈 생각이 들지 않는다. 달고 시원한 과일차들이 머릿속에 맴돈다. 7월이 오기 전에 여름용 과일차를 주문해야겠다고 내내 마음속으로 생각하고 있었는데 실행에 옮겨야 할 때가 되었다. 국내 홍차 쇼핑몰에서도 몇 가지 과일차를 구입할 수 있지만 종류가 두세 개 정도로 한정되어 있고 가격도 높은 편이다. 이 참에 영국의 위타드 사로 직접 주문해보기로 했다. 꽤 많은 외국 홍차회사들이 웹사이트에 연결된 온라인숍을 통해 주문하면 해외로 배송해준다. 먼저 환율변동을 잘 따져보고 배송비와 배송기간 등을 꼼꼼하게 체크해야 한다. 대부분 비싼 배송료만큼 재빠른 속도로 물건이 날아오기는 하지만 등기우편이 아닌 경우에는 기간도 많이 걸릴뿐더러 배송조회도 어려워 소포가 도착할 때까지 몇날 며칠을 전전긍긍하는 일도 생길 수 있다.

판매 목적이 아닌 단순 구입이라 하더라도 원화로 15만원이 넘으면 관세를 물게 되므로 무리한 구매는 자제하는 것이 좋다. 특히 차에 부과되는 관세는 꽤나 높은 편이니 괜히 배보다 배꼽이 더 커지는 상황이 발생할 수 있다. 위타드의 과일차는 지구 반대편에 있는 서울에서도 온라인 쇼핑이 가능하고 여름이 되면 각종 차들을 할인 판매하거나 1+1 판매도 하기 때문에 영국에서 우리나라까지의 해외 배송료를 포함한다고 해도 만족스러운 가격으로 구입할 수 있다.

위타드 홈페이지에 접속했다. 여름이라 그런지 과일차들이 이미 할인을 시작했다. 해외주문은 처음이어서 홍차 정보, 할인 내역, 배송 관련 문제, 보험 등등 각종 약관을 꼼꼼히 읽어보았다. 영문으로 된 내용들이라 혹시 잘못 이해하지는 않았는지 두 번 세 번 읽어보고 대략의 플랜을 짰다. 무게가 초과되어 배송료가 더 나올까, 이 정도 금액이면 적당할까, 마음속으로 별별 질문을 다 해가며 웹사이트를 한 바퀴 돌았다.

위타드는 같은 시리즈의 제품을 세 개 사면 가격을 많이 할인해주는 행사를 자주 연다. 그런데 물건을 장바구니에 넣었다 뺐다 하면서 계속 가격을 체크해본 결과 하나를 구입해도 할인 혜택이 주어져 충동구매하지 않아도 된다는 사실을 알게 되었다. 나는 베스트셀러로 알려진 베리 베리 베리와 서머 스트로베리, 모닝 리바이버, 블루베리 요구르트 등 네 종류의 과일 인퓨전과 초콜릿 차이Chocolate Chai, 잉글리시 로즈, 애플 크럼블Apple Crumble, 망고 인디카Mango Indica, 아이리시 크림Irish Cream 등 베스트 잎차를 선택했다. 위타드 홍차를 즐겨 마신다는 어느 블로거의 글을 읽어본 후 그녀가 좋아하는 오거닉 페퍼민트Organic Peppermint도 하나 더 추가해서 모두 열 개로 최종 결정하였다. 무게와 가격을 줄이기 위해서 잎차들은 양철통이 아닌 리필백으로 주문했고 모두 25파운드 정도의 가격이 책정되었다. 배송료는 1킬로그램 미만으로 15파운드다. 홍차 열 봉지에 40파운드라면 하나당 8, 9천원 선에 구입하는 셈이니 가격은 괜찮다. 여름 내내 과일 인퓨전을 즐기고 가을이 되면 잎차들을 즐기리라. 벌써 홍차가 내 앞에 도착한 양 기분이 들떴다.

가격은 만족스럽지만 아무래도 배송이 마음에 걸렸다. 위타드 온라인 숍에서 주문해본 사람들의 불만사항 대부분이 배송에 관한 것이었다. 배송기간이 너무 길다, 배송추적이 되지 않는다, 문의 이메일에 불성실하다는 등 우리나라 온라인숍에서는 있을 수 없는 일들이 영국의 큰 홍차기업에서 자행된다고 하니 마음이 흔들린다.

웹사이트에 명시된 배송기간은 영국과 유럽을 제외한 외국의 경우, 비즈니스 데이(공휴일과 주말을 뺀 주중)로 5일이지만, 주문 처리기간에 주말이 끼면 넉넉히 2주 정도 잡아야 할 것이라고 한다. 그런 글을 읽으니 굳이 해외주문을 해야 하나 싶은 마음도 들었다. 조금 비싸더라도 신속하고 분명하게 처리하는 국내 쇼핑몰에서 구입하는 것이 좋지 않을까? 하지만 어쩌랴. 이미 수백여 가지의 위타드 홍차의 세계를 들여다본 이상 품목이 한정된 국내시장은 마음에 차지 않았다.

꼼꼼히 불만들을 읽어보니 배송이 복잡해진 이유는 무게 초과 때문이거나 티포트나 찻잔 같은 깨지기 쉬운 물건의 경우가 많았다. 초콜릿 파우더나 과일 파우더 차처럼 무게가 많이 나가는 제품을 고를 때는 신중해야 한다. 장바구니에 몇 개 담지 않아도 배송료가 치솟게 되고 무게가 기준치를 넘어서면 일반적인 위타드 사의 소포가 아니라 다른 배송업체에 위탁하기 때문에 이래저래 신경 쓸 일이 생기게 된다. 위타드 홈페이지에 계정을 등록하고 한국 주소지를 영문으로 꼼꼼히 입력한 후 신용카드로 결제 완료. 곧바로 위타드 사에서 주문이 확인되었다는 메일을 받았다.

말 그대로 하루하루 기다림의 날들이 시작되었다. 내내 기다리던 "고객님의 주소지로 물건을 배송하였습니다"라는 친절한 메일이 도착하지 않았기 때문이다. 어찌된 일일까? 문의 메일에 답변을 제대로 받아본 적이 없다는 사람들이 많던데 메일을 써 보내도 될까? 비즈니스 데이로 딱 5일이 지났을 무렵—그러나 배송 확인 메일은 오지 않았다—위타드 사에 슬그머니 문의 메일을 넣어보았다. "당신들이 약속한 5일이 지났는데, 아직 홍차가 도착하지 않았다. 언제 보냈는지 알려줄 수 있겠는가?"라는 내용의 메일을 보냈다. 답장을 기대한 것은 아니었다. 그저 소극적인 불만을 표시하고 싶었을 뿐이다. 그런데 이틀 후 답장이 왔다. "당신이 주문한 날 바로 우편 발송했다. 주말이 끼어 있으니 조금 더 기다려주면 좋겠다"는 정중한 메일이.

이윽고 홍차를 가득 담은 박스가 도착했다. 대략 비즈니스 데이로 열흘 정도 걸린 듯하다. 박스에 긴 상처가 난 걸로 봐서 세관에서 물건을 확인한 모양이다. 배송 날짜를 보니 주문한 날짜 바로 다음날이었다. 시차를 감안하면 거의 곧바로 처리해 배송한 셈이니 그들의 답변이 정확했던 것이다. 미심쩍어하며 마음 졸이던 시간이 계면쩍게 여겨졌다. 주문한 홍차들이 모두 내 손에 무사히 와주었으니 더 바랄 게 없다. 왠지 멀리서 온 기다리던 벗을 반기는 듯한 심정이랄까? 대양과 대륙을 건너 이곳까지 온 과일차와 홍차들. 올 여름 내내 나와 함께할 풍성한 과일향들로 온 방 안이 가득하다.

해외 홍차 브랜드에게 말을 걸어보니 내가 홍차를 즐기는 방법이 더욱 다양해지는 것 같아 뿌듯한 마음이 든다. 홍차와 함께하는 예쁜 산책로를 하나 더 만든 기분이랄까? 현재 위타드는 운송업체가 변경되어 우리나라로 직접 배송이 불가능한 상황이지만, 해로즈(www.harrods.co.uk), 포트넘 앤 메이슨(www.fortnumandmason.com), 테일러스 오브 헤로게이트(www.bettysbypost.com), 티 팰리스(www.teapalace.co.uk), 포숑(www.fauchon.com), 마리아주 프레르(www.mariagefreres.com), 테 오 도(www.theodor.fr), 하니 앤 선스(www.harney.com), 리퍼블릭 오브 티(www.republicoftea.com) 등이 우리나라로 배송이 가능한 온라인 쇼핑몰을 운영 중이다. 일본 브랜드인 실버팟과 카렐 차펙은 배송대행업체를 이용하여 구매하는 경우가 많다. 미국의 아마존 사이트에서도 몇 가지 브랜드의 홍차를 구입할 수 있는데, 가격이 저렴한 대신 대량으로 구입해야 하는 단점이 있다. 홍차를 좋아하는 친구들과 공동구매를 추진해보는 것도 괜찮겠다. 다즐링 다원차를 전문으로 다루는 선더볼트 티(www.thunderbolttea.com)도 온라인으로 구매할 수 있다.

망고, 복숭아, 사과, 블루베리 등 말린 과일 덩어리가 가득한 위타드 과일차

18
라벤더,
홍차와
친한 허브

포에버 에덴Forever Eden, 서머 선샤인Summer
Sunshine, 헤븐 센트Heaven Scent, 플라워 댄스Flower Dance, 문 밸리Moon
Valley, 제인스 가든… 옛 음유시인의 노랫말처럼 아름다운 단어들이
이어진다. 이름에서 향긋하고 풋풋한 자연의 내음이 물씬 풍겨오는
단어들은, 그러나 자연풍경을 노래한 전원시의 제목도, 그렇다고 새
로 출시된 향수의 이름도 아니다. 놀랍게도 홍차의 이름이다. 과연 어
떤 맛의 홍차이기에 이런 이름을 붙였을까?

　마치 한 병의 향수를 만들기 위해 수만 가지 꽃과 나무의 향기를 조
합하는 것처럼 홍차의 맛과 향도 세상에 존재하는 수많은 꽃과 과일
을 채워 넣음으로써 더욱 다채롭고 풍부하게 변화할 수 있다. 홍차에
붙은 이름 중에는 얼그레이나 브렉퍼스트처럼 이미 뚜렷하게 분위기
를 알 수 있는 것들도 있고, 진저 피치Ginger Peach나 바나나 트로피컬
Banana Tropical처럼 재료가 곧바로 연상되는 이름도 있다. 웨딩이나 마
더스 부케, 베이비 샤워처럼 특별한 날을 기념하는 이름도 있고, 포트
넘 앤 메이슨 로열 블렌드, 해로즈 마가릿 호프 오텀닐 FTGFOP와 같
은 미스터리한 이름을 가진 홍차들도 있다. 이런 것들에 비해 예쁜 이
름을 가진 홍차들은 맛을 보기 전에 그 맛과 향을 상상하게 만들고
호기심을 불러일으킨다.

　포에버 에덴이라고 하면 이국의 정원을 가득 채운 금단의 과일향이
물씬 풍겨 나올 것만 같고, 서머 선샤인은 여름날 태양빛에 잘 익은
새콤달콤한 여름과일이 풍성하게 녹아 있을 것만 같아 벌써 입 안에
침이 고인다. 헤븐 센트는 청명한 가을하늘을 닮은 상쾌한 푸른색 꽃
이 연상된다. 플라워 댄스는 상쾌한 꽃다발을 가슴에 품은 소녀처럼

발랄하고 유쾌한 분위기를 상상케 한다. 은은하고 감미로운 맛이 연상되는 문 밸리는 신비로운 느낌을 전달해주고, 제인스 가든*은 제인이라는 여인에 대한 특별한 이야기가 할머니의 옛날이야기처럼 솔솔 흘러나올 것만 같다.

이렇게 어여쁜 이름을 가진 홍차들은 태어나기 전부터 완성된 모습을 갖췄는지도 모른다. 그 홍차들을 이루는 홍차 잎, 작은 꽃잎, 갖가지 색깔의 열매와 잔잔한 풀잎, 달콤한 맛을 내는 작은 물질들이 모여 하나의 홍차를 이루는데, 각각의 요소들은 이미 완벽한 맛과 향, 색깔을 지닌 것들이다. 각각의 개성을 가진 요소들이 서로 조화롭게 어울려 하나의 커다란 의미가 되는 것, 이것이 홍차와 향을 섞어 블렌딩한다는 것의 참뜻이리라. 블렌딩 전문가는 조향사처럼 각각의 향과 맛을 선별하고, 어울리는 것을 적절한 농도로 맞춰 가장 매력적인 홍차를 완성해낸다.

홍차 블렌딩에 가장 흔히 사용되는 것은 장미, 재스민, 모브, 콘플라워 등의 꽃잎이다. 말린 꽃잎은 색깔도 아름답고 은은한 향기가 서서히 풍겨나 기분전환에 좋다. 과일도 많이 사용한다. 딸기, 라즈베리, 레몬, 복숭아, 블랙커런트 등 새콤달콤한 과일은 홍차에 맛을 더해주는 기본 재료이다.

그다음으로 자주 접하게 되는 것은 시나몬, 정향, 진저 등의 향신료다. 향신료 자체로 독특한 맛을 내기도 하고 다른 과일을 섞어 향을

*하니 앤 선스는 유방암 투병을 하다 2005년 9월에 세상을 떠난 제인 로이드Jane Lloyd라는 여성을 기리기 위해 녹차와 장미꽃봉오리가 블렌딩된 제인스 가든이라는 홍차를 탄생시켰다. 이 홍차의 판매수익금 일부는 제인 로이드 펀드에 기부되어 암환자를 돕는 데 사용된다.

깊게 해주기도 한다. 초콜릿, 바닐라, 아몬드 등 달고 고소한 향이 첨가되기도 하고 럼이나 위스키의 알코올향도 때때로 덧붙여진다. 커피향이 가미된 홍차도 있다. 다질리언의 모카 마주르카에는 잘 볶은 커피콩이 캐러멜, 바닐라와 함께 섞여 있어 보는 재미도 좋고 홍차에서 커피 맛을 느낄 수 있어 식후에 즐기면 좋다.

라벤더, 캐모마일, 레몬그라스, 페퍼민트는 어떠한가? 홍차와 섞거나 혹은 단독으로 뜨거운 물에 우려 마시기도 하는 이 향긋하고 풋풋한 식물들을 '허브'라고 한다. 허브는 미네랄을 보충하고 종류에 따라 질병 치료에 효과를 보인다 하여 예로부터 약으로 사용되었다. 허브오일을 따뜻한 물에 떨어뜨려 목욕을 하거나 방 안에서 훈증하여 그 향기로움으로 마음에 휴식을 주는 아로마 세러피aroma therapy도 허브를 이용한 치료 중 하나다.

향기만 맡아도 건강에 좋다는데, 물에 우려서 마시면 더 좋지 않을까? 혈액순환에 도움을 주는 페퍼민트, 감기치료제로 사용되는 에키나시아Echinacea, 숙면효과가 크고 피부 염증을 줄여주는 라벤더, 피부 트러블을 잠재우고 지친 심신을 진정시켜주는 캐모마일, 항균기능이 있는 레몬그라스Lemongrass, 비타민을 보충해주는 로즈 힙Rose hip 등 허브의 효능은 끝이 없다. 식물은, 인간의 몸이 균형을 잃고 흔들릴 때나 피로에 지쳐 몸과 마음이 뾰족해질 때 흐트러짐을 바로잡아주고 진정시켜주는 역할을 한다. 식물에 담긴 향기와 미세한 성분들이 몸과 마음의 끊어진 연결고리를 이어주고 따뜻하게 다독여준다.

찻잎이 들어가지 않고 다양한 허브를 섞은 허브차는, 홍차를 마시는 이들이 가장 경계하는 카페인 성분이 전혀 없다. 그래서 밤에 마

셔도, 아이나 어른들이 마셔도 불편함을 주지 않는다. 소화를 돕거나 피부의 뾰루지를 없애고 몸속의 독소를 배출해주기도 하니 차도 마시고 건강도 챙기고 일석이조다. 서양에서는 저녁이나 식후에 마시는 허브차를 티잔tisane이라 부른다. 허브차를 영어로 허벌 인퓨전Herbal Infusion이라고 하는데, 찻잎이 들어가지 않아 '티'tea라는 이름은 붙이지 않는 것이 원칙이다. 그러고 보면 곡물이나 산야초를 잘 말린 후 우려서 마셨던 우리 조상들도 허브차를 즐겼던 셈이다. 민들레며 국화며 도라지, 오미자, 박하를 말리고 우리면 훌륭한 허브차가 된다.

홍차와 잘 어울리는 허브를 들라면 라벤더와 페퍼민트다. 찻잎의 맛에 미묘한 향과 분위기를 전달해주기 때문이다. 이 두 가지 허브는 초콜릿 홍차와 특히 궁합이 좋다. 혀뿌리를 잡는 묵직한 초콜릿의 풍미를 가볍고 산뜻하게 해주면서 깊은 여운을 남겨주는 까닭이다.

청량감 있는 박하향은 우리에게 익숙하다. 민트 아이스크림, 민트 초콜릿, 민트 캔디 등 민트와 결합되면 어떤 맛도 상쾌하고 독특해진다. 페퍼민트 홍차는 홍차에 페퍼민트의 잎을 잘라서 넣거나 페퍼민트의 향을 가미한 것으로 페퍼민트 잎만을 우려내는 차와는 또 다르다. 테일러스 오브 헤로게이트의 모로칸 민트Moroccan Mint는 백퍼센트 페퍼민트 잎으로만 만든 차이며, 포숑의 페퍼민트 티는 홍차 잎에 페퍼민트 오일을 가미한 가향홍차다.

라벤더도 홍차와 섞어 마시면 더 맛이 좋아진다. 라벤더 꽃잎을 뜨거운 물에 우려서 마시기도 하고 진한 라벤더 시럽을 물에 타서 마시

기도 하는데 쌉쌀하고 쓴맛이 독특하다. 바삭하게 마른 향 속에 코를 스치는 차갑고 깊은 기운이 느껴지는 라벤더의 향취는 홍차의 맛을 더욱 깊고 은근하게 만들어준다. 프랑스에서는 라벤더를 요리에 사용하기도 한다. 고기 요리나 스튜에 넣어 느끼한 맛을 없애고 깊은 맛을 돋워준다. 뜨겁고 묵직한 기운이 넘치는 초콜릿도 라벤더와 만나면 낮고 깊은 데서 올라오는 절제된 달콤함으로 변신한다. 음식이건 차건 깊은 맛과 여운을 주는 데 라벤더의 역할이 크다.

라벤더는 초콜릿이 든 홍차에도 좋고 아삼처럼 진한 홍차에도 잘 어울리지만, 티 팰리스의 오거닉 라벤더 그레이나 레볼루션 티 Revolution Tea의 얼그레이 라벤더처럼 얼그레이와 함께 블렌딩될 때 가장 성공적인 맛을 낸다. 까만 발효 찻잎과 자잘한 연보랏빛 라벤더 꽃잎이 수북이 섞여, 보는 것만으로도 기분이 좋아진다. 포장지를 풀자마자 코를 간질이는 향도 좋고 시각적으로도 예뻐서 손님을 초대했을 때 대접하면 반응이 좋을 것 같다. 언제 어디서든 기분 좋게 즐길 수 있고 얼그레이의 향을 싫어하는 사람에게도 권할 만하다. 얼그레이의 가볍다 못해 팔랑거리는 베르가모트 향을 침착한 라벤더가 잘 끌어당겨, 새콤달콤한 향과 톡 쏘는 차가운 향이 잘 버무려져 마지막까지 특별한 설렘을 준다.

세상에서 가장 아름다운 허브가 있다면 라벤더가 아닐까? 라벤더 향기 속에는 자존감과 자신감이 담겨 있다. 고향집의 안락한 내 방에 있는 듯한 느낌을 준다. 달지도 시지도 않은 향기 속에 저음에서 고음까지 5옥타브 이상을 넘나드는 신선함이 있다.

라벤더 향에는 기분을 좋아지게 하는 무언가가 들어 있는 것만 같다. 아니나 다를까. 긴장을 풀어주고 심신을 편안하게 해주는 에스테르Ester라는 성분이 있어 숙면에도 좋고 입욕제로 사용해도 좋다. 라벤더를 줄기째 자른 다음 잘 말려 침실 벽에 걸어두거나 욕조 가까이에 두면 좋겠다. 라벤더 향낭을 베개 속에 두면 편안하고 깊은 잠에 빠질 수 있다. 야외에서 벌레에 물려 급히 피부를 진정시켜야 할 때도 라벤더가 효과적이다. 진정효과와 더불어 항염효과도 있어 피부 뾰루지나 트러블을 해결해주는 스킨케어 제품으로도 자주 활용된다.

남프랑스의 프로방스 지방은 유기농 허브 산지로 유명하다. 광활하게 펼쳐진 연보랏빛 라벤더 밭에서 수확한 라벤더 오일은 전 세계에서 가장 좋은 오일로 손꼽힌다. 라벤더 밭에 서 있는 기분은 어떨까? 눈이 시릴 정도의 보랏빛 물결이 바람에 넘실대는 풍경 속에 서 있다는 상상만으로 온몸이 찌릿해져온다. 시기가 맞지 않아 프로방스에서 라벤더 밭 구경은 못했지만 이곳에서 생산된 라벤더 오일은 일 년 내내 나와 생활을 함께했다.

한여름에 프랑스 남부의 옛 도시 님Nîmes에 도착했을 때도 라벤더

를 먼저 느꼈다. 로마 시대의 수도교水道橋
인 가르 교Pont du Gard를 구경하고 꽤 높은
지역에 있는 박물관을 찾아가던 길에, 바
삭거릴 정도로 건조한 바람 속에서 텁텁한
모래가 아닌 상쾌한 그 무엇이 느껴졌다.
라벤더 향기. 바람이 불 때마다 마치 박
물관이 깊고 그윽한 향기를 내뿜는 양 라벤더 향이 풍겨난다. 박물관
근처로 갈수록 향기가 짙어졌지만 그 무엇도 눈에 들어오지 않았다.
그런데 자세히 보니 주차장과 건물 입구 주변의 곳곳에 조그맣게 라
벤더가 심어져 있었다.

누가 예쁘게 관리해주는 것도 아니건만, 가녀린 식물들이 건조한
바람에 흔들리며 온몸으로 향기를 내뿜고 있었다. 그 향기가 좋아, 그
생명력이 신기해서 한참 들여다보았다. 시릴 정도로 푸른 여름하늘과
모래와 돌로 만들어진 높은 땅에 가장 잘 어울린 것은 커다란 나무
도, 아름다운 꽃도 아닌, 향기를 내뿜는 가녀린 식물 한줌이었다.

상처 입은 거대한 도시를 치유하는 것은 어쩌면 이 작은 식물과 그
식물이 내뿜는 향기의 힘이 아닐까? 한줌의 식물이 우리의 다친 마
음을 다독거려주고 그 향이 지친 몸을 가볍게 해준다. 식물의 향을
알게 되어 참으로 다행이다.

내일 지구가 망하더라도 오늘 사과나무를 심겠다고 스피노자는 말
했다. 어느 날 내 생의 마지막 날이 온다면 나는 라벤더를 심고 사랑하
는 사람들과 라벤더 향이 가득한 라벤더 그레이 홍차를 마시고 싶다.

Lena's
tea room 7
허브차,
언제 마시면
좋을까?

라벤더 풍부한 향이 더없이 매력적인 라벤더는 편안한 휴식이 필요할 때 마시면 좋은 차다.

캐모마일 금잔화로 불리며 진정작용이 있어 약용으로 활용하는 허브. 피로감과 스트레스를 많이 느낄 때 마시면 편안해진다.

로즈 힙 비타민, 플라보노이드, 타닌, 펙틴, 카로티노이드 등 몸에 좋은 성분이 가득하다. 비타민C가 레몬의 60배쯤 들어 있어 여성의 피부에 좋다.

히비스커스 매혹적인 붉은빛이 있어 홍차나 허브차 블렌딩에 자주 이용된다. 감기에 좋으며 맛이 시고 강하므로 꿀을 타서 마신다.

페퍼민트 박하의 청량감 있는 맛과 향이 좋은 페퍼민트. 식사 후 입 안을 개운하게 해주며 소화를 돕는다. 여름에는 아이스티로 즐겨도 좋다.

레몬그라스 레몬처럼 새콤한 향을 풍기는 독특한 식물. 소화를 돕고 심신을 편안하게 해준다.

레몬 버베나 스페인과 프랑스에서 널리 마시는 차로 레몬향이 강하게 풍긴다.

로즈마리 집중력을 요하는 일을 앞두고 있다면 로즈마리를 우려서 마셔보자. 무기력하거나 나른할 때 기분을 개운하게 해준다.

펜넬 고대 로마 여성들이 몸매 관리를 위해 마셨다는 허브. 디톡스 효과가 있다.

라임 블로섬 갈증을 해소해주고 긴장감을 덜어준다. 스트레스로 잠 못 이룰 때 마시면 좋다.

19
운난과 기문,
중국 홍차
이야기

재스민차를 마시면 마음이 편안해진다. 달콤한 향기에 마음이 들뜨게 되다가도 어느새 릴렉스해지는 기분이다. 재스민 꽃의 향기에는 특별한 힐링 성분이 있다. 긴장을 풀어주고 스트레스와 우울증도 없애주며 여성호르몬을 균형 있게 해준다. 다정하고 여성스럽지만 쉽게 질리지 않고 편안하다. 하루 종일이라도 수다 떨 수 있을 것 같은, 늘 내 곁에서 아기자기한 즐거움을 나누는 예쁜 여자친구 같은 차다. 내 입 안에서, 내 몸속에서 재스민의 향기가 풍기면 좋겠다. 차를 오래 마시면 그렇게 될까?

향긋하고 미묘한 재스민 꽃의 향기를 차 속에 고이 담기 위해서는 꽤나 섬세한 과정이 필요하다. 고운 찻잎을 한 장 펼쳐 재스민 꽃을 올리고 또 한 장 찻잎을 올리는 것을 반복함으로써 찻잎 사이에 재스민 꽃이 켜켜이 놓이게 하여 그 향기를 찻잎 속에 스미게 한다. 그런 다음 꽃잎은 버리고 찻잎만 남겨 따뜻한 물에 우리면 재스민의 향기가 그대로 차 속에 남아 있게 된다.

이러한 섬세함이 중국차의 매력이다. 봉황단총風凰單叢이나 동방미인東方美人 등 이름처럼 아름다운 청차淸茶들은 또 어떤가? 그 어떤 향도 가미하지 않았는데 차에 깊은 꽃향기와 복합적인 맛이 스며 있다. 순결하고 순수한 백차도 섬세한 손과 자부심 없이는 만들어지기 어렵다. 그래서일까? 이런 차들을 마실 때면 두 손을 앞에 모으고 허리를 곧추세우며 경건한 마음에 사로잡힌다. 차를 마시는 것을 '찻자리'라 표현하기도 하는데 중국차들을 보면 이 표현이 딱 맞다. 조심스럽고 정성스럽고 아름답고 경건한, 지극히 높은 정신세계를 경험하게 되기 때문이다.

인도 다음으로 차를 많이 생산하는 나라, 중국. 해발고도가 너무 높아 생물이 살아가기 어려운 척박한 지역을 제외한 중남부 지역 전역에서 차가 생산되니 차의 종주국답다. 이들 차는 자국에서 많은 양이 소화된 후에도 수출되는 물량이 어마어마하다. 차의 종류도 다양하다. 전혀 발효하지 않은 순수한 녹차, 반발효차라 불리는 청차(우롱차), 후발효차인 흑차(보이차), 완전발효차인 홍차의 큰 카테고리를 모두 충족시킬뿐더러 지역마다 각기 다른 맛과 발효도의 명차들을 생산해내고 있다.

이 수천수만의 중국차에서 맛과 향이 훌륭하다는 명차만 모아도 670여 가지에 이르는데, 전문가들이 열 가지를 골라 '십대 명차'라 명명했다. 서호용정西湖龍井, 동정벽라춘洞庭碧螺春, 군산은침群山銀針, 육안과편六安瓜片, 황산모봉黃山毛峰, 태평후괴太平侯魁, 신양모첨信陽毛尖, 안계철관음安溪鐵觀音, 봉황단총 그리고 기문홍차가 그 열 가지에 해당한다. 이름에서부터 단단한 전통과 번쩍거리는 후광이 느껴지는 이 차들은 맛도 모양도 품성도 모두 다르다. 만약 이런 이름을 가진 차가 눈앞에 있다면 지체하지 말고 맛보아야 한다. 명차를 맛볼 기회가 그리 자주 오는 것은 아니니까.

이렇게 수많은 맛과 향을 즐기는 중국에서 홍차는 어떤 의미일까? 중국에서 언제부터 홍차를 생산하기 시작했는지 정확한 기록은 없다. 여러 책에서 말하기를, 녹차를 생산하는 과정에서 자연스럽게 산화·발효 과정이 일어나 우롱차와 홍차 같은 발효차들이 등장하게 되었다고 한다. 발효차들은 유럽 사람들의 입맛을 사로잡았고, 중국차보다 발효차에 대한 수요가 더욱 커졌다. 포모사 우롱, 랍상소우총, 기문 등 발효차들이 유럽으로 건너가기 위해 생산되기 시작한다. 운난雲南, 안후이安徽, 푸젠福建, 쓰촨四川 지역에서 홍차가 생산되는데 지금도 이들 홍차는 대부분 수출용이다.

십대 명차의 하나인 기문홍차는 상하이 서쪽에 위치한 안후이 성에서 생산되는 완전발효차다. 비교적 낮은 고원지대에서 자라는 찻잎으로 만드는데, 찻잎이 짧고 단단하게 롤링되어 있으며 색이 무척이나 검은빛을 띤다. 프랑스에서는 기문홍차를 코코아향이 풍긴다고 표현하기도 할 만큼 풍미가 좋다. 은근한 훈연향 속에 살짝 내비치는 달근한 촉감이 느껴지는데 이를 난향이라 표현하기도 한다. 가볍고 섬세한 맛과 향 덕분에 기문은 다즐링, 우바와 더불어 세계 3대 홍차라는 또 하나의 타이틀을 얻었다.

다즐링이 곧 왕위에 오를 황태자처럼 웅장하고 선량한 맛이라면 우바는 기품 있고 세련된 취향을 가진 여왕과 같다. 기문은 속마음을 감춘 아리따운 중국 공주 같은 느낌이다. 푸치니의 오페라 〈투란도트〉의 얼음공주 투란도트처럼 그 마음을 쉽사리 간파할 수도 없고 쉽게 유혹에 빠지지도 않는 강한 여인의 인상이다. 그 여인의 마음을 얻으려면 길고 긴 시간 동안 진실한 마음으로 바라보아야 할 것이다.

기문홍차는 다즐링처럼 단독으로 마실 수도 있고 여러 블렌딩 홍차의 베이스로 활용되어 풍부한 향을 가진 홍차로 그 맛과 품격을 격상시키기도 한다. 홍차 브랜드인 니나스Nina's는 기문을 베이스로 다양한 꽃과 허브를 화려하게 블렌딩한 프렌치 스타일의 홍차를 선보이고, 위타드는 단독으로 마실 수 있는 기문홍차를 내놓아 풍부한 향을 마음껏 전해준다.

기문 이상으로 유럽에서 홍차 블렌딩에 다양하게 활용되는 중국 홍차는 운난차다. 해발고도가 높은 지역에서 생산된 운난차는 둥근 잎사귀를 자르지 않고 말아서 만든다. 쓸쓸한 맛이 없고 향이 오래 지속되며 부드러우면서도 풀바디급 풍미를 간직한 운난차는 인도나 스리랑카 홍차와는 비교 상대가 아니라는 듯 중국 홍차의 자부심을 여실히 보여준다. 유럽 홍차의 기본 베이스로 많이 쓰여 깊고 향긋한 독특한 분위기를 형성한다. 팔레 데 테의 블루 오브 런던Blue of London은 푸른빛 꽃잎이 가미된 플레이버드 티flavored tea로 운난홍차를 베이스로 만들어졌다.

중국차는 최상급 차의 대명사이기에 언제나 귀하게 대접받아왔다. 그중에서 홍차회사들마다 조심스럽게 접근하는 차가 있으니 바로 백차다. 화이트티라 불리는 백차는 모양도 맛도 섬세하기 짝이 없다. 하얀 솜털이 보송보송 피어난 어린 봉오리가 눈처럼 은백색을 띠며 거의 느껴지지 않을 정도로 미묘한 맛을 가졌다. 중국 송나라 때 많이 마셨다고 전하는데 요즘에는 푸젠 지역에서 아주 소량으로 생산되고 있다. 건조하지도 습하지도 않은 봄날에 딱 보름 동안 채취하는 특별한 차. 말거나 찌거나 뜨거운 불에 볶아내는 일체의 공정 없이 그저 사흘 정도 수분을 제거하여 자연산화되는 차. 그렇기에 더욱 섬세하게 채취해야 하고 까다롭게 지켜보아야 하는 귀한 차다.

은색 바늘처럼 길고 가는 모양새의 '백호은침'白毫銀針이나 하얀색 모란이란 뜻의 '백모단'白牧丹이 백차에 해당한다. 은침의 경우 솜털이

보송보송한 새순을 모았기에 타닌은 적지만 카페인의 양은 다소 많은 편이다. 물에 우려도 약한 노란빛이 감돌 뿐 진한 향취는 없다. 백차에는 봄바람이 연못을 스치고 지나간 것처럼 따스하고 다정한 그 무엇이 있다. 순수하고 순결한 정점을 지나는 듯한 정신적인 차의 맛. 이 희귀한 차는 그래서인지 가격이 꽤나 높은 편이다. 백차는 우릴 때도 조심스러워야 한다. 일반적으로 녹차를 우릴 때 물의 온도를 80도로 맞추는데, 백차는 조금 더 낮은 온도인 70도의 물로 5분에서 8분까지 느긋하게 우려야 한다.

몇몇 홍차 브랜드에서는 진하지 않은 과일향이나 꽃향기를 가미하여 조금 더 존재감 있는 백차의 모습을 표현하고 있다. 레볼루션 티의 화이트 탠저린 티White Tangerine Tea는 가벼운 시트러스 향이 살짝 감도는 은은한 백차의 모습이다. 마치 따뜻한 봄날 오후에 집 앞 공원을 산책하는 것처럼 산뜻한 기분이 든다. 탠저린 향이 깊지 않은 것은 백

은은한 훈연향과 섬세한 맛을 지닌 기문홍차는 다즐링, 우바와 함께 세계 3대 홍차로 불린다.

차의 순결한 맛과 밸런스를 맞추기 위해서다. 석류 향을 담은 트와이닝스의 석류 화이트티White Tea & Pomegranate도 편안하게 즐길 수 있는 차다. 이른 아침 요가 클래스를 막 끝내고 나왔을 때의 상쾌함이 느껴지는, 소녀로 되돌아간 것 같은 가볍고 순수한 맛의 차다.

가격도 높거니와 그 미묘한 맛이 어렵게 느껴져 화이트티를 많이 맛보지는 못했지만, 마리아주 프레르의 '블랑 앤 로즈'는 마셔본 것 중에 가장 사랑스러운 화이트티다. 파리에서 공부를 마치고 귀국하는 후배에게 부탁해서 조심조심 대륙을 건너온 이 차는 아끼느라 마시지 못한다는 표현이 딱 알맞을 만큼 사랑스럽다. 히말라야 고원 근처에서 채취한 솜털이 보송보송한 찻잎을 섬세하게 가공하여 장미꽃잎을 살짝 곁들였는데, 은은한 컬러감도 조화롭고 향긋한 꽃잎도 사랑스럽다.

봉지를 여니 은근한 찻잎의 내음과 장미향이 조심스레 얼굴을 든다. 자신의 아름다움을 당당히 보여줄 것인가 말 것인가 망설이고 있는 듯한 향. 차가 도착할 때까지 오랜 시간을 기다렸지만 차 본연의 모습을 보기 위해서는 좀 더 참고 기다려야 할 것 같다. 따뜻한 물에 천천히 우려내면서 차가 자신의 얼굴을 보여줄 때까지 조용히 바라보아야 한다. 이윽고 찻잎과 꽃잎이 망설임 없이 자신을 펼칠 때 그 시점에서 찻물을 입에 머금어본다.

절제된 순수함의 절정. 깊은 카타르시스가 그곳에 있다. 비어 있는 것처럼 투명한 찻물 속에.

20

붉은 나무에서
자라는
루이보스

건강을 위해 차를 마시는 사람들이 많다. 항산화 성분이 풍부하여 노화방지에 좋다는 백차가 한때 유행하기도 했고, 보이차도 건강에 좋다는 이유로 너도나도 구입하려는 바람에 가격이 크게 뛰고 품질이 좋지 않은 차들이 시중에 많이 나돌게 되었다는 풍문도 떠돈다. 우롱차는 어떤가? 우롱차 음료회사가 다이어트 차라고 광고하는 바람에 사람들은 우롱차를 캔에 든 다이어트 음료 정도로 알게 되었다. 사실, 녹차가 크게 인기를 얻게 된 것도 녹차에 포함된 '카테킨' '폴리페놀' 같은 항산화 성분 때문이 아니던가? 그러다보니 차를 차로 즐기지 못하고 약으로 생각하여 종교처럼 신봉하는 일도 생긴다.

　　각각의 차마다 건강한 성분이 다양하게 함유되어 있는데, 이 성분들은 어떤 사람에게는 좋은 영향을 끼치고 어떤 사람에게는 딱히 그 효과를 나타내지 않기도 한다. 많은 사람들이 우려하는 카페인도 마찬가지다. 어떤 이들에게는 신경을 긴장시켜 나른함을 없애는 카페인이 꼭 필요하기도 하고, 어떤 이들에게는 밤잠을 설치게 만드는 요인이 되기도 한다. 항산화 성분의 함량을 따진다며 백차, 녹차, 홍차, 우롱차, 보이차, 혹은 그 외에 다른 여러 차들을 일렬로 놓고 우위를 정할 수 있을까? 어떤 것이 더 몸에 좋고 어떤 것은 덜하다고 단정할 수 있을까? 차는 질병을 치료하기 위한 약이 아니다. 차를 마시다보니 건강이 좋아졌다라고 이야기할 수는 있겠지만.

　　요즘에는 루이보스와 마테차Mate tea가 건강차로 떠오르고 있다. 남아프리카와 남아메리카의 먼 나라들에서 온 이 두 차는 그 나라 사람들이 음료수처럼 마시는 차로 항산화 물질을 풍부하게 함유하고 있다고 한다. 마테차는 모 코스메틱 브랜드의 스킨케어 제품으로 젊은 여성들에게 먼저 알려졌고, 루이보스는 다양한 홍차 브랜드에서 가향차로 소개하여 서서히 이름을 알렸다. 홍차가 풍성하게 수입되지도 시판되지도 않는 우리나라에서 루이보스는 당당히 대형 마트에 자기 영역을 확보했으니 어쩌면 홍차보다 더 많은 사람이 찾아 마시는 차가 될지도 모르겠다. 대부분의 홍차회사에서는 루이보스를 허브차의 카테고리에서 설명하고 있다.

'카페인 없는 홍차'라는 별명으로 더 잘 알려진 루이보스는 맛과 향이 홍차와 유사하면서도 카페인이 없어 남녀노소 누구나 마음껏 마

셔도 된다고 한다. 루이보스를 설명할 때 빠지지 않는 것이 항산화 성분이다. 다양한 미네랄과 항산화 성분이 녹차나 홍차 이상으로 많이 함유되어 있는데 녹차, 홍차의 근원인 찻잎 속에 든 항산화 성분과는 조금 다른 종류의 것이다.

블로그 이웃에게 홍차를 구입하면서 루이보스를 조금 얻었다. 1리터짜리 유리병에 넣어두고 천천히 우려내서 보리차 마시듯 자주 마시라는 친절한 설명에 따라 나도 한번 마셔보기로 했다. 그런데 루이보스의 맛과 향이 거북하게 다가왔다. 특별히 다를 것 없는 맛인데 묵

직한 향이 홍차와도, 다른 어떤 차와도 미묘하게 달라 쉽게 목으로 넘어가지 않았다. 익숙하지 않은 낯선 풍미라고 할까?

그렇다. 루이보스는 아프리카에서 온 차다. 내가 한 번도 밟아보지 못한 검은 대륙에서 왔다. 다른 나라를 여행할 때 낯선 음식이나 음료에 쉽게 적응이 되지 않는 경우가 많은데, 아프리카에서 온 미지의 음료가 쉽게 목으로 넘어갈 리가 없다. 하지만 관심은 생겨났다. 빨간 나무껍질처럼 생긴 이 차는 왜 이렇게 독특한 모양을 띠게 되었는지, 언제부터 어떻게 마시게 되었는지 조금 궁금해졌다.

나는 루이보스가 건강차의 측면만 부각되는 게 썩 반갑지 않다. 미네랄과 항산화 성분에 매몰되어 루이보스가 가진 특별한 맛, 독특한 이야기는 관심 밖의 일이 되어버린 것이 못내 아쉽다. 그래서 루이보스가 어떤 차인지 좀 더 자료를 찾아보기로 했다.

루이보스는 아프리카의 최남단에 있는 남아프리카공화국의 특산물이다. 이 나라의 좌측 해안에 위치한 수도 케이프타운의 북쪽, 시더버그 산맥 일대에서 자생하는 독특한 야생식물이다. 땅 밖으로 솟아나는 부분은 1~2미터에 불과한데 뿌리는 자그마치 4~7미터에 이른다. 그래서 척박한 대륙에서도 오랫동안 생명을 유지하고 땅속의 미네랄을 충분히 흡수하여 자신의 몸을 살찌울 수 있었다. 루이보스Rooibos는 '붉은빛이 감도는 나무'라는 뜻이다. 영국에서는 같은 뜻으로 레드부시Red Bush라고 부르기도 한다. 토착민들은 오래전부터 이 관목의 잎을 자연발효하여 차로 마셨다. 독특한 단맛이 느껴져 많은 사람들이 일상적으로 마시던 음료였다.

유럽에서는 18, 19세기에 이 지역의 식물을 연구하던 식물학자와 약학자들을 통해 루이보스의 존재가 조금씩 알려지다가 1900년대 초반에 본격적으로 마실 수 있는 차로 소개된다. 러시아 홍차상인 벤자민 긴즈부르크Benjamin Ginsburg가 이 지역을 탐험하다가 사람들이 야생차를 마시는 것을 보고 그 독특한 맛에 관심을 가지게 되었다고 한다.

뜨거운 물에 마른 잎을 잘라 우리면 홍차처럼 붉은빛을 띠었고 달근한 맛 언저리에 연하게 타닌의 맛이 감돌았다. 홍차에 버금가는 차라는 생각이 든 긴즈부르크는 루이보스를 상품화하기 위해 자연발효의 방식을 버리고 중국의 기문홍차의 발효공정을 도입했다. 또한 1930년부터는 현지 의사였던 노티에 박사Dr. P. le Fras Nortier와 함께 주민들에게 루이보스차의 생산을 독려하며 대규모 생산을 시작한다. 이후 루이보스를 다른 지역에서 재배하기 위한 다양한 실험을 시행했지만 생장조건이 몹시도 까다로운 이 붉은 나무는 다른 곳에서는 결코 뿌리를 내리지 못했다. 그래서 지금도 원래 자생하던 남아프리카공화국 남서부 고원지대에서만 생산되고 있다.

맑고 투명한 붉은빛이 맛깔스럽게 보이고 청량감과 달근한 맛까지 겸비해서 홍차 대용으로 마시기에 부족함이 없는 루이보스를, 유럽 사람들은 블랙티black tea(홍차)에 대응하는 레드티red tea*라 부른다.

---

* 차의 명칭은 동서양 사이에 차이가 있다. 서양에서는 홍차를 찻잎이 검다 하여 블랙티라 부르고 중국차에서 구분하는 '흑차'는 푸얼차Pu-er tea, 또는 보이차Bohee tea라고 한다. 일반적으로 유럽에서 차, 즉 tea는 홍차를 뜻하고 동양에서 차는 녹차를 뜻한다.

맛도 뒤지지 않는데 다양한 미네랄 성분과 항산화 성분도 풍부하니 두말할 나위가 없겠다. 루이보스는 유럽으로 발을 내디뎠고 아시아까지 퍼져갔다. 남아프리카공화국에서는 커피처럼 루이보스를 마시기도 하는데, 커피전문점에는 커피 메뉴처럼 루이보스로 만든 레드 에스프레소나 레드라테도 등장하여 독특한 맛을 창조해가고 있다.

먼 곳에서 온 붉은 음료, 루이보스. 이국적인 맛과 향을 즐기는 나조차도 루이보스가 쉽게 목으로 넘어가지 않았다. 그래도 얇게 저민 나뭇조각 같은 붉은색 차를 볼 때마다 어울리지도 않게 세렝게티 초원을 뛰어노는 얼룩말 따위가 떠올라 쿵쿵거리는 에너지가 연상되기도 했다. 루이보스를 맛있게 마실 수 있는 방법이 없을까? 다른 것과 섞어보면 어떨까? 시나몬이나 카르다몸처럼 이국적인 향신료의 맛을 더해보면 좋은 해답이 나오지 않을까?

그즈음 누미Numi라는 새로운 홍차 브랜드를 알게 되었다. 가끔 파크 하얏트 호텔이나 몇몇 호텔에서 티 메뉴로 선보이던 오거닉 차 브랜드다. 여행을 콘셉트로 중국 녹차와 건파우더, 브렉퍼스트 홍차, 다양한 베리를 곁들인 과일차, 허브 티잔, 루이보스까지 차종이 제법 다양하다. '끝없는 여행'Endless Journey과 '영감이 가득한 순간'Inspired Moment이라는 아름다운 이름을 가진 두 개의 샘플러 세트를 입수하고 차근차근 차를 구경했다. 골든 차이Golden Chai, 화이트 넥타White Nectar, 루비 차이Ruby Chai, 모닝 라이즈Morning Rise, 부시먼의 차Bushman's Tea, 레드 멜로 부시Red Mellow Bush, 문라이트 스파이스

Moonlight Spice, 레인포레스트 그린Rainforest Green, 몽키 킹Monkey King 등 차 이름도 아마존 정글만큼이나 이국적이다. 멀고 먼 오지의 풍경이 물씬 묻어나는 몇 가지의 루이보스도 있다.

아프리카는 검은 커피와 눈부신 다이아몬드라는 흑백의 아름다운 두 가지 외에도 홍차와 루이보스가 생산되는 특별한 곳이다. 루이보스를 마실 때는 상상력이 필요하다. 나는 흔들거리는 작은 나룻배를 타고 안개 자욱한 아프리카의 강물을 따라 천천히 남쪽으로 향해 간다. 황량한 벌판이 있을지도 모르고 사나운 짐승이 나올지도 모르는 미지의 세계가 서서히 눈앞에 드러난다. 거대한 대륙 남쪽 끝에 닿으면 이제 배에서 내려 강렬한 햇살만큼이나 빨갛게 잘 익은 루이보스를 마셔야겠다.

루이보스는 홍차보다 조금 더 길게 우려내도 좋다. 홍차는 팔팔 끓는 물에 차를 우린다면 보통 허브차는 조금 낮은 온도의 물에서 조금 길게 우려낸다. 바싹 마른 식물 속에 담긴 맛있는 성분이 모두 우러날 때까지 기다려본다. 붉은 물빛 속에 검은 대륙을 뛰노는 수많은 동물들과 까만 피부의 사람들을 본다. 그 속에 여행자의 깊은 마음도 읽을 수 있다. 내 손까지 전달된 누미티의 유기농 루이보스가 작은 티

백 속에서 천천히 우러난다.

　루이보스나 레드 부시와 이름이나 모양이 비슷하면서도 다른 차가 있으니 '허니 부시'Honey Bush다. 봄철에 노란색 꽃을 피우는 콩과의 야생식물로 인도양을 바라보는 남아프리카의 남동부에서 자생한다. 이름에서 느껴지듯이 꿀처럼 달콤한 맛과 향을 가진 꽃과 잎, 줄기 등을 수확하여 차로 즐긴다.

　루이보스와 허니 부시를 다양하게 맛보고 싶다면 홍차 브랜드인 '브리즈'를 방문해보자. 히비스커스, 로즈 힙, 레몬 필 등 새콤한 허브가 가미된 루이보스, 향긋한 열대과일이 첨가된 루이보스, 복숭아와 장미의 달콤하고 향긋한 향이 더해진 루이보스 등 루이보스의 맛과 향이 놀랄 만큼 다양하다.

　'로네펠트'에도 몇 가지 루이보스 블렌딩이 있다. 그중 오렌지 향과 크리미한 풍미가 곁들여진 '크림 오렌지'Cream Orange는 루이보스의 부담을 완전히 떨쳐버릴 수 있을 만큼 맛있다. 어느 맛 하나 과하지도 부족하지도 않아 균형 잡힌 풍미를 즐길 수 있다. 발효하지 않은 그린 루이보스도 있다. '레볼루션 티'에서는 캐러멜 향이 은은하게 스며 있는 허니 부시가 색다른 맛의 여행을 떠나는 사람들을 기다리고 있다.

21
랍상소우총,
하드보일드 소설 같은
홍차

세상에서 가장 친해지기 어려운 홍차가 무엇이냐고 묻는다면, 두 번 생각할 필요도 없이 '랍상소우총'Lapsang Souchong이라 할 것이다. 중국에서 생산된 차라면 우리 입에 익숙할 법도 한데 랍상소우총의 향에는 익숙해질 재간이 없다. 달콤하고 우아한 향기가 퐁퐁 솟아나야 할 홍차에서 바비큐나 소시지의 훈연향이 솟구친다면, 사람들은 무슨 말을 하게 될까? 나처럼 "헉!" 한마디 내뱉고 입을 다물어버리지는 않을까? 정확히 말하자면 바비큐와 소시지를 굽는 데 쓰는 나무 장작의 진한 훈연향이 이 홍차의 맛과 향을 이룬다. 숯을 만들 때처럼 나무의 깊은 곳까지 그 성질을 바꾸게 하는 불의 힘이, 불과 나무가 만나 이루어진 모종의 합의가 찻잎 속에 숨어 있다. 겉모양은 다른 홍차들과 별다른 차이가 없건만 이 홍차의 진한 향기는 아무리 시간이 지나도 익숙해지지 않는다.

랍상소우총이 어떤 차인지 한번 살펴보자. 랍상소우총은 정산소종 正山小種의 중국어 발음이 유럽으로 전해지면서 정착된 이름으로, 소종(소우총) 홍차 중 최상급의 차를 뜻한다. 소종 홍차는 중국 남부의 푸젠 지역, 그중에서도 우이산武夷山 시 북쪽 지역에서 많이 생산되는 완전발효차다. 이 지역의 홍차는 차를 만들 때 수분을 날리는 과정에서 백송나무를 태운 연기로 차를 훈연하는 독특한 방법을 택함으로써 세상 어느 곳에서도 맛보기 힘든 독특한 향의 차를 만들어냈다. 블렌딩하면서 향을 첨가하는 방식이 아니라 홍차 제조과정에서 향이 스며들기 때문에 가향홍차가 아니라 블렌딩하지 않은 스트레이트티로 분류한다.

진하고 뜨거운 향기가 깊이 스며들어 스모키한 향과 중후한 맛을

선사하는 이 독특한 차는 음식의 향미를 돋워주기 때문에 식사할 때 마셔도 좋다고 한다. 평소에는 즐겨 마시지 않지만 기름진 식사 후에는 랍상소우총이 유난히 생각난다는 사람들도 있다. 치즈와 같은 깊은 맛을 가진 음식과도 어울린다고 하니 치즈 플레이트에 와인이 아니라 랍상소우총을 한 주전자 곁들여도 될 것 같다. 얼그레이 차에도 스모키한 향이 감도는 랍상소우총을 사용하기도 한다. 구수한 스모키한 향에 상큼한 베르가모트가 가미된 스모키 얼그레이는 클래식 얼그레이와는 또 다른 얼그레이의 세계를 보여준다.

랍상소우총이라는 이름을 처음 접하게 된 날부터 나는 이 홍차를 맛보고 싶은 욕망에 시달렸다. 독특하고 근사한 이름에 어울리는 특별한 무엇이 담겨 있으리라는 기대도 있었지만, 홍차의 향이 '스모키'하다는 것이 과연 어떤 것인지, 단순히 그것이 궁금했기 때문이다. 일본 여행 중 들렀던 포트넘 앤 메이슨 티숍에서 나는 아무런 고민 없이 랍상소우총을 한 통 골랐다. 영국 홍차의 자부심을 가진 홍차 브랜드에서 아주 오랫동안 꾸준히 출시하고 있는 홍차라면 최고는 아니더라도 기본 이상의 맛을 갖추었을 것이라는 믿음에서였다.

하지만 이 홍차를 처음 맛본 후 나는 그만 절교를 선언하고야 말았다. 포장을 풀기가 무섭게 코를 찌르는 묵직한 향기가 온 방 안을 가득 채웠기 때문이다. 예상치 못한 향기에 깜짝 놀랐다. 이 홍차 곁에 있다가는 모든 홍차가 자기 향을 잃어버릴 것만 같아 밀폐용기에 두 번 세 번 꼭꼭 밀봉하여 깊은 곳에 숨겨두고서야 마음이 놓였다.

맛은 또 어떤가. 금세 검게 우러난 찻물은 보는 것만으로도 두려움을 느끼기에 충분했다. '이걸 내가 마실 수 있을까?' 이런 생각마저 들었다. 한 모금 겨우 삼켰다. 기분 좋은 묵직함 대신에 온몸을 간질이고 코를 찌르는 향취에 차가 아닌 다른 음식을 먹는 듯한 느낌이었다. 이율배반적인 홍차 앞에서 나는 깊은 배신감을 느끼지 않을 수 없었다. 찻장 깊숙한 곳에 방치한 채 마음을 닫아버린 랍상소우총에 때론 죄책감을 느끼곤 했지만 어쩔 도리가 없었다. "과연 이 홍차를 즐겨 마시는 사람이 있다는 말인가? 도대체 어떤 사람들이?" 그저 이렇게 반문할 수밖에.

까다롭고 속내를 알 수 없는 랍상소우총과 가까워진 계기는 생각보다 빨리 찾아왔다. 이른 장마가 시작되어 하루 종일 후줄근한 어느 초여름 날, 집이고 사람이고 눅눅하기 짝이 없는 것들을 마른 빨래처럼 보송보송하게 해줄 뜨끈한 것이 몹시도 그리웠다. 문득 랍상소우총의 불의 향기가 떠올랐다. 오늘만큼은 그 향기가 필요한 듯했다. 눅진한 습기들을 말려버릴 뜨거운 향기를 폐 속 깊이 들이키고 싶었다. 그리고 그 향기와 어울릴 법한 영화 한 편을 떠올렸다. 〈페인티드 베일Painted Veil〉이다.

서머싯 몸의 소설을 각색한 이 영화는 중국 대륙을 배경으로 펼쳐지는 미묘한 애증의 드라마다. 첩첩산중이라는 말이 적당할 것 같은 험준한 산과 깊은 계곡이 엇갈리는 깊은 내륙, 쏟아지는 비처럼 축축하고 사막의 바람처럼 건조한 이국의 땅에서 두 주인공은 마음을 열지 못하고 서로에게, 또 스스로에게 상처를 주며 기약 없는 삶을 연명한다. 어느덧 서로에게 조금씩 마음을 열어가면서 죽음의 기운이 감도는 낯선 마을은 생명을 사랑하는 사람의 마을로 서서히 변모해간다. 영화 속 풍경에는 키티와 월터의 감정 변화가 고스란히 묻어난다. 서로 미워하며 콜레라가 창궐하는 죽음의 땅으로 들어온 두 사람이 마침내 서로를 이해하고 사랑해가는 과정 속에는 동양의 물과 하늘이 잔잔히 녹아 있었다. 익숙하면서도 낯선 그곳은 바로 랍상소우총의 고향 모습이다.

영화를 보는 동안, 나는 랍상소우총을 진하게 우려 한 주전자를 다 비웠다. 동양과 서양의 문화가 충돌하는 영화 속 작은 마을은 중국 땅에서 생산되어 유럽에서 더 사랑받는 랍상소우총이라는 홍차를 극명하게 보여주는 것처럼 느껴졌다. 높은 고원과 깊은 계곡이 교차하는 중국의 내륙 풍경은 낯설고 두렵기만 한 향기를 신비롭고 경이롭게 변화시켰다. 의사소통이 어려웠던 두 주인공이 화해하는 과정에 이르니 어느덧 랍상소우총을 부담 없이 마시고 있는 나 자신을 발견했다. 타인에게 마음을 열며 자아를 찾아가는 여주인공 키티는 영화에는 미처 보여주지 않는 미래에 랍상소우총의 깊고 진한 향기처럼 뚜렷한 개성과 독특한 자아를 가진 여성으로 변화할 것이다.

웬만한 홍차를 섭렵했다 해도 랍상소우총은 쉽게 넘어갈 수 있는 산이 아니다. 홍차에도 레벨 테스트가 있다면 랍상소우총은 어퍼 어드밴스드upper advanced 정도의 단계가 아닐까? 그만큼 단단한 긴장감이 필요하고, 타문화에 대한 열린 마음과 이해심이 우선되어야 한다.

　랍상소우총은 최초의 홍차라고 한다. 명청 교체기의 혼란한 상황에서 푸젠 지역을 접수한 청국 군인들로 인해 농장주는 차 작농에 어려움을 겪게 되었다. 차 농장주는, 찻잎을 발효시키느라 젖은 채 창고에 보관 중이던 차들을 빨리 말려 내다 팔기 위해 소나무뿌리를 태워 그 연기를 쐬게 했다. 기대한 대로 찻잎은 빨리 건조되었으며 게다가 독특한 향기까지 솔솔 피어났다. 우연히 차 농장을 방문하였다가 이 차에 매료된 외국의 차 거래상이 랍상소우총을 유럽에 소개하였고 이후 랍상소우총은 최고급 차로 큰 인기를 모았다고 한다.

　랍상소우총은 지금도 예전과 같은 방식으로 차를 만들고 있다. 찻잎을 비벼서 모양을 만든 다음, 뜨거운 철판에서 찻잎을 재빨리 구워 낸 후 대나무판 위에 가지런히 두고 그 아래 백송나무를 태워 훈연한다. 이렇듯 훈연한 차는 푸젠 지역을 비롯하여 인근 타이완에서도 상당수 만들어진다고 한다.

한번 맡으면 절대 잊지 못할 독특한 향기, 뜨거운 불의 향기와 어두운 재의 습성이 가득 담겨 몸속을 뜨겁게 타오르게 만들 것 같은 향기는 랍상소우총을 더욱 특별한 차의 반열에 올려놓았다. 향기에서 느껴지는 강한 첫인상은 다행히 우리고 난 후에는 점차 부드러워진다. 이러한 특성은 유럽이 갖지 못한 강하면서 부드러운 동양의 정신이 그대로 표현되었다고 할 수 있다.

랍상소우총의 향기 속에는 수천 년 동안 이어져온 중국의 차나무 이야기와 끝을 알 수 없을 만큼 깊은 숲과 아찔한 계곡이 펼쳐지는 동양의 풍경이 있다. 유럽이 갖지 못한 경외할 만한 자연의 정신이 있다. 그것을 찾아 길고 험한 여행을 감수한 수많은 유럽의 모험가들이 가슴속까지 들이켰을 진한 향기. 아마도 그것이 랍상소우총이 주는 깨달음의 향기일지도 모르겠다. 그래서인지 포트넘 앤 메이슨은 다른 과일홍차에는 없는 '아로마 티'aroma tea라는 이름을 붙이고, 깊고 아련한 심상을 불러일으키는 차라고 설명하고 있다. 단순히 향기로 설명하기 어려운 짙은 향내에 복잡 미묘함과 고집스러움이, 그리하여 새로운 세상을 발견하게 하는 힘이 담겨 있기 때문이다.

랍상소우총에 대한 이야기 하나 더. 1920대의 파리, 당시 생제르맹 데 프레에 위치한 서점 셰익스피어 앤 컴퍼니Shakespeare & Company의 조용한 거실에는 문학 애호가들의 발길이 끊이지 않았고 서점주인인 실비아 비치*는 이곳에서 늘 차를 대접했다고 한다. 영국에서 발간을 거부당한 제임스 조이스의 『율리시즈』를 파리의 작은 영국계 서점에서 출간한 이례적인 사건을 두고 파리가 떠들썩하던 때였다. 조이스가 차를 마시러 이 서점에 들를 것이라는 소식을 접한 후 그를 만나볼 요량으로 실비아의 거실에 숨어든 젊은 작가 프레데릭 프로코슈는 실비아 비치와 제임스 조이스가 나누는 대화를 엿듣게 된다.

"오, 차 맛이 아주 훌륭하네요. 이 차는 뭐죠? 다즐링인가요?"

"랍상소우총이에요. 에디아르 잡화점에서 사온 것이랍니다."

"자두가 든 타르트도 맛이 아주 좋은데요."

"그건 럼펠마이어**에서 만든 거지요."

실비아 비치는 거실 밖에서 서성거리는 사람을 발견하고 그를 불러들여 차를 대접하고 조이스와 만날 수 있도록 해주었다. 독특하고 섬세한 실비아 비치의 취향을 설명해주는 이날의 홍차 랍상소우총은 그들 모두를 매료시켰다. 제임스 조이스의 열렬한 추종자였던 프레데릭 프로코슈는 그날 이후 아침식사를 할 때마다 랍상소우총을 마셨다고 자신의 책에 쓰고 있다. 테일러드 슈트를 즐겨 입었던 강인한 여성 실비아 비치와 세기의 문호 제임스 조이스와의 만남에서 예상치 못했던 새로운 세상을 발견한 기쁨 때문이 아니었을까?

* Sylvia Beach. 1887~1962. 미국에서 태어나 1921년에 프랑스 파리에 영문학 전문서점인 '셰익스피어 앤 컴퍼니'의 문을 열었다. 이곳은 앙드레 지드, 폴 발레리, 제임스 조이스, 헤밍웨이, T. S. 엘리엇, 에즈라 파운드 같은 20세기 최고의 작가들이 모여드는 사랑방 구실을 하였다. 현재는 센 강이 보이는 곳으로 자리를 옮겼다.
** Rempelmayer. 후에 안젤리나로 이름을 바꾼 파리의 유명 과자점. 밤케이크인 몽블랑과 핫 초콜릿이 유명하다.

22
서투른 스무 살,
아이스티

예쁜 얼굴은 아니었다. 그래도 스무 살의 풋풋함과 첫 만남에 대한 설렘이 키 작은 소녀를 더욱 사랑스럽게 만들었다. 손을 모으고 얌전히 앉은 소녀의 리넨 스커트가 신선하다. 핸드메이드 퀼트 핸드백이 테이블 옆 걸쇠에 걸려 살짝 흔들렸다. 소녀 앞에는 또래 소년이 입을 법한 단정한 옷차림의 소년이 있었다. 둘은 나지막이 웃다가 소곤소곤 이야기를 나누었다.

그들 앞에는 아이스티 두 잔이 놓여 있었다. 첫 만남. 눈을 빛내며 바라보다가도 어느새 어색한 침묵이 흐르기도 하는, 어쩔 수 없는 서투름의 순간. 얼음이 녹아 붉은빛이 서서히 엷어지는 동안, 그들은 서로에게 수줍은 미소를 보냈다. 이제 막 마음을 열기 시작한 스무 살 커플이 어느 찻집에서 둘만의 데이트를 시작하고 있었다.

우리 모두에게 한 번쯤 있었을 그 순간이 너무 예쁘고 흐뭇해서 나도 시원한 아이스티를 홀짝거렸다. 잔뜩 긴장한 그들은 채 몇 모금도 마시지 못했지만, 나는 아이스티 한 잔에 가슴속까지 시원함을 느꼈다. 첫 모금에는 향긋한 향기가, 두번째는 쌉쌀한 맛이 입 안에 감돈다. 아무리 향기로운 첫사랑이라 해도 쌉쌀한 추억으로 남게 마련인데, 그들은 그것을 알까? 2007년 여름의 한낮, 도쿄 근방의 예쁘다고 소문난 동네 지유가오카自由が丘의 어느 찻집에서 보았던 장면이다.

도쿄를 여행할 때마다 지유가오카를 찾게 된다. 도쿄에서 외곽으로 가는 전철을 타고 이십 분은 족히 가야 하는 먼 거리에 있지만 예쁘고 아기자기한 숍과 카페, 아담한 골목이 펼쳐지는 이 거리에는 도쿄

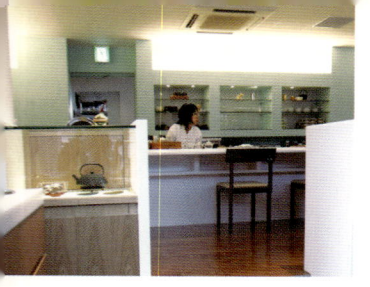

가 갖지 못한 소박함과 편안함이 있다. 언젠가는 지역의 마츠리(축제)를 보느라 전철역 앞에서 한참을 얼쩡거리기도 했고 개구쟁이 같은 눈빛을 한 유카타 차림의 소녀들을 만나기도 했다.

필름을 현상해주는 오래된 사진가게가 아직도 손님들을 맞이하고, 1~2백 년은 족히 되어 보이는 낡은 목조주택에서 옛날식 음료와 디저트를 파는, 그리고 이곳 청춘들은 신용카드를 받지 않는 스파게티 가게에서 데이트를 즐기는, 독특한 동네. 숨 막히게 하는 도쿄에 지칠 때 이곳에 가면 마음이 편안해진다. 너무 세련되지 않아서, 사람 사는 맛이 묻어나서, 예쁜 것들은 눈물 나게 많아서 좋은 지유가오카. 지유가오카에 가면 찻집에 들러야 한다. 찻집 주인의 정성이 담긴 따스한 차 한 잔을 마셔보아야 한다.

지유가오카에는 유명한 찻집이 많다. 옛날식 목조주택에서 단팥 디저트인 안미츠와 전통 녹차를 맛보려면 고소안古桑庵으로, 정통 영국식 애프터눈티를 즐기려면 세인트 크리스토퍼 가든St. Christopher's Garden으로 간다. 두 군데 모두 차 맛과 디저트, 티타임의 정취까지 모든 면에서 별 다섯 개를 받을 만한 곳이다.

새로 나온 차를 시음해보고 친구에게 선물할 홍차를 고르며 차 향기 속에서 어슬렁거리고 싶다면 루피시아 티룸에 가면 된다. 일본에서 가장 대중적인 인기를 얻고 있는 루피시아의 본점과 티룸이 바로 이곳에 있다. 시즌마다 다양한 맛과 향의 홍차를 선보이는데, 차 종류는 모두 2백여 종에 이른다.

1층에는 원형 티캐디에 든 갖가지 차, 리필백에 든 차, 이달의 신제품, 티허니, 티푸드, 다구들이 보기 좋게 디스플레이되어 있고 커다란 테이블에는 원하는 차를 전문가가 직접 끓여주는 시음공간이 있다. 한 바퀴 둘러본 후 티 마스터에게 사쿠란보 홍차를 마시고 싶다고 이야기했다. 버찌향이 향긋한 사쿠란보는 루피시아의 베스트셀링 홍차다. 유니폼을 입은 몸집이 작은 티 마스터가 방긋 웃으며 티 테이블로 안내한다. 루피시아의 차에 이런저런 관심을 내보였더니 티 마스터는 얼른 영문으로 된 홍차 안내서를 가져다주었다. 차에 대한 기본적인 정보와 다원 그리고 루피시아 블렌딩 정보까지 빼곡히 씌어 있는 안내서는 웬만한 홍차 기본서에 해당하는 내용을 담고 있었다.

전면이 유리로 된 투명한 공간에서 바깥을 보며 차를 마신다. 매장 한 켠에는 티 세미나용 공간이 있는데, 이곳에 들를 때마다 늘 티 세미나가 열리고 있다. 사람들이 진지하게 설명을 듣고 있는 모습이 보인다. 차를 제대로 우리는 법, 마살라 차이, 말차, 아이스티를 맛있게 만들 수 있는 다양한 레시피를 배우는 기초 세미나로 구성되어 있는데 차 좋아하는 외국인들을 위해 영어 세미나도 열린다.

무엇보다 지유가오카 지점에만 있는 숍 블렌드가 궁금했다. 커피 가게에 있는 하우스 블렌드처럼 같은 브랜드의 홍차라도 도시별, 지

🏠 **루피시아 지유가오카 숍 앤 티 살롱**

1-25-17, Jiyugaoka, Meguro, Tokyo
OPEN 9:00~21:00(매장) 10:30~21:00(티 살롱)
티 세미나 정보와 티숍 약도는 홈페이지를 참고할 것(www.
lupicia.com). 영문 웹사이트도 있다. 루피시아는 국내에
서 정식 수입되어 압구정점과 이대점 두 개의 숍을 운영했으
나, 2010년에 안타깝게도 매장을 철수했다.

역별 매장마다 고유의 향과 맛을 가진 블렌딩 홍차를 보유하고 있는
데, 이를 숍 블렌드라고 한다. 지유가오카 숍 블렌드는 '로열 부케 재
스민' '로열 부케 라벤더' '로열 부케 로즈' 등 세 종류로 홍차와 녹차,
허브차를 베이스로 세련되고 향긋한 꽃향기를 더했다. 다른 홍차에
비해 가격이 약간 높지만 이곳에서 자신 있게 선보이는 차라는 특별
한 의미가 있다.

기대했던 티룸은 2층에 있었다. 간단한 티푸드와 함께 차를 마실 수 있는 공간이다. 주말이라 자리가 나기를 기다리는 사람이 많았지만 일본인들이 홍차를 어떻게 즐기는지 궁금해서 그들 틈에서 차를 마셔보기로 했다. 약간의 대기시간 후 나는 준비된 테이블에 앉았다. 블라우스와 스커트를 깔끔하게 차려 입은 점원이 나의 핸드백과 쇼핑백을 맞은편 의자에 조심스럽게 옮겨두고 주문을 기다리고 있었다. 일본어로 쓰인 메뉴를 도통 읽을 수가 없어 점원에게 추천을 부탁했다.

"차와 달콤한 디저트를 먹고 싶은데요."

그녀는 티 세트 메뉴를 일러주었다. 샌드위치와 디저트 중 하나를 선택하고 핫티, 아이스티, 전통 녹차 등 대여섯 가지의 추천 음료 중 하나를 고르면 된다. 나는 숍 블렌드인 로열 부케 재스민 아이스티와 달콤한 과자들이 골고루 섞인 디저트 메뉴를 골랐고 점원은 만족스러운 얼굴로 돌아갔다. 트렌디한 카페와는 달리 점원들이나 티 마스터들이 나이도 있어 보이고 단정하고 깍듯한 인상을 풍겼다. 인상 좋은 중년의 여인이 세심하게 차를 우리고 있었는데, 차와 함께해온 연륜을 보는 것 같아 기분이 좋았다. 주인이 직접 차를 우리거나 나이 지긋한 점원이 메뉴에 대해 자세히 설명해주는 찻집이나 카페가 좋다. 차를 사랑하는 사람의 정성이 오롯이 느껴지기 때문이다. 차와 디저트가 도착했다. 티코스터에 홍차 이름이 씌어 있었다. 일본어를 읽지 못하는 나를 위해 점원은 가타카나 글자를 하나하나 손으로 짚어가며 홍차 이름을 일러주었다.

나의 테이블은 사람들을 구경하기에 좋은 위치에 있었다. 차를 우리는 주방 쪽에는 스시바처럼 바 자리가 있고, 은은한 초록빛의 홀에 자리한 모든 테이블에는 손님들로 가득했다. 연령도 취향도 다 달라 보이는 다양한 사람들이 모여 차를 마시고 있었다. 연세 지긋한 어른들도 있고, 가족으로 보이는 사람들이 이런저런 이야기를 나누며 차와 디저트를 맛보고 있었다. 주말이라 쇼핑을 나온 사람들이 많았고, 차를 사러 왔다가 다리를 쉬어가는 사람도 있었다. 어떤 이들 앞에는 전통적인 찻주전자에 나온 일본차가, 또 다른 이들 앞에는 풍성한 우유거품을 얹은 밀크티가 놓여 있었다. 다들 차를 앞에 두고 신나게 이야기를 나누는 중이다. 그들은 무슨 이야기를 할까? 모녀로 보이는 두 사람도 차를 앞에 두고 활짝 웃고 있었다. 엄마와 꼭 닮은 소녀는 모찌 케이크가 테이블에 놓이자 환하게 기쁜 표정을 지었다. 차 한 잔 속에 담긴 일상의 풍경이 참으로 다정하게 느껴졌다.

이때 한 커플이 눈에 띄었다. 핑크빛 볼을 한 풋풋한 소녀의 표정에서 나는 너무나 쉽게 그녀의 속마음을 읽어버렸다. 맞은편에 앉아 있던 소년의 표정이 어떠했는지 알 수 없지만 짐작할 수는 있었다. 수줍은 첫사랑이 시작되리라. 티룸에서 한 잔의 차를 앞에 두고 첫 데이트를 시작한 그들이라면 앞으로도 수많은 차를 나눠 마시는 사이가 될 수 있지 않을까? 비록 짧고 허무하게 끝나는 게 첫사랑이라고 해도 차 향기처럼 오래오래, 그들의 빛나는 젊음 속에 남아 있을 것이다. 나는 그들의 첫 데이트를 지켜보면서 정성껏 우려진 초록빛 아이스티를 마셨다. 쌉쌀하면서도 향긋한 내음에 반해 로열 부케 재스민 차를 한 봉지 사서 티룸을 나섰다. 나도 누군가와 함께 차를 마시고 싶어졌다.

가을

23
추억 한 모금,
9월의
홍차

지난 십 년을 돌아보건대, 나에게 9월은 새로운 시작을 위해 가장 바쁘게 달리는 시간이었다. 직장을 옮겨 새로운 일을 시작한 것도 9월이고, 결혼식도 9월의 하늘 아래에서 치러졌다. 두번째 인생을 시작하고자 프랑스로 건너간 것도 9월이고, 힘든 미술사 공부를 시작한 것은 그 다음해 9월이었다. 그리고 다시 한국에 돌아온 것도 9월이며, 새로운 일을 위해 혼자 여행을 떠난 것도 9월이었다. 새로운 다이어리를 사고 새로운 계획을 세우고… 어쩌다 보니 모든 새로운 일들이 9월부터 시작되곤 했다.

뜨거운 바람이 어느새 잦아들고 가을의 높은 하늘이 서서히 기품 있게 드러나는 계절, 옷장에 깊숙이 넣어두었던 트렌치코트를 꺼내는 계절, 마음을 차분히 하며 내년을 준비하는 계절이 바로 9월이다. 그래서 9월은 새로운 일을 계획하고 실행하기에 좋은 때다. 새로운 마음가짐으로 다시 한번 도약하고자 폴짝 뛰어오르는 시간.

몇 해 전 8월의 마지막 주말에 떠났던 도쿄 여행은 여러모로 의미 있는 시간이었다. 프랑스에서 공부를 마치고 한국에 돌아온 후 나는 복잡한 심정으로 내내 불편한 하루하루를 보내고 있었다. 고국의 모든 것이 익숙지 않고 어설프기만 했던 날들, 엉켜버린 감정들을 숨긴 채 다급하게 쏟아지는 일들로 이리저리 분주하기만 했다. 내 미래는 어떻게 될까? 어떤 일을 하며 어떻게 살아야 할까? 십대의 고민이 다시금 시작되었고, 하고 싶은 일과 해야 할 일들 사이에서 엉거주춤 결단을 내리지 못했다.

마음 정리가 필요하다고 판단된 그때, 나는 하던 일을 잠시 접어두고 여행을 떠났다. 혼자 길을 걷고 혼자 구경하던 일주일간, 몹시 외로웠고 혼자서 무작정 여행을 떠난 것을 많이 후회했다. 낯선 곳에 오면 복잡했던 마음이 깨끗하게 정리될 거라 믿었는데, 새로운 것들을 보면 불꽃같은 삶의 영감이 무궁무진하게 떠오르리라 기대했는데 모든 것이 귀찮고 머릿속이 텅 빈 것처럼 여겨졌다. 아무것도 새로운 것이 없었던 여행, 오로지 걷고 구경만 한 여행이었다.

일주일이 흐르고 마지막 날 공항으로 향하면서 나는 발걸음이 가벼워진 것을 느낄 수 있었다. 천천히 내 몸이 가벼워지고 발아래 단단한 땅이 느껴졌다. 낯선 곳에서 나와는 다른 세상을 살아가는 사람들을 보며 그 속에서 나 또한 하나의 존재임을 깨닫게 된 것이다. 그래, 그

것만으로 이 여행은 충분히 가치가 있다. 일상의 스트레스를 벗고 혼자가 된 시간이 있었기에 미래에 무슨 일이 펼쳐지든 잘 해낼 수 있을 거라는 믿음이 생겼다. 그리고 그곳에서 돌아온 후 나는 하던 일을 마무리하고 새로운 일에 기꺼이 착수할 수 있었다. 새로운 9월을 맞이하게 된 것이다.

그날의 여행 중에 9월의 홍차 마리나 드 부르봉Marina de Bourbon의 셉템버Septembre를 만났다. 달콤하면서도 시원한 향취가 물씬 풍기는 가벼운 향수 같은 홍차를 마시며 조금은 편안하고 조금은 단단해진 나의 9월을 보았다. 여전히 푸르고 청량한 향기가 남아 있어 샴페인처럼 상쾌하게 축배를 들 수 있는 홍차. 새로운 9월을 자축하기 위한 최고의 홍차라는 생각이 들었다. 성공한 여성들은 뵈브 클리코Veuve Clicquot 샴페인으로 축배를 든다고 하는데, 나는 마리나 드 부르봉의 셉템버로 이날을 기념하려 한다.

마리나 드 부르봉은 공주님처럼 사랑스럽고 기품 있는 향기로 가득한 홍차 브랜드다. 프랑스 부르봉 왕가의 마지막 공주의 이름을 딴 이 홍차 브랜드는 패키지에서부터 세련되고 귀족적인 분위기를 풍긴다. 프랑스 공주의 이름을 따왔지만 일본에서 블렌딩한 일본 브랜드다. 일본 홍차를 두고 '가향홍차의 무한도전'이라 부르고 싶은데, 그중에서도 특히 마리나 드 부르봉은 향기의 절정을 보여준다. 마치 향수를 만들어내는 조향사의 연구실처럼 마음껏 화려하게 향을 실험하면서 로코코 시대 프랑스 귀족의 예술지상주의적인 취향을 그대로 되살려

냈다. 찻잎의 순수한 맛을 좋아하는 사람들에게는 황당할 정도로 향이 복잡 다양하고 시각적인 장식에만 치중한 듯 느껴질 정도다. 세상의 모든 향이 다 들어 있을 정도로, 마리나 드 부르봉의 홍차 리스트는 화려하다.

아름다운 남국의 하늘처럼 상쾌한 시엘 다쥬르Ciel d'Azûr, 화려한 꽃향기가 가득한 샹드 플뢰르Champs de Fleurs, 미세한 꽃향 사이로 솟아오르는 복숭아향의 미뉴에트Minuet, 장미향이 감도는 시렌Sirène, 민트향의 미라주Mirage 등 독특한 이름만큼 독특한 향의 세계가 재미있다. 그중에서 마리나 드 부르봉의 색다른 홍차를 들라면 매장마다 자신의 콘셉트에 어울리는 독창적인 블렌딩을 소개하는 숍 블렌드와 매달 그달의 홍차를 선정하여 전 지점에서 소개하는 '이달의 홍차'다.

오사카의 화려하고 세련된 우메다梅田 거리, 도쿄의 서정적이며 활력 있는 기치조지吉祥寺 거리와 독특한 세련미를 풍기는 에비스恵比寿

마리나 드 부르봉의
이달의 홍차

JANVIER
아삼에 달콤한 바닐라와 럼의 향기를 더해 겨울의 추위를 잊게 해주는 1월의 홍차

FEVRIER
봄을 알리는 매화 향기에 달콤한 벌꿀을 더해 새 생명의 시작을 표현한 2월의 홍차

MARS
새싹을 틔운 풀과 나무의 향기, 봄바람에 실려 오는 살구향이 가득한 3월의 홍차

AVRIL
벚꽃이 가득한 대지, 부드러운 빛과 살랑거리는 바람을 느낄 수 있는 4월의 홍차

MAI
온화한 봄날의 상쾌한 바람을 민트와 사과의 싱그러운 향기로 표현한 5월의 홍차

JUIN
신록의 계절 속에 새콤달콤한 열대과일의 향이 가득한 6월의 홍차

거리처럼, 이들 숍 블랜드 홍차는 맛과 모양도 색다르지만 여행의 기억을 연장하는 좋은 기념품임에 손색이 없다. 이달의 홍차는 또 어떠한가? 계절의 변화와 자연의 감성이 듬뿍 담긴 독특한 블렌딩으로 1월부터 12월까지 특별한 의미를 부여했다. 홍차에 다양한 이름을 붙임으로써 기꺼이 구입하게 하는 마케팅 감각이 탁월하다. 우리의 추억을 담보하고 여행을 즐겁게 해주며 매일을 기념할 수 있게 해주는 대가치고는 그리 값비싼 것은 아니다.

9월이 오면 나는 늘 이 홍차로 시작하려 한다. 내 인생에서 또 다른 시작을 알리는 9월이 오면 알 듯 모를 듯 강렬한 희망에 사로잡힌다. 누구인들 좌절을 경험하지 않으랴, 회피하고 싶은 일들이 왜 없으랴. 그렇게 밑바닥으로 하향곡선을 그리는 삶이 계속되더라도 거대하게 도약할 수 있는 순간이 일 년에 한 번 주어진다고 생각한다면 뭐든 시작해볼 용기가 생기지 않을까?

JUILLET
진하게 익어가는 블루베리의 향기 속에 여름의 생명력이 가득한 7월의 홍차

AOUT
남국의 정서를 느끼게 하는 파인애플과 구아바의 향기로 표현한 8월의 홍차

SEPTEMBRE
서양배와 감의 달콤함, 콘플라워의 상쾌함이 가을 정취를 알려주는 9월의 홍차

OCTOBRE
달콤하고 고소한 군밤과 군고구마의 향기가 풍성한 결실을 표현한 10월의 홍차

NOVEMBRE
새콤달콤한 오렌지와 사과의 향기가 따스하게 온몸을 감싸주는 11월의 홍차

DECEMBRE
화사한 어린 찻잎에 스트로베리와 치즈의 맛이 가미된 12월의 홍차

나에겐 9월이 그러한 순간이지만 누구에게는 1월이, 누구에게는 12월이, 또 다른 누군가에게는 봄이 시작되는 3월이 그런 힘을 줄 것이다. 그 희망과 도전의 즐거움을 평생 기억하게 해줄 한 잔의 홍차를 가져보는 것은 어떨까?

마리나 드 부르봉의 열두 가지 '이달의 홍차'가 어떤 블렌딩으로 이루어졌는지 웹사이트에 있는 내용을 살펴보니 마치 달력처럼 일 년 열두 달 자연의 풍경이 한 장 한 장 펼쳐진다. 이 자연의 풍경이 찻잔에 담기게 될 것이다. 향긋한 자연과 내가 만나고, 지나온 시간과 다가올 시간이 하나로 연결된다. 특별한 오늘 하루가 시작된다.

24
유럽 왕실의
찻잔
이야기

맛이 궁금해서 하나둘 사 모으다보니 어느새 홍찻장을 하나 만들어야 할 만큼 홍차 품목이 늘어났다. 국적도 출신도 다르고 자태도 서로 다른 홍차들이 경합을 벌이듯 나란히 선반 위에 정렬했다. 차의 종류가 늘어나면서 다구의 개수도 늘어나기 시작했다. 늘 똑같은 티포트, 똑같은 찻잔에 마시는 것만큼 지루한 것이 또 있을까? 티타임을 위한 도구들은 우리의 지루함을 잊게 할 만큼 다양하다. 티백 트레이, 티스트레이너, 티메저 스푼, 타이머, 티리넨, 티코지… 필요할 때마다 하나씩 구입하다보니 모양이 가지각색이지만 기분에 따라 분위기에 따라 다양하게 고르는 재미가 있다.

중국의 어떤 고급차는 가격이 몇천만원을 호가하고 묵히면 묵힐수록 가격이 높아진다고 하여 고가의 차를 컬렉션하는 사람도 있다고 하니, 묵힐수록 가격이 뛰는 것은 그림만이 아니다. 차 분야에서도 컬렉션의 세계는 다채롭다. 어떤 이는 특정 브랜드의 홍차 티백만 연도별, 종류별로 모으기도 하고, 어떤 이는 홍차를 마신 후의 빈 양철용기만 수집하기도 한다. 앤티크 티메저 스푼만 모으는 사람도 있고 빈티지 찻잔을 모으는 사람도 있다. 즐기는 방법이 다양할수록 차 생활이 즐거워진다. 단, 컬렉션을 위해 불필요한 물건들을 사재기하지 않는다는 조건이 꼭 붙어야 한다.

티타임을 도와주는 멋진 도구들. 이것만큼은 컬렉션하는 즐거움을 누려볼 만하다. 이들의 기능이 제대로 발휘될 때 가장 맛있는 홍차를 얻을 수 있다. 물론 이 모든 것이 다 절대적으로 필요한 것은 아니다. 차를 마시는 취향에 따라 필요한 것을 하나씩 구입하는 미덕이 절대적이다. 그중에서 많은 사람들이 쉽게 컬렉션하게 되는 것이 찻잔이다. 멋스럽고 화려한 도자기 찻잔, 투명해서 찻물 색을 볼 수 있는 찻잔, 보온효과가 높은 이중 유리 찻잔, 커다란 머그잔 등 차를 담아 마시는 잔이야말로 천차만별 다양한 모양새를 가졌다.

고려청자, 조선백자 등 아름다운 도자기 문화의 혜택을 한껏 누린 우리와는 달리 유럽에서 식사 때 도자기를 사용한 것은 불과 2~3백 년밖에 되지 않는다. 그전에는 중국에서 수입한 값비싼 도자기를 사용했으며, 일상생활에서는 주로 구리나 은으로 만든 주전자와 은잔에 차와 커피, 초콜릿 음료를 마셨다. 중국 도자기처럼 눈부신 빛깔을 가진 단단한 도자기를 얼마나 갖고 싶었을까? 유럽 왕실의 열렬한 소망을 반영하듯 도자기는 차이나라는 이름과 동격으로 사용되었다.

유럽 도자기의 최고봉으로 불리는 마이센Meissen 자기는 유구한 역사만큼 수집가들의 마음을 설레게 한다. 마이센을 도자기회사 중 하나라고 말하기에는 이 도자기가 가진 의미가 너무나 폭넓다. 중국 자기에 버금가는 눈부신 빛깔과 단단한 표면을 가진 경질자기가 유럽에서 꽃피게 된 것이 바로 마이센이 이루어낸 성과이기 때문이다.

유럽 왕실은 각기 고유의 도자기 가마를 운영하고 있었으며 이곳에서 왕실에서 사용하는 고급 도자기를 만들어냈다. 그동안의 도자기는 파이앙스faïence라 불리는 연질자기류들로 귀족들의 취향을 만족시켜주는 장식품으로 활용되었다. 18세기 독일의 마이센 가마에서 처음으로 잘 깨지지 않고 투명한 흰빛을 가진 경질자기가 개발된 이후 일상생활에서 먹고 마시는 데 사용할 수 있는 수

웨지우드 재스퍼 티 세트

많은 도자기류가 등장하게 된다. 이를 포슬린porcelain이라 하는데 독일 지역의 마이센과 빌레로이 앤 보흐Villeroy & Boch, 헝가리의 헤렌드 Herend, 프랑스의 리모주Royal de Limoges, 덴마크의 로열 코펜하겐Royal Copenhagen, 영국의 웨지우드Wedgwood 등 지금까지도 도자기의 명품으로 인기가 높은 도자기회사들은 이때 왕실의 적극적인 지원과 지지에 힘입어 급성장했다.

제인 오스틴이 특별한 애정을 갖고 둘러보았다는 도자기 상점을 기억하는가? 차를 마시기 위해서는 찻잔이 필요한 법. 영국인들에게 중국 도자기처럼 눈부신 크림 빛 찻잔을 선사한 도자기회사 웨지우드는 영국의 티타임 문화를 꽃피우게 한 또 다른 일등공신이다.

웨지우드의 창시자인 조시아 웨지우드는 '영국 도자기의 아버지'라 불릴 만큼 영국 도자기산업에 큰 공로를 끼친 인물이다. 자신의 고향이자 영국 도자기의 중심지인 스탠퍼드셔에서 1759년 도자기회사를 설립하는데 여기서 250년 전통의 웨지우드가 출발한다. 샬럿 왕비가 무척 만족하여 '퀸즈웨어'Queen's Ware(여왕의 도자기)라 명명했다는 상아 빛 크림웨어는 빅토리아 앤 앨버트 박물관Victoria & Albert Museum이 소장하고 있으며 유약을 바르지 않은 스카이블루 빛 재스퍼Jasper 도자기는 지금까지도 생산되고 있는 독창적인 형태의 도자기다.

덴마크의 상징이라 불리는 로열 코펜하겐은 어떠한가? 눈부신 흰색의 플레이트와 청명한 바다 빛의 선이 만나 소박하면서도 환상적인 하모니를 보여주는 로열 코펜하겐은 1775년부터 순백의 견고한 도자기를 만들어온 유서 깊은 도자기 브랜드다.

유약을 바르기 전에 밑그림을 그리는데 섬세한 핸드페인팅으로 하나하나 만들어가는 과정은 예술이 따로 없다. 굴곡진 꽃과 잎사귀의 선을 그린 듯한 블루 플루티드blue fluted 패턴은 로열 코펜하겐의 아이덴티티이자 덴마크를 상징하는 전통 문양이다. 1,197번의 붓질로 이루어지는 디너 플레이트는 섬세하고 정련된 장인정신의 전통을 그대로 느낄 수 있다.

프랑스에 리모주, 영국에 스탠포드셔가 있다면 미국에는 트렌턴Trenton이 있다. 월터 스콧 레녹스는 19세기 미국의 세라믹 중심지라 불린 트렌턴에서 레녹스를 설립하고 홈 다이닝 시대에 어울리는 고객 맞춤 디자인을 선보여 인기를 얻었다. 미국에서 도자기 시장이 점점 커지자 디너 웨어를 위한 표준화된 패턴이 필요했고, 유명한 만다린 라인과 밍 라인을 비롯하여 로웰, 오텀 등 레녹스의 간판스타가 된 전설적인 패턴들이 탄생한다. 레녹스는 상류층의 주방에서 빼놓을 수 없는 식기 브랜드로 성장했으며, 백악관에 입성하는 쾌거를 이룬다. 윌슨부터 클린턴까지 80여 년간 미국의 국가원수와 함께하는 식기가 된 것이다. 다른 도자기 브랜드에 비해 찻잔도 티포트도 크기가 크고 단단한 느낌을 주는 레녹스는 도자기 자체의 세심한 세공보다 전체적인 세련된 조화가 돋보인다. 하나하나 구입할 때보다 풀세트로 갖출 때 레녹스의 품격이나 디자인 미학을 잘 느낄 수 있다.

우리나라에도 두터운 팬을 거느린 왕실 도자기 브랜드로 헤렌드가 있다. 옴팡하고 아담한 튤립 모양의 찻잔과 장미 꽃봉오리가 매달린 티포트는 헤렌드의 우아하고 여성스러운 캐릭터를 잘 보여준다. 서양

바다 빛깔의 섬세한 선이 피워낸 소박한 꽃. 로열 코펜하겐은 화려한 컬러도, 눈부신 금장 테두리도 없지만 섬세한 핸드페인팅이 이룩한 기품 있는 디자인으로 유명한 덴마크의 도자기회사다. 대표적인 라인은 레이스 무늬가 화려한 블루 플루티드 라인. 기념할 일이 있다면 크리스마스 시즌과 연초에 선보이는 기념 접시도 좋은 선물이 된다.

1, 2. 로모노소프 포슬린은 얇고 섬세한 재질과 화려한 장식으로 러시아 수공의 전통을 잘 보여준다.
3. 서양 자기의 달콤한 색채와 동양 자기의 아담한 모양과 패턴이 어우러져 독특한 매력을 주는 헤렌드.

자기의 달콤한 색채와 동양 자기의 아담하고 평평한 모양새가 잘 어울려 독특한 매력을 준다. 1826년부터 도자기를 만들어온 헤렌드는 헝가리 합스부르크 왕가와 함께해온 도자다. 화려한 꽃과 나비를 모티브로 한 아리따운 VBO 라인이 1851년 런던 만국박람회에서 대중에게 공개된 이후로 헤렌드는 빅토리아 여왕이 윈저 성에 쓸 디너 세트를 주문할 정도로 급속도로 인기를 모으게 되었다. 이후 합스부르크 왕가의 보호 아래 왕실의 도자기로 역할을 다했을 뿐만 아니라 러시아, 이탈리아, 독일 등 유럽의 왕실로도 전파되어 많은 사랑을 받아왔다. 일본, 브루나이, 영국, 태국 등의 왕실에서 헤렌드를 사용하고 있으며, 케네디 가家나 GM, IBM 등 거대 기업도 헤렌드의 고객이다. 아놀드 슈와제네거 역시 헤렌드의 컬렉터로 알려져 있다.

　우리에게는 다소 낯선 로모노소프Lomonosov도 왕실 도자기로 빼놓을 수 없다. 러시아 왕실 소유의 도자기회사로 1744년 엘리자베스 황후가 상트페테르부르크에 설립했다. 당시 이름은 임페리얼 포슬린

Imperial Porcelain이었다. 러시아혁명 후에는 자국의 과학자인 미하일 바실리에비치 로모노소프의 이름을 따서 '로모노소프 포슬린'이라고 불리게 된다. 우랄 지방의 백색 점토와 수정, 칼슘 등 광물 성분이 독창적인 도자 비법과 결합하여 완성된 로모노소프 포슬린은 '화이트 골드'라 칭할 만큼 섬세한 빛을 선사하며 가볍고 투명한 도자기다.

러시아 황제를 위한 도자기 공장이었던 로모노소프는 당시 유럽과 아시아의 최신 도자기 경향을 이끌어가는 곳이었다. 도자기 작품은 조각이나 그림 이상의 예술품으로 인정받았으며 19세기 이후에는 유럽으로 널리 알려져 러시아의 이국적인 미감을 전달했다. 1917년까지 러시아 궁정 연회에 공식적으로 사용되었으며, 지금까지 얇고 섬세하면서도 견고한 본차이나의 최고봉으로 불리고 있다. 도자기 위에 손으로 그림을 그리고 정교하게 채색하며 금으로 장식하는 등 과정이 매우 정밀하게 이루어지며 라즈베리 유약으로 마무리되는 이 아름다운 도자기는 러시아 수공의 전통을 여전히 잘 보여주고 있다.

도자기는 유럽 왕실의 테이블을 장식하고 아름다운 문화를 알리는 데 앞장섰던 독특한 분야다. 우리나라에도 폭넓은 컬렉터들을 보유한 굴지의 도자기회사들이건만 최근에는 세계적인 금융 악화에 견디지 못해 웨지우드 등 도자기회사들이 파산의 위기에 처했다는 안타까운 소식이 들린다. 생산이 중단되는 것은 아니라고 하니 이 아름다운 도자기들을 다시 보지 못하는 사태는 발생하지 않을 거라 한다.

이럴 때를 틈타 국내 도자기회사들이 좀 더 약진해주면 어떨까? 우리만의 독특한 아름다움, 소박하면서도 일상생활에 아름답게 사용되는 생활자기로서 도자기 강국의 힘을 보여주었으면 한다.

25
나의 파이어 킹
컬렉션

파이어 킹Fire King. 사내아이들이 좋아하는 로봇 만화영화 제목 같지 않은가? 별 뜻 없어 보이는 이 이름이 빈티지 그릇을 수집하는 사람들에게는 신의 목소리처럼 들린다. 파이어 킹은 글래스웨어 브랜드인 앵커 호킹Anchor Hocking 사에서 1940년대부터 30여 년간 선보인 오븐웨어 제품이다. 전 세계적으로 많이 사용되었다가 얇고 강한 유리제품이 등장하면서 쇠퇴의 길을 걷게 되었고 어느덧 단종되고야 말았다.

단단하고 두툼한 유리 재질에 햇빛이 살짝 투과되는 맑은 빛깔을 가진 파이어 킹은 어린 시절 엄마가 한 번쯤 우유를 담아주었을 것 같은 친근함이 더해지면서 따뜻하고 정감어린 것을 좋아하는 여심을 사로잡고 있다. 그리하여 반세기 가까이 지난 지금 빈티지 제품의 제왕이 되었다. 단종되어 시중에서 쉽게 찾을 수 없다는 점, 미니멀하고 똑 떨어지는 요즘 제품과는 다른 굴곡 있는 디자인, 어린 시절 한 번쯤 쥐어봤음직한 익숙한 정서 등 파이어 킹을 사랑할 수밖에 없는 이유는 충분하다. 흔히 볼 수 없는 샛노랑이나 풀빛, 하늘빛으로 물들인 독특한 그라데이션 컬러도 마니아의 가슴속에서 두방망이질을 치게 한다.

주변에도 빈티지 제품의 매력에 푹 빠진 사람들이 많다. 예스러움에 대한 깊은 노스탤지어가 지금 우리에게 부족한 2퍼센트의 감성을 채워주는 까닭이다. 누군가가 썼던 가방과 신발, 누군가가 아껴 입었던 원피스와 코트, 누군가의 집 안을 예쁘게 장식했던 가구, 공방 한 구석에 재고로 쌓여 있었을 법한 그림들을 우리는 아무런 거리낌 없이 집 안으로 들인다. 런던이나 파리를 가면 벼룩시장이나 앤티크 마켓을 꼭 가보겠다는 사람들도 늘고 있고 빈티지 숍의 정보를 담은 가이드북도 등장했다.

빈티지나 앤티크라고 하니 좀 유난스럽게 들리기는 하지만, 나는 옛물건을 좋아한다. 세상에는 수많은 새로운 물건들이 쏟아져 나오고 새로운 유행을 창조하는 수많은 사람들이 있지만 먼지가 켜켜이 쌓인 옛날 물건이 주는 매력처럼 신비로운 것은 없다. 엄마가 쓰던 그릇, 엄마의 엄마가 쓰던 경대, 엄마의 엄마의 엄마가 중지에 꼈던 반지… 이런 소중한 물건들이 대대손손 내게로까지 이어진다면 얼마나 아름다울까? 그들이 아끼고 소중히 여기던 것들이, 다정하게 쓰다듬던 물건들이 눈앞에 있다면 얼마나 반가울 것인가? 아쉽게도 내게는 그런 물건이 아직 없다. 그분들에게 소중하고 아까운 물건들은 세월에 묻혀 사라지고 없다. 그래서 엄마와 할머니의 작은 물건들을 지금부터라도 소중히 간직하려고 한다.

도쿄에 있는 잡화점 '아리베 에 데파'Arivée et depart에서 파이어 킹을 처음 보았다. 뽀얀 우윳빛의 아담한 유리 머그잔인데 체크, 꽃무늬,

캐릭터, 글자 등 다양한 장식이 그려져 있어 앙증맞았다. 파이어 킹 제품을 위한 특별한 부스를 만들어놓을 정도로 인기가 많았는데, 색다른 머그잔, 유리볼, 찻잔 등 다양한 제품들이 눈앞에 펼쳐졌다.

일본에는 파이어 킹 빈티지 그릇과 찻잔, 머그잔을 찾아다니는 수집광들이 꽤 있다. 파이어 킹 빈티지 제품의 대부분이 일본에 있다고 할 정도로 찾는 사람도 사는 사람도 많다. 워낙 인기가 많다보니 가짜 제품도 나도는 모양인지 파이어 킹을 잘 알아보는 법, 진짜와 가짜를 구별하는 법, 파이어 킹 연도표 등이 담긴 가이드북도 출간되었을 정도다.

여러 파이어 킹 제품 중에 크림처럼 희고 도톰한 몸체를 가진 찻잔 세트가 눈에 들어왔다. 화려하다거나 아름답다고 표현하기는 좀 그렇지만 왠지 마음을 끄는 부분이 있다. 손에 딱 알맞게 쥐어지는 느낌도 좋고 투박하고 단단한 느낌이 들면서도 결코 무겁지 않다. 조심해서 다루어야 할 공주 같은 찻잔도 많지만 투박하고 힘센 농부의 아내 같고 세상을 자유롭게 탐험하고자 했던 히피 여인 같아 친근하게 느껴졌다.

보고 또 보고, 쥐어보고 또 쥐어보고, 볼수록 마음에 든다. 가격표를 보니 깜짝 놀랄 만하다. 찻잔과 소서 한 세트에 7천 엔이 넘는 값이다. 덥석 살 만한 가격은 아니지만 첫눈에 반한다는 말을 믿어보기로 했다. 찻잔을 딱 한 세트만 구입하고 옆에 놓인 유리 슈가볼(이것도 가격이 만만치 않았다)도 함께 가져왔다. 도쿄 여행 기념품으로 이 정도면 꽤 괜찮은 선택이라는 생각이 들었다. 깨질세라 다칠세라 서울까지 고이고이 모셔오느라 진땀을 뺐지만 찻잔을 보는 것만으로도 세월을 여행한 듯한 느낌이 든다. 빈티지의 매력이란 이런 것일까?

외국에서 물건을 살 때는 마음에 든다고 무턱대고 살 수가 없다. 환율 문제도 있고, 계획했던 예산 안에서 지출하는 게 나중을 생각해서 현명한 방법이다. 또한 쇼핑 물품의 무게도 생각해야 한다. 마음 내키는 대로 질렀다가는 수화물 한도 무게를 훌쩍 넘기기 쉽고 그 대가는 고가의 수수료다. 빈티지 제품을 살 때는 더욱 조심해야 한다. 내가 골동품 전문가도 아닐뿐더러 상인들 말만 듣고 고가의 물건을 사는 것은 썩 내키지 않는다. 파리의 방브Vanves 벼룩시장이나 생투앙Saint-Ouen 골동품 시장, 런던의 노팅힐 포토벨로 마켓Portobello Market에서도 그저 구경하는 게 신기하고 재미있을 뿐이지 이것저것 골라 담을 생각은 하지도 못했다.

　빈티지 수집광인 작가 바버라 호지슨Barbara Hodgson은 낯선 곳에서 의외의 물건을 구하는 것을 즐기지만 늘 좋은 결과만 얻었던 것은 아니라고 말한다. 예상치 못한 아름다운 물건을 발견하는 기쁨은 크지만, 결국 버리고 올 수밖에 없는 물건들도 많았다고 한다. 아름다운 포트폴리오 폴더는 곰팡이 냄새가 너무 심해 가져올 수 없었고 멋지게 낡은 가죽 여행가방은 엄청난 좀벌레 때문에 내다버릴 수밖에 없었단다. 수화물 무게 때문에 낡은 텔레비전 설계도만 가져오고 텔레비전 세트를 버릴 수밖에 없었던 일화도 있다.

　빈티지 시장의 가격은 생각보다 훨씬 높다. 한두 아이템 사다보면 금세 지갑이 홀쭉해진다. 그리고 그 자리에서 볼 때는 아름답고 신기한 물건들도 정작 내 집, 내 방에서는 그만큼 값어치를 못하는 경우도 종종 있다. 빈티지 제품을 사는 것이 처음이라면 고가의 희귀한 제품이 아니라 저렴하고 일상적인 물건들부터 시작하는 게 좋다. 감정해봐야 크게 값나가는 물건이 아니라고 해도 집 안에서 유용하게 사용할 수 있다면 그런대로 성공한 셈이다.

파리 북쪽의 생투앙은 대규모 골동품 시장이 들어서 있어 빈티지를 좋아하는 관광객이라면 반드시 가보아야 할 곳이다. 아직도 5백년이 넘은 건물을 그대로 사용하고 있는 도시답게 파리의 골동품 시장은 깜짝 놀랄 만큼 별의별 물건들이 총망라되어 있다. 사실 파리는 도시 자체가 골동품이지 않은가. 옛날식의 집에서, 옛 사람들이 거닐던 정원에서 식사를 하고 먼지가 쌓인 책을 읽는 프랑스인들의 삶에서 골동품은 자신의 삶이자 정체성이다. 또한 유럽의 중심에 있다는 지리적 조건으로 인해 수많은 골동품들이 들고 나는 중요한 지점이기도 하다.

생투앙 골동품 시장은 파리에서 가장 큰 시장으로 가구, 생활용품, 예술작품, 서적 등으로 세분화된 시장 십여 개가 모여 있다. 시장 하나하나가 거대한 거리 두세 개를 가득 메우고 있으니 전체 규모가 어느 정도인지 짐작할 수 있겠다. 액세서리, 레이스, 집 안에서 사용하던 갖가지 물건들, 50년 전쯤 유행했던 옷, 주방용품 등 일상잡화들을 주로 다루는 베르네종 시장Marché Vernaison은 관광객이 가장 많이 찾는 곳이며, 도핀 시장Marché Dauphine은 고서적, 옛 신문, 잡지 등을 판매하는 독특한 장소다. 앤티크라 불릴 만한 오래된 제품들이 많고 제품의 품질도 우수하다. 그만큼 가격도 높다.

그에 비하면 파리 남쪽의 방브 시장은 말 그대로 벼룩시장에 가깝다. 생투앙에 비하면 시장 하나 정도밖에 안 되는 작은 규모라서 한나절 구경하기에 딱 좋다. 낡아빠진 인형, 비에 홀딱 젖은 구두, 여러 사람 손을 타고 이곳까지 왔을 유리제품들, 인쇄직인들이 사용하던 활자판, 재활용 코트, 빈티지 액세서리, 실버 차 스푼, 그림 등 집 안에서 쓰던 물건들이 손님의 애정 어린 눈길을 기다린다. 망가진 액자와 작동하지 않는 시계조차 이곳에서는 환영받는다. 누가 사갈까 싶은 물건도 많다. 오늘 팔지 못하면 다음에 다른 장터에서 팔면 된다는 느긋한 분위기가 떠돈다. 흥정도 하고 기꺼이 깎아주기도 한다.

가을이 무르익어가는 어느 비 오는 날, 방브 시장에 갔다. 추적추적 비가 오는데도 장이 열리고 사람들이 이른 아침부터 물건을 구경하러 나왔다. 사람 구경, 물건 구경 하느라 한나절이 훌쩍 흐른다. 단추며 빈티지 프린트의 천이며 다양한 잡화를 파는 작은 가게에서 그냥 나

오지 못하고 기념품 삼아 예쁜 단추 한 세트와 우표 세트를 구입했다. 이전에 생투앙에서 옛날 방식의 편지지 세트를 하나에 50상팀에 샀었지. 아무렇게나 방치된 꽃무늬 접시 네 개를 단돈 5유로에 사고 나니 이제 그만 점심이나 먹어야겠다는 생각이 든다.

그때 불현듯 예쁜 초록빛 찻잔들이 눈에 들어온다. 파이어 킹과 비슷한 단단한 유리 재질의 제품이다. 짙은 풀빛 에스프레소 잔에는 약간 흠이 나 있지만 밝은 초록빛 찻잔은 그런대로 원형 그대로다. 아주머니는 1970년대 파이어 킹이라며 유혹한다. 암만 봐도 프랑스 산 듀랄렉스인데 웬 파이어 킹? 의구심이 들었지만 파이어 킹이건 아니건 이 찻잔이 마음에 들었다. 구경나온 일본 아주머니들이 과감한 흥정으로 빈티지 찻잔 세트를 몇 개씩이나 쓸어가는 것에 용기를 얻은 나는 고작 3유로를 깎아 17유로에 찻잔 두 개를 구입했다. 신문지에 둘둘 말아 비닐봉지 안에 넣어 오면서도 기분이 들떴다. 값비싸고 아름다운 찻잔이 아니라 이렇게 눈에 띄는 소박한 찻잔을 사고 싶었다. 이 초록빛 잔에 홍차를 담으면 얼마나 예쁠까?

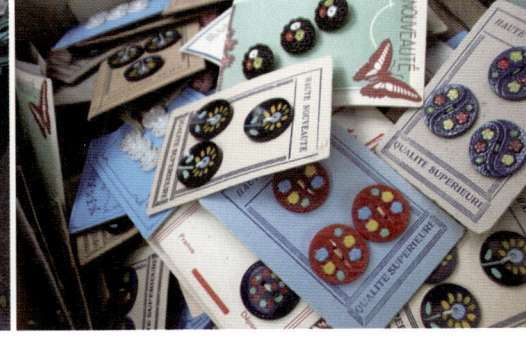

런던 노팅힐의 유명한 골동품 시장인 포토벨로 마켓에 갔던 날도 비가 뿌렸다. 런던의 차가운 날씨에 코가 시려왔지만 수많은 사람들 틈에 끼어 시장 풍경을 마음껏 감상했다. 노팅힐 게이트 역에서 사람들을 따라 한참을 걸어 들어가니 비로소 마켓다운 풍경이 펼쳐진다. 홍차의 나라답게 아름다운 찻잔이며 반짝이는 실버 커틀러리에 찻주전자 등 차와 관련한 제품들이 눈에 띄었다. 제품에 따라 다르기는 하지만 무난하게 살 만한 실버 제품도 꽤 있다. 1880년에 만들어졌다는 실버 차 스푼, 백 년이 넘는 시간 동안 생채기 하나 없이 살아온 놀라운 찻잔과 접시들이 마음을 혼란스럽게 만들었다. 50파운드 정도면 눈부시도록 아름다운 앤티크 찻잔을 접시 두 개와 함께 구입할 수 있을 정도다. 서울에서 구입한 앤티크 찻잔 세트에 비하면 절반 이하의 가격이다. 하지만 쉽게 지갑을 열 수는 없다. 예쁘지만 아직은 값비싼 앤티크를 구입할 때가 아니라는 생각이 들었다. 좀 더 실용적이면서 한눈에 그 매력에 사로잡힐 만한 빈티지 제품을 만나게 되길 기대하며 천천히 시장을 탐험했다.

품질도 좋지 않고 오래 쓰지 못하는 물건들이 우리 주변에 너무나 많다. 물건이 너무나 흔한 시대, 너무나 쉽게 만들어내고 아낌없이 소비하는 시대에 대를 물려 쓰는 물건이 존재할 수 있을까? 그래서 오래된 물건이 가득한 장소가 좋다. 물건 하나하나를 공들여 만들고 아껴 쓰던 시절이 그립기도 하다. 그 시절을 기억하는 찻잔에 홍차를 가득 담아 마시고 싶다. 찻잔이 품어온 세월이 홍차 속에 녹아지면 차맛이 더욱 좋아질 것 같다.

01 아직 한 번도 차를 담아본 적 없는 나만의 애장품. 도쿄의
    '아리베 에 데파'에서 구입한 파이어 킹 빈티지 찻잔. 소서
    를 뒤집으면 닻과 H자가 엮인 상표가 찍혀 있다. 블루라인
    이 그라데이션된 표면에 살짝 광택감이 느껴지고 표면의
    조각들도 섬세하다.

02 옥색 빛이 은은한 찻잔. 파리의 방브 벼룩시장에서 9유로에
    구입했다. 크기가 조금 작아 에스프레소를 마실 때도 사용
    한다. 파이어 킹 빈티지 상품이며 연도가 표시된 라벨이 붙
    어 있었지만 솔직히 조금 의심스럽다.

03 내가 가장 좋아하는 도자기 브랜드인 로열 코펜하겐. 남편
    이 생일선물로 준 블루 플라워 시리즈의 찻잔이다. 핸드페
    인팅 제품이라 같은 시리즈라고 해도 꽃잎의 모양이 모두
    다르다. 찻잔 주변의 조각도 섬세하다.

04 자주 꺼내 쓰는 부담 없는 로열 코펜하겐 화이트플레인 시
    그너처 라인 커피잔. 소서가 있지만 머그잔처럼 편하게 사
    용한다. 높이 달린 손잡이 라인이 예술이다. 240ml라 넉넉
    하게 마시고 싶을 때 좋다.

05 와일드 스트로베리는 웨지우드 도자기 중 우리나라와 일본에서 가장 인기 있는 제품이다. 야생딸기 덩굴과 잎사귀들이 풍성하게 그려져 있어 봄이나 여름에 주로 사용한다.

06 핑크와 골드가 멋지게 섞인 카사렐Cacharel 티 세트. 한국도자기 제품으로 모던한 분위기에도 클래식한 분위기에도 잘 어울린다.

07 약간 빛바랜 아이보리 빛 찻잔이 정겨운 느낌을 주는 로레이즈의 찻잔 세트. 둥글납작한 찻잔에 차를 담으면 바닥에 커다란 장미꽃이 떠오른다.

08 내가 티타임에 가장 자주 활용하는 찻잔이 바로 카렐 굿티 레드 라인이다. 군더더기 없이 심플해서 좋고 딱 알맞은 양의 차가 담겨 더 좋다. 나는 찻잔을 한 조씩 구입하는 편이지만 카렐 굿티만큼은 2조 세트로 구입했다.

09 넓게 벌어진 찻잔 모양이 독특한 노리다케의 찻잔 시리즈. 잔잔한 장미꽃 무늬가 찻잔 안에 뿌려진 큐티 로즈는 차를 담았을 때 더 예쁘다.

10 찻잔의 모양이 독특해서 구입한 영국 앤티크 찻잔. 찻잔과 소서, 디저트 접시까지 3개가 세트로 구성되어 있다.

11 웨지우드 창립 2백주년 기념으로 제작된 찻잔 세트. 여성 스러운 분위기는 아니지만 잘 빠진 찻잔 라인과 손에 잡히 는 느낌이 단단하고 매력적이다.

12 마루이Marui 찻잔. 깊은 옥색 바탕에 은은한 무늬가 그려 진 작은 사이즈의 홍차 잔. 예스럽고 앙증맞아 이 잔으로 차를 마시면 오래된 궁 안에 있는 듯한 느낌이 든다.

아침부터 마음이 바쁘다. 한남동 패션5에 디저트를 사러 가기로 했기 때문이다. 갈 때마다 느끼지만 이곳은 과자와 빵, 케이크를 위한 파라다이스 같은 곳이다. 지하철을 여러 번 갈아타고 가야 하는 수고를 마다하지 않을 만큼 늘 마음을 충족시켜준다고 할까?

과자와 빵을 사러 굳이 그런 수고를 할 필요가 있냐고 묻는다면 나는 당연히 그렇다고 답변할 것이다. 달지 않고 맛있는 과자, 부드럽고 쫄깃한 식감의 빵을 먹을 수 있다면 어디든지 갈 수 있다고. 나는 빵과 과자로 유혹하는 마녀의 손아귀에서 빠져나올 수 없는 또 하나의 헨젤과 그레텔이다. 근사한 레스토랑 탐방은 자주 못할지라도 맛있는 빵집 혹은 과자점만큼은 꼭 가서 맛을 보고야 만다. 어느 한 곳만 최고라고 고집하는 것은 아니다. 가게마다 특별히 맛난 것들이 있으니 때마다 골라서 맛보러 가는 것이 즐겁다.

어떤 집은 마카롱이 입에 맞고 어떤 집은 뜨거운 초콜릿 시럽이 흐르는 퐁당 쇼콜라fondant chocolat가 딱 좋다. 어떤 가게는 치즈케이크가, 어떤 가게는 사과파이가 맛있다. 티라미수가 먹고 싶을 때 가는 곳이 있는가 하면 피칸롤이 먹고 싶을 때 가는 곳이 있다. 신사동 가로수 길에 있는 팽 드 파파Pain de Papa는 프렌치 바게트와 핸드메이드 잼을 살 때 가는 곳이고, 홍대 앞 폴 앤 폴리나Paul & Polina는 프렌치 바게트보다 더 고소하고 부드러운 바게트가 먹고 싶을 때 자주 가게된다.

다른 도시를 여행할 때도 유명한 빵집은 꼭 가본다. 대전에 있는 성심당 빵집, 군산에 있는 이성당 빵집은 전통에 대한 자부심으로 빵을 만드는 곳이다. 어린 시절이 생각나는 향수 어린 분위기도 좋다. 부산에 가면 소문난 빵집 '웁스'Oops에 꼭 간다. 해운대 입구에 있는 큰 베이커리인데 다양한 빵과 과자도 맛있고 심플하기 짝이 없는 팥빙수도 맛이 끝내준다.

뭐니 뭐니 해도 내가 가장 좋아하는 빵은 촌스럽게도 통단팥이 들어 있는 단팥빵이다. 세상에 단팥소만큼 맛있는 재료가 또 있을까? 차와 함께 먹는 음식 중 가장 인상적인 것으로 구운 떡을 넣은 단팥죽을 들 수 있겠다. 따뜻한 녹차와 함께 단팥죽을 먹으면 추운 겨울도 거뜬히 날 수 있을 것 같다.

굳이 이태원까지 간 이유는 바로 카늘레canelé와 몽블랑mont blanc 때문이다. 간 김에 패션5의 대표메뉴인 '로열 푸딩'과 생딸기가 송송 박힌 딸기롤 케이크도 얹어왔다. 배보다 배꼽이 더 커졌다. 그래도 가족들과 함께 먹을 생각에 마음이 뿌듯해진다. 한 조각씩 잘라서 차와 함께 내놓으면 표정이 어떻게 변할지 기대가 된다.

밤크림이 산처럼 솟아 있는 몽블랑과 달걀거품으로 만들어 속은 촉촉하고 겉은 캐러멜처럼 단단하게 굳은 카늘레는 둘 다 프랑스에서 온 디저트다. 프랑스에 살 때 가끔 맛보던 것들인데 계절이 바뀔 때면 한 번씩 그 맛이 생각나 밤잠을 설치기도 한다. 빵맛이 그리운 건지, 옛 기억이 떠오른 건지 구분하기 어렵지만, 몽블랑 한 조각이면 세상의 모든 것이 다 아름답게 느껴진다. 눈앞의 남루한 것들이 아름다워지고 팍팍한 일상의 흔적들도 제법 근사한 풍경으로 바뀐다. 달콤한 것 한 조각으로 세상이 행복해질 수 있다면 어찌 달다는 이유만으로 빵과 과자를 몹쓸 죄인 취급할 수 있으랴. 자주는 말고 가끔씩만, 아주 가끔씩만 달콤한 행복을 맛보기로 하자.

집 앞 빵집에서도 예전에는 맛볼 수 없었던 유럽식 고급 케이크와 과자들을 쉽게 구입할 수 있으니 티타임을 준비하는 것이 두 배는 즐거워졌다. 평소 자주 맛보지 못하던 과자 한두 개와 조금 특별한 홍차 한 잔으로 세상을 다 가진 듯한 행복을 느낄 수 있으니까.

맛은 모든 것을 기억한다. 그것이 아주 특별했다면 더더욱. 그 맛을 떠올리면 그날 햇살이 어떠했는지, 함께했던 사람들과 무슨 이야기를 했는지 하나하나 세세하게 떠오른다. 차를 마신 기억이 아름다운 것처럼 무언가 특별한 것을 맛보고 즐기는 것은 우리가 영원히 기억할 추억 하나를 더하는 것이다.

추억 1 마카롱

초록, 보라, 핑크, 검정, 회색, 브라운, 레드, 베이지… 파스텔 톤의 색색가지 과자가 입 안에서 '파삭' 하며 가볍게 부스러진다. 마카롱은 달걀거품으로 만든 머랭을 구워내고 그 사이에 쫀득하고 달콤한 크림을 바른 독특한 과자다. 이탈리아에도 비슷한 모양의 마카롱이라는 과자가 있지만 쿠키처럼 단단하고 무척 달다. 부드럽게 파삭거리는 독특한 식감은 프랑스 마카롱만의 특징이다. 쉽게 바스라지고 부드럽게 입 안에 남는 감촉 때문에 귀족 취향의 유별난 과자라 불리기도 하며 프랑스에서는 마카롱 경연대회가 열릴 만큼 권위 있는 과자이기도 하다. 마카롱을 맛있게 먹으려면 홍차를 한 잔 주문하고 조심스럽게 한 입씩 베어 물어야 한다. 천천히 혀를 사용해서 그 작은 과자를 깨물고 맛을 느껴야 한다. 와인을 맛보 듯 조금씩 삼키며 혀에 느껴지는 감촉을 즐기는 관능적인 과자. 단 한 개의 마카롱으로도 입 안에 긴 여운이 남는다.

추억 2 몽블랑

밤크림이 고소하고 부드러운 몽블랑('눈 쌓인 산'이라는 뜻의 프랑스어). 크림과 비스퀴가 적당히 섞인 케이크 위 에 국수 모양의 밤크림을 골고루 얹은 독특한 과자다. 하얀 슈거 파우 더가 솔솔 뿌려져 있는 모습이 눈 쌓인 산 같다 하여 몽블랑이라 불 리는데, 달콤하고 부드러워 맛보지 않고는 못 배기는 사랑스런 케이 크다. 리옹의 유명한 파티셰인 부이예Bouillet의 과자가게에서 몽블랑 을 샀다. 과자가게의 안주인은 "안젤리나*에서는 몽블랑이라고 부르 지만, 원래 이 과자의 이름은 몽마롱**이지요. 그러니 반드시 몽마롱 이라 불러주세요"라고 단호히 말했다. 파티셰가 자신 있게 이름 붙인 몽마롱은 안젤리나의 몽블랑보다 훨씬 맛이 좋았다. 촉촉한 크림 속 에 럼에 절인 과일이 살짝 숨어 맛에 미묘한 밸런스를 갖춘 몽마롱은 가난한 유학생이 호사스런 티타임을 가질 수 있는 짧은 여유를 선사 했다. 이 작은 케이크 덕분에 나의 일주일은 더욱 달콤해지곤 했다.

* 몽블랑과 핫 초콜릿으로 유명한 파리의 카페.
** mont marron. marron은 '밤'을 뜻하는 프랑스어.

추억 3 스콘

밀가루와 버터, 달걀, 약간의 소금을 잘 반죽하여 오븐에 구워낸다. 모양은 만드는 사람에 따라 달라진다. 몸통이 조금씩 부풀어 오르며 살짝 속살이 드러난다. 딱딱하지도 포슬포슬하지도 않으며 텁텁하지도 쫄깃하지도 않는 독특한 식감. 따끈할 때 먹어도 고소하고 식으면 더 다양한 맛이 난다. 스콘을 먹을 때는 잼, 마멀레이드, 젤리, 레몬 커드 그리고 클로티드 크림 중 하나 이상을 곁들여야 한다. 스콘과 딸기잼, 클로티드 크림 그리고 진한 홍차 한 잔이라는 티타임 룰은 영국 런던 남부 콘월 지방에서 유래되었으며 그곳에서는 크림티라는 예쁜 이름으로 티타임을 즐긴다. 스콘을 만들 때 반죽에 잘게 잘린 잎차 타입의 얼그레이나 녹차 가루를 섞으면 차의 깊은 향이 배어 맛이 독특해진다. 블루베리, 크랜베리, 레몬, 사과 등 말린 과일이나 시나몬 조각, 초콜릿 조각을 섞기도 한다.

추억 4 에클레르

우유, 밀가루, 버터, 설탕으로 이렇게 근사한 과자가 탄생하다니! 에클레르는 타원형의 슈크림과자다. 바닐라빈이 든 커스터드 크림으로 속을 채운 작고 둥근 과자인 슈chou를 길게 늘리고 그 위에 카푸치노 크림이나 초콜릿 크림을 바른다. 한 입 베어 물면 쫄깃하면서도 파삭한 맛이 느껴진다. 위에 바르는 크림에 따라 맛이 달라진다.

과자의 천국 파리에서도 사람들의 시선을 사로잡는 것은 단연 에클레르다. 유명한 초콜릿 가게 메종 뒤 쇼콜라Maison du chocolat에는 진한 초콜릿 크림을 바른 에클레르가 간판스타이고, 과자와 홍차를 함께 맛볼 수 있는 가게 포숑에는 핑크빛 크림에 꽃처럼 사랑스러운 무늬를 몸에 두른 에클레르가 손님을 기다린다. 파리의 유명한 파티세이자 과자가게인 사다하루 아오키Sadaharu Aoki에 가면 진한 핑크의 카시스Casisis, 블랙 앤 화이트의 초코 크림, 크림옐로 빛 과일 크림 등 상상력이 가미된 화려한 에클레르를 맛볼 수 있다.

추억5 오랑제트

오렌지를 잘게 썰어 설탕을 뿌려 절인 후 다크 초콜릿을 절반만 퐁듀한 독창적인 초콜릿 과자 오랑제트. 오렌지와 초콜릿은 우리에겐 낯선 만남처럼 여겨지지만 실제로 그 맛이 서로 잘 어울린다. 초콜릿의 진한 맛에 상큼하고 달콤한 오렌지가 가미되면 서로의 장점이자 결점인 진한 맛을 세련되고 따스한 풍미로 바꿔준다. 그래서 초콜릿을 만들 때 오렌지 향을 넣기도 하고 오렌지 껍질을 잘라 넣기도 한다. 프랑스에서 처음 오랑제트를 보았을 때 그 맛을 상상하기 어려웠다. 하지만 입에 넣는 순간 상큼함과 향긋함이 이루 말할 수 없는 즐거움을 선사했다. 남편이 오랑제트를 좋아해서 가끔 그에게 위로와 칭찬이 필요할 때 기꺼이 몇 개씩 구입하여 맛을 보여주기도 했다. 지금 살고 있는 집 근처의 초콜릿 전문점에서도 오랑제트를 판매하는데, 그다지 찾는 사람이 없는 모양이다. 곧 자취를 감출까 아쉽다.

추억 6 마들렌

마르셀 프루스트는 홍차 한 잔과 마들렌의 고소한 향으로 어린 시절의 추억 속으로 깊숙이 걸어 들어갔건만 내게도 마들렌은 추억이 많이 담긴 과자다. 포슬포슬하고 부드러워 언제 어디서나 즐겨 먹게 되는 마들렌은 두어 개만 있으면 우유나 차를 곁들어 한 끼 식사가 되고 출출한 저녁을 포만감 있게 채워준다. 바빠서 식사를 제때 못할 때, 수업시간이 연거푸 있어 점심을 챙기지 못할 때 마들렌이 있어 주린 위장을 달랠 수 있었다. 어린 시절부터 먹어왔던 파운드케이크나 카스텔라와 많이 다르지 않은 조그맣고 고소한 과자. 지금도 마들렌을 앞에 두면 유학시절, 많이 부족하고 많이 분주했던 그 시절을 회상하게 된다.

추억 7 애플타르트

밀가루에 버터를 섞고 주물주물 타르트 반죽을 만든다. 질퍽한 것보다는 모양이 잘 잡힐 정도로 되직한 것이 더 좋다. 타르트 팬에 유산지를 얹거나 버터를 바른 후 타르트 반죽을 잘 펴둔다. 그리고 사과를 얄팍얄팍하게 깎아 타르트 반죽 위에 촘촘히 겹쳐서 올린다. 사과가 구워지면서 점점 달콤하게 되기 때문에 굳이 설탕을 뿌릴 필요는 없다. 20분에서 25분 정도 구워내면 완성. 시나몬 가루나 설탕 시럽은 입맛에 따라 넣는다. 나는 아무것도 넣지 않고 오로지 사과로만 이루어진 애플타르트를 좋아한다. 쉽게 만들 수 있고 언제 먹어도 맛있다. 프랑스에서 가장 흔한 디저트가

'타르트 오폼'tarte aux pommes, 즉 애플타르트다.

특별한 날이나 사람들을 초대할 때면 그 전날 밤에 애플타르트를 구웠다. 다음날 차게 먹으면 더 맛있다. 돈도 많이 들지 않고 양도 푸짐하니 사람들과 함께 먹기에 좋았다.

서울에서 보게 되는 애플타르트는 대부분 설탕시럽으로 코팅하거나 슈거 파우더, 시나몬 파우더를 뿌려 더 예쁘고 먹음직하게 보인다. 하지만 다른 장식이 없어도 충분히 맛있는 것이 애플타르트다. 가끔 말캉말캉한 사과의 달콤한 향기가 그리울 때면 집에 미니오븐이라도 들여서 타르트를 구워볼까 생각하게 된다. 내 아이에게는 고소하고 담백하면서도 사과향이 충분히 배어난 애플타르트의 맛을 꼭 알려주고 싶다.

홍차는 쌉쌀하고 떫은맛이 있어 차를 마시다보면 달콤한 것이 생각나고 또 달콤한 디저트를 먹다보면 차 생각이 간절해지기도 한다. 요즘엔 디저트 뷔페나 디저트 카페처럼 타르트와 케이크를 전문으로 판매하는 곳이 많아져서 확실히 이전보다 단 음식을 더 자주 접하는 듯하다.

그런데 차를 마실 때면 단맛에 무척 까다로워진다. 진한 커피를 마실 때면 아무리 단 음식도 그 정도를 파악하기 어려워 다디단 도넛을 아무 생각 없이 먹게 되는 경우가 많았는데, 차를 마시면서 단맛의 미묘한 차이를 알게 된 것이다. 입에서 거부하는 단맛이 생겼다. 나는 좋은 단맛을 적당히 즐김으로써 내 미각을 즐겁게 해주고 싶을 뿐이지 단것으로 입 안을 마비시키고 싶은 마음은 전혀 없다. 좋은 맛과 그저 달기만 한 맛은 구별되어야 한다.

꽃향기나 달콤한 향을 가진 차를 마실 때 다디단 디저트는 전혀 어울리지 않는다. 구수한 차를 마실 때는 덩치 큰 케이크보다 조그마한 과자를 살짝 입 속에 넣는 것이 어울린다. 초콜릿 한 조각, 곡물 쿠키, 때로는 싱싱한 과일을 예쁘게 잘라 준비해보자. 과일젤리 한 조각이나 예쁘게 자른 양갱 한 조각도 훌륭한 티푸드다. 티푸드는 차의 맛과 향을 방해하지 않을 때만 차와 어울려 더 훌륭한 맛을 선사한다.

말차. 초록색 가루차를 다완에 담는다. 따뜻이 데운 물을 부은 후 대나무를 잘게 쪼개 촘촘히 엮은 차선茶扇* 으로 둥글게 휘저으니 가루차가 솔솔 풀리면서 거품이 인다. 선이 고운 한복을 입은 단아한 몸짓의 찻집주인 앞에서 나는 숨을 멈추고 그 풍경을 지켜보고만 있다. 주인은 정성껏 말차를 만들어 두 손으로 내 앞에 내밀었다. 나는 조심스럽게 다완을 들고 말차를 맛보았다. 구수한 향기가 목을 타고 넘어간다.

차를 앞에 두면 어찌 이리 경건해지는 걸까? 정좌를 하기 위해 허리를 곧게 펴면 가슴은 편안해지고 마음은 숙연해진다. 본격적으로 다도를 배워본 적은 없지만 차를 우리고 마시는 과정은 보는 것만으로도 마음이 편안하다. 이런 걸 아름다움이라고 하는 것일까? 뭉클하고 경건한 시간. 따스한 무엇이 마음을 관통한다. 홍차와 녹차는 즐기는 풍경은 다르지만 느끼는 마음은 같을 수밖에 없다. 차를 대하는 마음이 더하고 덜할 수 없듯이 말이다. 찻집주인과 몇 마디 이야기를 나눴다. 이를 두고 '다화'茶話라고 하는가?

"아이들과 함께 차 마시는 시간을 가져보면 좋겠어요. 차를 우리고 마시는 시간은 아이들에게도 경건하고 성스러운 경험이 될 겁니다. 차를 마시는 분위기에서 자란 아이들은 성품이 다를 수밖에 없어요. 차란 아이들도 침착하고 경건하게 만드는 것이랍니다. 쌉쌀한 맛 때문에 아이들이 싫어할까 걱정된다면 요구르트를 섞거나 꿀을 넣어주

*차 가루와 끓인 물을 저어서 거품을 내어 차와 물이 잘 섞이도록 사용하는 다구로, 대나무껍질을 아주 가늘게 일으켜서 만든다.

면 맛나게 마신답니다. 그렇다면 차에 대한 거부감도 줄어들겠지요?"

찻집주인의 이야기에 나는 고개를 끄덕였다. 내 아이들과 함께 차를 마시는 풍경이라니! 상상만으로도 기분이 좋아진다. 아이에게 찻잎이 어떻게 다른지 가르쳐주고 차를 우리는 방법을 알려주는 풍경, 두 손으로 찻잔을 받아들고 호기심어린 눈빛을 보이는 작은 얼굴, 아이와 함께 과자를 만들고 있는 부엌의 정경이 차례대로 떠올랐다. 아이들을 영어와 수학 학원에 밀어 넣으면서 아이들과 부모 사이의 대화가 부족하다고 한탄하는 교육의 문제를 조금이나마 해결하기 위해서라도 어릴 때부터 부모와 함께 티타임을 가지는 시간이 꼭 필요할 것 같다. 내가 좋아하는 차를 내 아이도 좋아한다면! 그 생각만 하면 아이가 없는 나조차도 하늘을 나는 것처럼 기쁘다.

아이들과의 티타임은 요즘 들어 생겨난 개념은 아니다. 제인 오스틴이 살았던 18세기 말 영국에서는 기숙학교 여학생들이 저녁시간에 선생님과 함께 차를 마시는 시간이 따로 있었다. 집 안에서 즐기던 풍습 그대로 차와 케이크, 버터를 바른 빵을 맛보며 티타임의 매너를 배우고 대화하는 법을 익히는 보충수업이었다. 모든 학생들이 이런 티타임을 즐길 수 있는 것은 아니었다. 이 시간을 위해 돈을 지불할 수 있는 계층만 참여하는 특별수업인 셈이다. 과자와 케이크를 먹으며 부족한 영양을 보충하는 한편, 어른들과 대화를 나누며 새로운 세계를 배우면서 아이들은 몸도 마음도 부쩍 자라게 될 것이다.

이후에는 아이들이 점심과 저녁식사 사이에 집에서 차를 마시는 티타임이 생겨났고 이를 '너저리티'nursery tea라고 불렀다. 방과 후 간식 먹는 시간이라고 보면 되겠다. 전통적인 영국식 너저리티에는 버터를

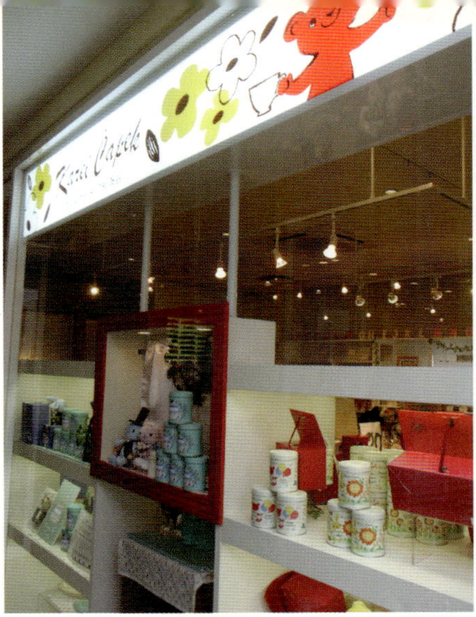
Karel Capek

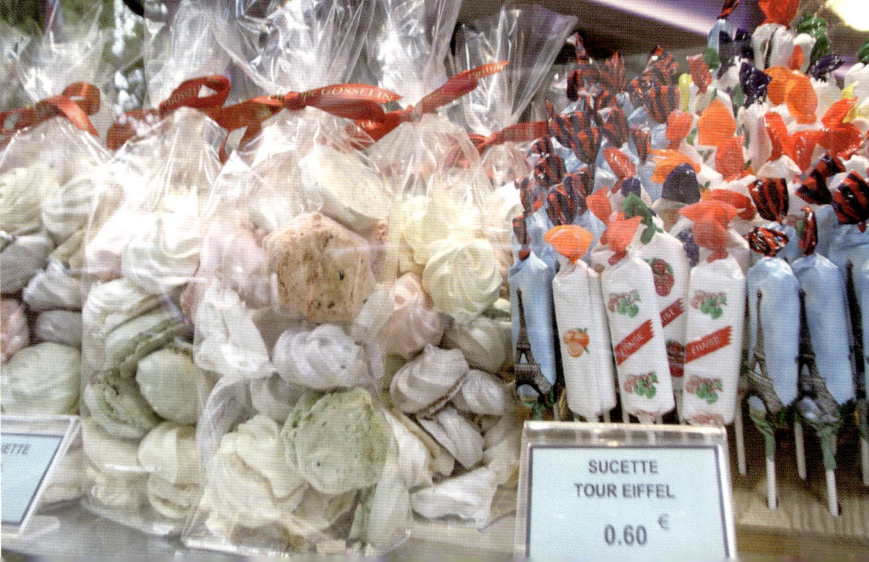

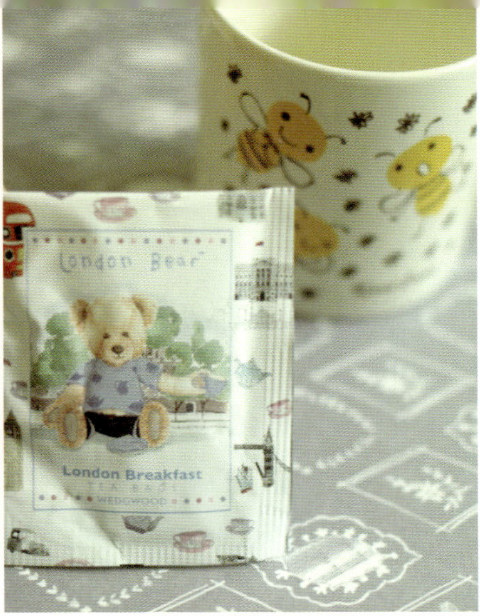
London Bear
London Breakfast
WEDGWOOD

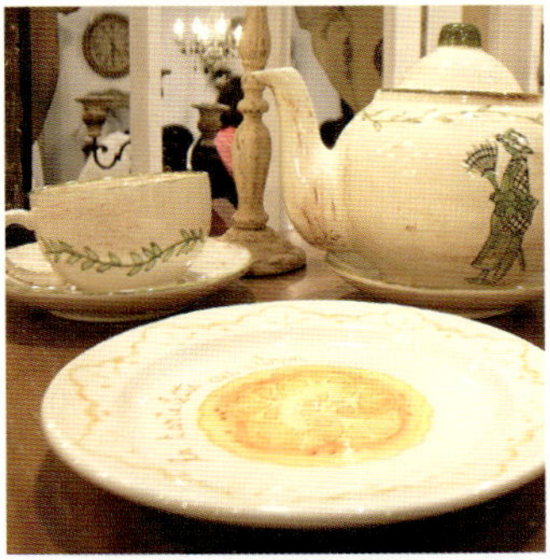

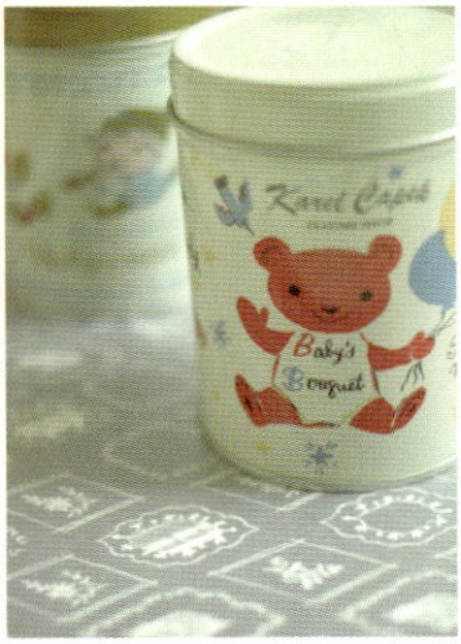
Karel Capek
Baby's Bouquet

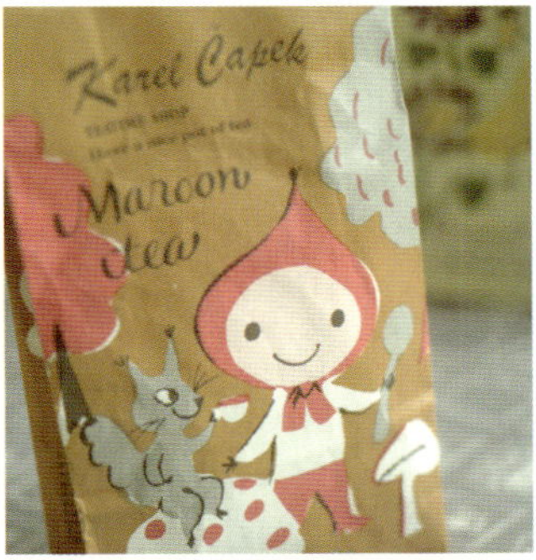
Karel Capek
Maroon tea

SUCETTE
TOUR EIFFEL
0.60 €

바른 빵 한 조각과 정어리나 으깬 바나나가 든 샌드위치, 그리고 케이크가 준비되었다. 잼을 발라먹는 스콘이나 두툼한 샌드위치보다 집어먹기 좋도록 버터와 잼을 빵에 미리 바른 얇은 샌드위치를 삼각형으로 조그맣게 잘라두기도 했다.

요즘 분위기로 너저리티를 준비한다면 어떤 것이 좋을까? 아이들을 위한 티타임은 차리는 음식도 다르고 차의 분위기도 달라야 할 것이다. 카페인이 들어 있지 않은 과일차에 꿀이나 유기농 메이플 시럽을 넣어주면 색깔이 예쁘고 새콤달콤하여 아이들의 입맛에 잘 맞을 것이다. 밤향이나 초콜릿향이 나는 디카페인 홍차에 우유를 넣어 밀크티를 만들어도 아이들이 좋아할 만하다.

찻잔과 받침으로 구성된 귀한 잔보다 간편한 머그잔을 사용하는 것이 좋고 포크와 나이프를 쓰기보다는 핑거 푸드 형태의 티푸드를 활용하면 좋다. 떠먹는 푸딩이나 젤리도 좋은 선택이다. 엄마와 아이가 함께 만든 쿠키라면 더없이 좋을 것이다. 아이들의 건강을 생각해서 너무 달지 않고 첨가물이 들어가지 않은 건강한 음식들로 직접 아이의 티타임을 열어주면 좋겠다. 당근 비스킷, 진저 쿠키, 바나나 머핀, 우유 푸딩, 오이와 참치가 든 샌드위치는 달지 않으면서도 누구나 맛있게 즐길 수 있는 메뉴다.

아이들과 함께 하는 티타임을 위해서는 우아한 꽃무늬의 티웨어가 아니라, 귀엽고 자그마한 찻잔과 티포트를 갖춰두어야겠다. 이때 어울리는 홍차 브랜드는 단연 예쁜 일러스트가 돋보이는 카렐 차펙Karel Čapek이다. 체코 일러스트레이터의 이름을 딴 카렐 차펙은 귀여운 홍차 도구들과 과자로 인기가 높은 일본의 홍차 브랜드다. 꿀벌 바찌와

생쥐 캐릭터를 중심으로 따스하고 유머러스한 티타임 풍경이 담긴 홍차 패키지를 보면 실실 웃음이 새어나올 정도로 기분이 좋아진다. 찻잔에 놓인 동그란 티 테이블을 앞에 두고 이처럼 자유분방하게 즐기는 티타임이라면 나와 아이들도 무척 행복해할 것이다.

카렐 차펙의 홍차들은 가볍고 부드러운 한편, 달콤하고 고소한 향기가 넘친다. 고소한 밤향이 가득한 마룬티, 그리고 브라우니와 캐러멜은 그냥 마셔도 달콤함이 살짝 스며 있다. 밀크티를 좋아하는 홍차 애호가들에게 특히 인기가 높다. 딸기향이 은은한 걸즈티Girls Tea는 새침한 소녀들에게 잘 어울릴 것이고, 근사한 하늘색 봉투에 들어 있는 해피 바닐라Happy Vanilla는 눈에 쏙 들어오는 모양에 부드러운 향기가 있어 소년들의 손에도 찻잔을 쥐어줄 수 있을 것이다. 레몬그라스와 페퍼민트가 든 셸티Shell Tea는 축구나 발레를 하면서 열심히 몸을 움직인 후에, 시트러스 향이 살포시 피어나는 스위트오렌지Sweet Orange는 다투고 토라진 아이들을 화해시킬 때 꼭 필요한 처방이다. 바나나와 열대과일의 맛이 풍성한 바나나 트로피컬은 달콤한 과일향이 피어올라 차게 마셔도 뜨겁게 마셔도 아이들이 좋아한다.

귀여운 일러스트가 그려진 홍차 용기는 컬렉터의 마음을 설레게 한다. 빈티지 홍차통을 모으는 사람 중에는 해마다 새로 출시된 카렐 제품의 빈 양철통만 구하는 경우도 있다. 아기자기한 일러스트가 깜찍한 접시와 스푼, 머그와 찻잔과 달콤한 쿠키, 잼도 그냥 지나치기 어렵다. 카렐 풍 일러스트가 그려진 도시락 세트는 어른이 보아도 탐나는 아이템이다. 잉글리시 가든English Garden, 웰컴티Welcome Tea, 로즈 가든 Rose Garden, 크리스마스티는 해마다 다른 일러스트의 패키지도 등장한다. 특히 새해를 기념하는 이어즈티Year's Tea는 카렐 차펙만의 색다른 이벤트다. 이제 연말연초에는 카렐의 이어즈티가 생각날 정도다.

카렐 차펙의 일러스트는 안주인인 야마다 우타코山田詩子가 직접 스케치한 것들이다. 직업이 일러스트레이터인 그녀는 영국 풍 홍차 카페를 열고 자신이 좋아하는 일러스트레이터 카렐 차펙의 이름을 붙였다. 작업도 하고 차도 마시는 작은 카페를 계획했는데, 어느 순간 직접 홍차를 블렌딩하고 빵과 쿠키를 구워내며 식기와 집기류들을 디자인하는 등 성공한 홍차 브랜드의 주인이 된 것이다.

좋아하는 홍차를 마음껏 즐길 수 있는 장소를 만들었을 뿐인데, 많은 사람들이 카페뿐만 아니라 카렐의 홍차를 사랑하게 되었다. 크레용으로 쓱쓱 그린 듯한 단순한 그림에는 동심이 담겨 있고, 크레용 박스를 마구 휘저어 쓴 듯한 자유분방한 색깔도 등에 날개를 달아준 것처럼 기분 좋다. 동물 캐릭터나 소박한 그림 스타일이 아이들에게 크게 어필할 것 같지만 실은 어른들이 보기에도 사랑스럽기 그지없다. 우리 마음속의 무언가를 건드리는 섬세함과 다정함 때문이다.

내가 아이들과 함께 차를 마시고 싶은 이유는 아이들 마음속에 가득한 순수한 열정과 미래에 대한 기대를 엿보고 그것을 마치 내 것인 양 즐기고 싶어서가 아닐까? 세상을 바라보는 아이들의 구김 없는 시선만큼 어른들을 기쁘게 하는 것은 없기에 말이다. 어쩌면 우리가 아이들과 차를 마시고 싶은 것은 그 어린 시절로 되돌아가고 싶은 마음 때문일지도 모른다.

Lena's
tea room 9

레나의
홍차통
컬렉션

(위에서부터 오른쪽으로)

1 하니 앤 선스, 샐리 시크릿 **2** 트와이닝스, 건파우더 그린 **3** 자낫, 모토마치 블렌드 **4** 로네펠트, 버번 바닐라
5 브리즈, 머스캣 **6** 티 팰리스, 로즈 포우총 **7** 쉐무아, 캐러멜 **8** 레볼루션 티, 스코티시 브렉퍼스트 **9** 다질리언,
모카 마주르카 **10** 포트넘 앤 메이슨, 다즐링 BOP **11** 마리아주 프레르, 테 쉬르 닐 **12** 마리아주 프레르, 블랑 앤
로즈 **13** 하니 앤 선스, 옐로 앤 블루 **14** 하니 앤 선스, 미드서머 피치 **15** 립턴, 립턴티 **16** 태평양 오설록, 녹차꽃
그린티 **17** 카렐 차펙, 베이비 부케 **18** 루피시아, 화이트 크리스마스 **19** 하니 앤 선스, 바닐라 코모로 **20** 니나스,
테 드 방돔

28
홍차와
여행을
떠나다

차, 차이, 티, 테… 차를 부르는 말은 전 세계적으로 닮았다. 중국에서 시작된 차가 전 세계로 퍼져 나간 것처럼 차를 부르는 이름들도 중국어에서 비롯되었기 때문이다. 찻잎이 전 세계로 여행하면서, '차'cha가 '차이'chai가 되고 '다'da가 '티'tea '테'te '테'thé가 되었다. 차를 마실 때마다 전 세계 사람들은 같은 발음을 하고 같은 생각을 할는지도 모른다.

홍차에 흠뻑 빠진 이후로는 늘 홍차 여행을 꿈꾸게 된다. 새로운 시즌 홍차가 나올 무렵에는 홍차의 본고장에서 따끈따끈한 올해의 홍차를 맛보고 싶고, 잉글리시 브렉퍼스트와 아이리시 브렉퍼스트가 현지에서는 어떻게 다른지 체험하고 싶어진다. 사모바르에서 끓고 있는 러시아 홍차는 어떤 맛일지, 물 마시듯 차를 마시는 중국과 일본의 차 문화는 어떠한지, 모로코의 민트차는 정말 맛이 상쾌한지, 런던 리츠 호텔의 애프터눈티는 소문대로 근사한지 직접 경험해보는 것이다. 홍차를 즐기러 여행을 떠난다고 생각하니 삶이 아주 호사스럽게 격상되는 기분이다.

홍차를 즐기면서 가장 좋은 것은 내 방에 가만히 앉아서도 세계 각국으로 여행을 떠날 수 있다는 점이다. 영국 홍차, 프랑스 홍차, 독일 홍차, 미국 홍차, 일본 홍차, 인도 홍차, 스리랑카 홍차… 이렇게 각양각색의 홍차를 맛봄으로써 이미 나의 마음은 지구 반대편으로 훌쩍 날아가 버린다. 여행의 호기심을 부추기는 아름다운 향기와 이국적인 이름을 가진 홍차들을 보면서 나는 낯설고 먼 곳들을 상상하게 된다. 단단히 꾸린 여행가방도 필요 없이 향기 좋은 홍차 한 잔이면 오늘밤에도 그 먼 이국 땅을 거닐게 되는 것이다.

더블린에서 아침을,
뷸리스의 아이리시 브렉퍼스트

세계지도를 펼쳐 아일랜드가 어디 있는지 찾아보면 북서쪽 끄트머리쯤에서야 발견하게 된다. 이 멀고 먼 아일랜드가 우리에게 낯설지 않은 이유는 두 가지다. 음악과 문학이다. 유명한 제임스 조이스가 『더블린 사람들』과 『율리시즈』를 집필한 땅이 바로 아일랜드이고, 유투, 엔야, 크렌베리스 등 독특한 음색을 자랑하는 뮤지션들이 아일랜드를 대표하고 있다. 최근에는 영화 〈원스Once〉가 다시 한번 아일랜드의 수도 더블린의 풍경과 그곳의 음악을 우리의 뇌리에 단단히 심어놓았다. 척박한 땅과 천 년이 넘게 지속된 영국의 침략으로 고난의 역사를 지나온 아일랜드는 다른 어느 누구도 넘볼 수 없는 자신들만의 정신세계를 이루었다. 당연히 문화적인 자부심이 그 어느 곳보다 강하다.

아일랜드는 영국보다 일인당 차 소비량이 더 많은 나라다. 하루 평균 넉 잔의 차를 마시고 오후의 티타임을 즐긴다. 아일랜드어인 게일어에도 차cha라는 말이 있는데, 밀크티의 의미로 사용된다고 한다. 진한 밀크티를 즐겨 마시는 이들은 컵의 1/3 정도의 우유를 담고 진하게 우려낸 홍차를 붓는다. 스트레이트 홍차도 다소 진하게 즐긴다고 하니, 아이리시 브렉퍼스트가 기대된다. 세상의 끝에서 마시는 뜨거운 홍차라, 너무나 근사하지 않은가?

아일랜드의 홍차 브랜드인 뷸리스Bewley's는 아일랜드에서 가장 오래되고 큰 규모를 자랑한다. 1860년 중국 홍차를 수입하면서 동양풍 티룸 스타일의 뷸리스 오리엔탈 카페를 열어 인기를 모았는데, 지금도 더블린 트리니티 칼리지 인근 그리프톤 거리에는 1927년부터 옛 모습을 그대로 간직한 뷸리스 카페가 홍차를 즐기는 사람들의 보금 자리로 사랑받고 있다. 우리에게 생소한 브랜드지만 우리나라에 정 식으로 수입되고 있는 만큼 맛과 향이 균일하고 안정적이다.

아이리시 브렉퍼스트를 맛볼 때면 아직 가보지 못한 이 세상의 끝 을 떠올리게 된다. 뷸리스의 아이리시 브렉퍼스트는 아삼의 몰트향 과 다즐링의 부드러움이 잘 어우러진다. 다소 진하게 우려도 은은하 게 입 안을 감싸주는데, 아침에 한 잔 가득 뜨거운 홍차를 마시고 나 면 온몸이 따스하게 녹아드는 느낌이다. 더운 계절보다는 지금, 겨울 이 오는 길목쯤에서 마시면 그 묘미가 더욱 좋다. 춥고 거친 아일랜드 의 아침을 따스하게 달래주는 홍차랄까? 거친 사나이들이 즐기는 차 라고 하기에 너무나 산뜻하고 부드럽지 않은가? 마치 따스한 여신의 입김처럼 말이다.

아일랜드는 한때 에이레Eire라고 불렸다. '새벽의 여신'이라는 뜻이 다. 외세의 침입과 억압으로 점철된 역사의 끝을 지나 아직도 풀리지 않은 정치적 갈등을 마치 흉터처럼 간직한 그 땅의 주인은 새벽을 깨 우는 여신이었던가보다. 여신의 입맞춤처럼 따스한 홍차로 아침을 시 작해본다.

시베리아 횡단열차의 꿈, 쿠스미티의 상트페테르부르크

언제부터인가 나는 낡아빠진 열차를 타고 시베리아를 횡단하는 험한 여행을 꿈꾸게 되었다. 가다 서다를 반복하는 이 열

1900년대 차와 커피를 팔던 상트페테르부르크의 상점

차를 타면 블라디보스토크에서 모스크바까지 스무 날이 걸린다고 한
다. 러시아의 천년 고도 모스크바에서 서쪽으로 8백 킬로미터 떨어진
상트페테르부르크까지 가려면 좀 더 기차를 타야 할 것 같다.

러시아의 역사와 문화의 중심지인 이 두 도시를 보는 것은 특별한
가치가 있다. 유럽에서 런던 다음으로 큰 도시 모스크바. 혁명과 자
유, 이념과 문학의 도시인 모스크바는 러시아인들의 마음의 고향이
다. 그리고 상트페테르부르크는 러시아 황제와 여왕의 여름 궁전과
겨울 궁전이 있던 곳으로 지금도 북구의 베니스라고 불릴 만큼 아름
다운 도시다. 운하가 흐르는 이 도시는 작약나무 숲과 어울려 하얗게
빛난다. 여름햇살은 너무나 눈부시고 겨울은 지독한 눈으로 덮여 일
년 내내 하얗게 물들여진 러시아의 도시들.

나는 이 두 도시 중에서 상트페테르부르크에 먼저 발을 디디고 싶다. 세계 3대 박물관의 하나로 손꼽히는 에르미타쥬 박물관으로 곧장 가고 싶기 때문이다. 예카테리나 2세의 치세 동안 러시아는 유럽의 전통과 문화를 받아들여 러시아 스타일의 독창적인 문화를 만들어냈고, 그 흔적들이 상트페테르부르크에 고스란히 남아 있다. 특히 프랑스 왕실과 친분이 두터웠던 러시아는 수많은 예술품을 교류하며 우정을 과시해왔다. 하지만 프랑스의 부르봉 왕실이 무너지고 나폴레옹이 등장하면서 오랜 유대관계는 깨지고 만다. 나폴레옹이 거대한 동토의 땅으로 진격한 대가는 수십만 명의 전사자와 돌이킬 수 없는 패배였다.

상트페테르부르크는 공산혁명 시기에 레닌그라드, 즉 레닌의 도시로 불렸다가 지금은 옛 이름을 되찾았다. 쿠스미티Kusmi Tea의 '상트페테르부르크'는 제정시대의 예술가들이 또 하나의 파리를 만들고자 모여들었던 그날의 향기가 가득하다. 여왕을 알현하던 남유럽 예술가들이 가져온 달콤하고 풍부한 과즙과 꽃향기들. 꽃과 열매의 상쾌한 향기와 과일의 진한 맛은 쿠스미티의 특징이다. 이국적인 향취의 가향홍차와 미묘한 빛깔의 패키지가 특히 독특한 쿠스미티는 한번 맛본 사람이라면 다시 찾을 수밖에 없는 매력을 갖고 있다. 무엇보다 러시아에 대한 설렘이 이 홍차를 더욱 매력적이게 한다. 쿠스미티의 이름을 살펴보면 러시아의 향기를 더욱 짙게 느낄 수 있다. 프린스 블라디미르Prince Vladimir, 아나스타샤Anastasia, 사모바르Samovar, 트로이카Troika 등 제정러시아의 꿈같은 순간을 떠올리게 하는 홍차들이 가득하다.

러시아 농부의 아들로 태어나 홍차 블렌딩 전문가로 활동했던 파벨미하일로비치 쿠스미쇼프Pavel Michailovitch Kousmichoff는 1867년 상트페테르부르크에서 홍차전문점을 열고 런던, 파리 등 유럽으로 티숍과 티살롱을 확장해간 러시아 홍차의 대표 주자였다. 제정러시아가 혁명으로 무너진 후 파리에 정착한 쿠스미쇼프는 홍차점의 이름을 쿠스미티로 바꾼 후 본격적으로 유럽인의 홍차 입맛을 장악해갔다.

홍차의 중심지였던 런던에서 성공을 거둔 후 유럽 여러 도시에 진출하여 승승장구했으나, 러시아혁명에도 살아남았던 이 홍차 브랜드는 두 차례의 세계대전을 겪으며 무너지고야 말았다. 밥 먹고 살기에도 배고프던 시절이었으니 홍차의 수요가 급감했던 까닭이다. 2003년 초콜릿과 커피 수입상인 프랑스인 오레비Orebi 형제가 쿠스미티를 야심차게 인수하면서 다행히도 1867년부터 시작된 전통적인 홍차의 맛을 지금까지 맛볼 수 있게 되었다.

쿠스미 홍차 중에는 상트페테르부르크, 파리, 베를린 등 도시의 이름을 딴 홍차들이 있는데, 이 홍차의 창시자인 파벨이 쿠스미티가 진출했던 도시에 영감을 얻어 직접 블렌딩하여 지금까지 옛 맛 그대로 선보이는 유서 깊은 홍차들이다.

쿠스미티의 모든 블렌드가 이국의 꽃향기로 가득하지만 특히 상트페테르부르크는 가슴속을 세척하듯 시원한 향취가 베이스로 자리 잡고 황홀한 열기가 살며시 솟아오른다. 그 차가움과 뜨거움은 러시아의 아름다운 겨울과 화려하고 찬란했던 영광의 옛 시절을 떠올리게 한다. 시베리아 횡단열차의 끝자락에 있을 그 먼 곳까지 이 홍차 한 잔이면 단숨에 달려갈 수 있다. 여왕과 예술가들이 궁전을 거닐며 희희낙락하던 백 년 전 그곳으로.

요코하마의 홍차,
자낫의 모토마치 블렌드

도쿄에서 전철로 삼십 분 거리에 있는 요코하마는 서구에 처음 개방된 일본의 항구도시로 서양인들이 모여 살던 최초의 마을을 여전히 간직하고 있다. 여러모로 인천과 닮은 점이 많은 이 도시는 해안을 따라 조성된 넓은 공원이나 온통 나무로 근사하게 건축된 여객터미널이 관광객의 시선을 사로잡는다. 옛 화물창고를 개조한 쇼핑몰 아카렌가 소고도 요코하마를 찾은 관광객에게 독특한 인상을 주는 곳이다.

하지만 여기까지만 보고 돌아선다면 요코하마를 찾은 보람이 없다. 개항기의 옛 건축물이 고풍스럽게 보존되어 있는 조계지租界地 거리와 세련된 쇼핑거리 모토마치元町 상점가를 꼭 둘러보아야 한다. 품질 좋은 일본 내셔널 브랜드와 고급 식재료를 판매하는 상점과 여성들이 좋아할 만한 카페와 레스토랑이 즐비한 모토마치 상점가는 도쿄와는 또 다른 거리풍경에 흠뻑 취해 기분 좋게 거닐 만한 거리다.

홍차를 좋아하는 사람들이라면 모토마치 상점가에 꼭 들러야만 하는 이유가 또 있다. 상점가 중간 즈음에 찻주전자라는 이름을 가진 홍차전문점 라 테이에르La Théière가 있기 때문이다. 자낫Janat 홍차를 전문적으로 다루며 윌리엄슨, 애슈비, 웨지우드, 쉐무아, 로네펠트 등 각종 홍차를 두루 구비하고 있는 이곳은 귀엽고 깜찍한 다구들과 본마망 잼, 유럽풍 과자 등 우리나라에서는 쉽게 접할 수 없는 유럽의 티푸드도 싼 가격에 구입할 수 있다.

'라 테이에르'에 들어서면 따끈한 홍차의 향기가 물씬 풍긴다. 키가

Le Café Marly
Le Café Marly

크고 과묵한 인상의 주인아저씨가 반갑게 인사한다. 가게 내부를 가득 채운 홍차들을 보며 이 중에서 대체 어떤 것을 선택해야 하나 두리번거리고 있으니 주인이 친절하게도 영어로 꼼꼼하게 설명해준다. 내가 좋아할 만한 홍차를 추천해주기도 하고 향을 맡아보라며 홍차 샘플들을 보여준다. 장미향을 좋아한다고 했더니 얼그레이에 장미꽃잎이 가미된 자낫 홍차를 추천해준다. 풍성한 장미향 덕분인지 깍듯하게 서비스하는 주인아저씨 덕분인지 금세 기분이 좋아진 나는 그 홍차의 이름을 물어보았다.

"모토마치 블렌드랍니다." 라 테이에르 홍차점을 위한 특별한 홍차라는 뜻이다. 다른 홍차도 모두 시향해보았지만 이 블렌드가 유난히 좋았다. 특별한 홍차를 만난 기분이었다. 그 이후부터 나에게 요코하마는 '라 테이에르'가 있는 도시, 상큼한 얼그레이와 로맨틱한 장미가 결합한 모토마치 블렌드의 향기가 스며 있는 도시로 추억 속에 남게 되었다.

라 테이에르 홍차점 2층에는 자낫 티룸이 마련되어 있다. 바쁜 여행 일정이라 그날은 미처 구경하지 못했지만 모토마치 블렌드를 마실 때마다 고양이처럼 등을 동그랗게 말고 2층 티룸으로 살금살금 올라가는 나의 모습을 상상하게 된다. 빨간 티포트가 그려진 작은 공간 속에는 뜨거운 김이 모락모락 피어나고 장미 향기가 몽글거리며 솟아나는 원더랜드가 펼쳐지지는 않을까? 그곳을 방문하기 위해 나는 또 한 번의 여행을 계획할지도 모르겠다.

브런치 인 뉴욕,
딘 앤 델루카 블렌드

관광을 즐기는 사람이라면 자유의 여신상, 그림 공부를 하는 사람이라면 메트로폴리탄 미술관이, 뮤지컬 마니아라면 브로드웨이, 쇼핑을 즐기는 사람들에게는 5번가나 버그도프굿맨 백화점도 물망에 오를 수 있겠다. 그 외에도 센트럴파크나 요즘 뜬다는 미트 패킹 디스트릭트Meat Packing District를 떠올릴 수도 있겠다. 혹은 우디 앨런이나 앤디 워홀, 폴 오스터와 같은 뉴요커를 거론할 수도 있다.

사람들마다 뉴욕을 기억하는 방법이 다를 테지만, 나에게는 델리카숍 '딘 앤 델루카'Dean & Deluca가 뉴욕의 상징처럼 여겨진다. 한때 정기구독하던 리빙 라이프스타일 잡지 탓이다. 푸드스타일리스트나 리빙디자이너들이 딘 앤 델루카에서 맛있는 먹을거리를 구입하고 아파트형 레지던스 호텔에서 뉴요커처럼 요리하던 장면이 소개되곤 했으니 뉴욕의 시크함이 바로 딘 앤 델루카에서 시작되는 것만 같았다.

십 년이 지난 지금, 뉴욕 스타일은 글로벌 스타일이 되었다. 뉴욕에서만 볼 수 있다던 시크한 숍은 프랜차이즈점으로 바뀌어 전 세계로 퍼졌다. 뉴요커의 손에 들려 있던 스타벅스 커피나 뉴욕 식 선데이 브런치가 세계 도처에서 볼 수 있는 글로벌한 풍경이 되었듯이, 딘 앤 델루카에서 선데이 브런치를 먹는 것도 더는 뉴욕만의 풍경이 아니다. '스타일'이라는 단어가 점점 유치하게만 들리는 요즘, 뉴욕 스타일의 델리카숍이 더 이상 특별할 까닭이 있을까?

뉴욕 맨해튼이 아닌, 동경 미드타운에 딘 앤 델루카 숍이 있다. 뉴욕까지 가지 못한 나는 동경에서 뉴욕 스타일을 엿보았다. 그리고 뉴욕에 대한 호기심으로 딘 앤 델루카의 블렌드 홍차를 한 박스 구입했다. 큰 기대 없이 홍차를 맛보았다. 하얀 봉투 겉면에 TEA라고만 쓰인 티백이 소박하게 가득 담겼다. 군더더기 없이 심플한 티백을 커다란 머그잔 안에 넣어 우렸다. 은은하고 구수한 향기가 입 안에 감돈다. 진하거나 거칠지 않은 부드러운 맛.

양손 가득 장을 보고 숨을 돌리기 위해 길모퉁이 카페에 들어가 의자에 걸터앉을 겨를 없이 스탠딩 테이블에서 가볍게 한 잔의 차를 마시고자 할 때 바로 이 홍차가 생각날 것 같다. 편안하게 목을 적시고 한기를 없애줄 푸근한 홍차를 찾는다면, 바쁘게 출근한 아침, 개운하게 업무를 시작할 수 있게 도와주는 홍차를 찾는다면, 티포트에 우리지 않아도 되고 커피처럼 텀블러에 담아서 자주 마실 수 있는 홍차를 찾는다면, 텔레비전 보면서 무의식적으로 홀짝거릴 수 있는 홍차를 찾는다면, 그때는 딘 앤 델루카 블렌드가 적격이다.

카페테라스에서 느긋하게 햇살을 즐기며 슈가 파우더를 솔솔 뿌린 잘 부풀어 오른 팬케이크와 싱싱한 샐러드를 먹을 때, 나는 딘 앤 델루카 홍차를 곁들이고 싶다. 거추장스럽지 않은 심플함, 유난스럽지 않고 은근한 멋. 그것이 뉴욕 스타일이 아닐까 생각해보면서.

홍콩의 추억, 페닌슐라 홍차

홍콩은 내가 처음 해외여행을 떠났던 곳이다. 다른 언어를 사용하는 낯선 땅에서 보는 것들은 얼마나 다를까? 그 다름에 대한 기대와 설렘으로 홍콩에서의 하루하루는 무척

바빴던 듯하다. 길거리에 즐비한 빨간색 이층버스, 키가 작고 마른 사람들, 우리나라보다 훨씬 따스한 날씨, 거리마다 풍기는 갖가지 독특한 냄새, 고층아파트 곳곳에 나부끼는 빨래들… 모든 것이 새로웠다. 빅토리아 피크에서 내려다본 홍콩의 야경과 페리를 타고 홍콩 섬과 구룡반도를 넘나들던 장면은 아직도 기억에 생생하다. 그리고 한 가지 더. 페닌술라Peninsular 호텔의 제일 위층 라운지바 펠렉스Felix에서 맛보았던 향기로운 와인, 그리고 눈부신 홍콩의 빛들.

　펠릭스는 홍콩의 트렌드세터들의 아지트라고 불리는 장소다. 세련된 사람들의 우아한 놀이터와 같은 분위기, 맛있는 음식과 화려한 와인 리스트와 더불어 이곳을 가장 유명하게 만든 것은 바로 창밖으로 펼쳐지는 눈부신 전망이다. 구룡반도 끝에서 홍콩 섬을 향해 서 있는 웅장하고 고풍스런 최고급 호텔이니 29층 꼭대기에서 바라보는 풍경은 얼마나 놀라운가? 화려하기로 소문난 홍콩의 야경을 온몸으로 체험하며 홍콩의 밤이 그렇게 깊어갔다.

홍콩에서 몸값이 가장 높은 호텔인 페닌슐라를 유명하게 만든 또 하나가 바로 로비라운지에서 즐기는 애프터눈티라는 것을 그땐 알지 못했다. 눈부신 순백의 찻잔과 은빛으로 빛나는 찻주전자, 샌드위치와 과자, 스콘으로 세련되게 차려진 2단 서빙 트레이의 화려한 퍼포먼스, 그리고 호텔 이름을 딴 독특한 향기의 페닌슐라 홍차. 홍콩 여행 이후 수년이 지난 후에야 페닌슐라 홍차를 처음 맛보게 되었지만 이 홍차를 마실 때면 철썩철썩 부딪혀오는 푸른 파도에 기우뚱거리면서 바다 위를 소란스럽게 움직이던 페리가 떠오르고, 융단에 박힌 보석처럼 눈부시던 홍콩의 밤이 떠올라 표현 못할 그리움에 잠긴다.

그리고 모든 사람의 마음을 흔들어놓은 채 투신한 배우의 슬픈 죽음을 간직한 홍콩이라는 도시는 화려함 뒤에 감추어진 고독의 순간을 떠올리게 한다. 그날 장국영이 평소처럼 페닌슐라 홍차의 진하고 아름다운 향기를 누군가와 함께했다면 그렇게 쉽게 세상을 버릴 수 있었을까? 고독에 눈물지으면서도 세상이, 인생이 빛처럼 눈부시다고 느끼지 않았을까? 다시금 홍콩을 찾게 된다면, 그가 사람들과 만날 때마다 즐겨 찾았다는 페닌슐라 호텔의 로비라운지에 들러 애프터눈티를 마시며 그를 한 번쯤 떠올릴 것이다. 하지만 그때 나는 혼자가 아닐 것이다. 그 누군가와 함께 차를 나누며 어쩔 수 없는 인생의 고독보다는 그럼에도 여전히 아름다운 세상의 풍경을 이야기할 것이다.

다시 겨울

MARCO POLO

29
크리스마스에는
특별한
홍차를 마신다

홍차는 즐길 거리가 참 많다. 계절마다 새로운 홍차를 마시는 재미도 있고 특별한 날을 위한 홍차도 있다. 어머니날을 위한 홍차, 밸런타인데이를 위한 홍차, 브라이덜 샤워*나 베이비 샤워**를 위한 홍차도 있다. 그리고 크리스마스를 위한 특별한 홍차도 있다. 1월 1일을 위한 올해의 기념 홍차부터 12월 25일을 위한 크리스마스티까지, 이제 특별한 날을 기념하는 일을 와인이 아니라 홍차와 함께해도 되겠다.

크리스마스에는 크리스마스티를 마신다. 시나몬, 정향, 말린 붉은 과일, 때때로 은빛 설탕 구슬까지 크리스마스티는 톡 쏘는 독특한 향신료와 허브가 가득 들어간 독특한 홍차다. 마치 추운 겨울날, 몸을 따끈하게 데워줄 수 있는 수많은 재료가 한꺼번에 들어간 듯 달콤하고 따뜻하며 복잡 미묘하다. 이 강하고 복잡한 맛에 열광하는 사람이 있는가 하면 차답지 않다고 느끼는 사람도 있다.

크리스마스는 전 세계 모든 사람들이 사랑과 희망으로 함께하는 날이 아니던가? 사랑하는 가족들과, 혹은 연인이나 친구들과 함께 보내는 이 특별한 날을 위한 홍차이기에 이 홍차를 마신 사람이라면 크리스마스의 달콤한 추억이 하나씩 떠오르게 될 것 같다. 내게도 크리스마스티는 특별하다. 립턴 옐로 라벨 티백 외에는 홍차의 존재를 몰랐던 내게, 멋모르고 십여 분 이상 진하게 우려낸 검은 물을 결코 한 모금도 못 삼키고 뱉어버린 기억이 홍차의 전부였던 내게 '홍차는 맛

---

* bridal shower. 결혼을 앞둔 신부를 위한 파티.
** baby shower. 곧 태어날 아기를 위해 선물도 주고 탄생을 미리 축하하는 파티.

있다'라는 인상을 심어준 첫번째 홍차이자 내가 홍차를 본격적으로 탐험하게 된 계기를 제공해준 것이 바로 크리스마스티이기 때문이다.

잡지사 에디터로 일하던 어느 겨울이었다. 12월은 잡지사에서 가장 바쁜 시즌이라, 여차하면 크리스마스이브에도 마감에 쫓겨 컴퓨터 모니터를 부여잡아야 하는 일이 생긴다. 크리스마스를 앞둔 시점에서 잡지사로 먹을거리가 골고루 담긴 크리스마스용 햄퍼 바구니가 배달되었다. 마감을 앞두고 녹초가 된 편집팀을 위해 선물을 보내온 것이다. 달콤한 초콜릿과 예쁘게 포장된 쿠키, 가벼운 맛의 와인 틈 사이로 빨간색 깡통이 살짝 보였다. Christmas tea. 아무런 라벨도 없이 그저 크리스마스티라고만 씌어 있는 홍차였다. 빨간색이 무척 유혹적이었지만, 아무도 이 홍차를 마실 생각을 하지 않았다.

선물바구니가 바닥을 드러냈음에도 크리스마스티는 찬밥신세였다. 나는 과감하게 이 홍차의 뚜껑을 열어보았다. 뚜껑을 열자마자 내가 좋아하는 시나몬 향기가 불쑥 올라왔다. 이어 새콤달콤한 말린 과일 조각의 향기가 독특하다 싶었다. 머그잔에 푹푹 퍼 담고 뜨거운 물을 부어 우려낸 크리스마스티를, 나는 겨울 내내 아주 맛있게 마셨다. 진한 향기에 몸과 마음까지 달콤해지는 느낌이었다. 나 혼자 한 통을 깨끗하게 비우고 나니 꽃피는 봄날이 왔다.

몇 년 후 프랑스에서 유학생활을 하던 어느 날, 크리스마스도 아닌데 갑자기 머릿속에 이 달콤한 향기가 떠올랐다. 참을 수가 없었다. 고국에 두고 온 모든 것이 그리운 시절이었던 터라, 진하고 달콤한 이 향기는 고국에서의 즐거운 한때를 그리워하는 향수병의 또 다른 것이었는지도 모른다. 나는 집 근처의 잡화점에서 홍차를 본 기억을 떠올

리고 한달음에 달려갔다. 프로방스 스타일의 리빙숍 코테 메종에는 엄청난 종류의 홍차를 판매하고 있었다. 나는 진열대 한 켠을 채운 검은색의 홍차통들을 들여다보며 한참을 고민할 수밖에 없었다. 고풍스런 글자체나 홍차통의 모양이 예사롭지 않았다.

그것이 마리아주 프레르와의 첫 만남이었다. 진열장을 가득 채운 홍차들이 제각기 다른 향기를 품을 수 있다는 것이 홍차 문외한인 내게는 충격에 가까웠다. 홍차에 이토록 많은 맛과 향이 있다니! 그렇다면 내가 마시고 싶어하는 것도 분명 찾을 수 있을 것만 같다. 그 많은 것 중에서 내 기억 속의 향기와 가장 비슷한 홍차를 골랐다. 주황빛의 찻물색이 더없이 아름답고 향긋했던 그 홍차의 이름은 '마르코 폴로'. 나중에 알고 보니, 마리아주 프레르에서 가장 인기 있는 가향홍차였다.

마르코 폴로는 향긋한 꽃향기가 가득한 달콤한 홍차여서 크리스마스 시즌 티와는 성격이 완연히 다르다. 내가 마셨던 빨간 통의 크리스마스티와 마르코 폴로가 비슷한 맛이라고 이야기하기는 어렵다. 지금 생각해보면, 그때는 마음속 그리움을 채워줄 아주 달콤한 맛이나 타국에서 느끼는 외로움을 몰아내줄 따스함이 필요했던 터라 그 외로운 마음을 마르코 폴로의 향기가 적절히 달래주었던 듯하다.

동방여행에서 돌아온 마르코 폴로가 그 먼 타국을 애수 어린 시선으로 갈망했듯이 중국과 티베트의 꽃과 과일의 향기를 가득 담은 것이 바로 이 홍차 마르코 폴로다. 마치 동쪽에서 불어오는 봄바람처럼 따스하고 향긋한 맛과 향. 그것은 내가 본능적으로 찾던 고국의 향기, 그것과 닮아 있었는지도 모른다.

그리움이 폭발하듯, 그때부터 본격적으로 나의 홍차 라이프가 시작되었으니 내게 이 빨간 통 크리스마스티는 영원히 기념해야 할 홍차다. 귀국 후 이 홍차를 판매했던 H호텔로 달려갔으나 진열장의 분위기는 사뭇 달라져 있었다. 익숙한 이름의 다른 홍차들로 가득할 뿐, 내 기억 속의 크리스마스티는 자취를 감추고 없었다. 어쩌면 그 홍차를 다시 만난다 해도 그때처럼 강한 인상을 남기지 않을지도 모른다. 첫사랑은 그저 가슴속에 담아두는 거라고 하지 않던가! 나는 이번 크리스마스를 위해 새로운 크리스마스티를 준비했다. 이 새로운 홍차로 새로운 추억을 만들어볼 것이다.

유럽에서는 커다란 냄비에 와인을 가득 담고 시나몬, 사과, 흑설탕 등 갖가지 스파이스를 넣어 부글부글 끓여서 마시기도 한다. 독일에서는 '글뤼바인'Glühwein, 프랑스에서는 '뱅쇼'Vin chaud라 불리는 이 뜨거운 와인 덕분에 눈이 펑펑 내리는 크리스마스이브에도 거뜬히 바깥을 돌아다니며 사람들과 볼을 부비거나 크리스마스 장터를 구경하는 등 즐거운 겨울밤을 보낼 수 있는 것이다. 뜨거운 와인의 톡 쏘는 향과 달콤쌉싸래한 맛은 유럽의 겨울을 상징한다. 전통적인 크리스마스 홍차에는 시나몬과 생강, 설탕, 오렌지껍질 등 후끈하고 달콤한 스파이스가 양껏 들어간다.

시나몬과 덩어리 설탕을 넣은 홍차는 겨울에 마셔야 제격이다. 한껏 멋을 낸 티 테이블도 필요 없다. 온 가족이 모여 앉아 머리를 맞대고 뜨거운 차를 찻잔 가득 부어내서 호호 식혀 마시는, 마음의 온기가 가득한 차다. 멀리 떨어져 지내던 가족과 친척들이 한 곳에 둘러 모여 우스꽝스러운 놀이를 하며 마시는 차, 아이들이 손수 만든 삐뚤빼뚤한 진저 비스킷과 함께 마시는 차, 어른에서 아이까지 부담 없이 들이키며 몸을 데우는 차가 바로 크리스마스티다. 겨울밤 벽난로 앞에 모인 가족의 마음처럼 다디달고 진한 맛의 홍차.

크리스마스티에 이렇듯 강한 향신료가 들어가는 것은 아기 예수와 동방박사의 이야기에서 유래한다고 설명하기도 한다. 아기 예수의 탄생을 예언한 세 명의 동방박사가 가져온 선물 중에 향신료의 일종인 몰약이 있었기 때문이다. 구하기 쉽고 겨울 추위도 막아주는 시나몬이나 생강으로 바뀌긴 했지만 달콤한 향신료들은 오랜 옛날부터 크리스마스를 기념하는 특별한 존재였다.

티 스튜디오 티마인드로부터 크리스마스티 클래스를 알리는 공지메

일이 도착했다. 국내외의 다양한 크리스마스티를 한자리에서 시음해보고, 여러 가지 향신료를 섞어 크리스마스티를 직접 만들어보는 일일 특별수업이다. 수업 후에는 맛있는 차와 케이크, 과자를 테이블에 가득 차려놓고 편하게 즐기는 크리스마스티 '파티'가 이어질 거라고 하니 마음이 두둥실 허공을 걷는 것만 같다.

드레스코드는 레드. 나는 빨간색 머플러로 살짝 멋을 부리고 크리스마스티 파티를 즐기러 티마인드로 갔다. 포숑의 크리스마스이브, 마리아주의 에스프리 드 노엘Esprit de Noël, 하니 앤 선스의 화이트 크리스마스, 루피시아의 화이트 크리스마스, 테일러스 오브 해로게이트의 스파이스드 크리스마스, 리퍼블릭 오브 티의 티 오브 굿 타이딩Tea of good tiding과 콤포트 앤 조이Comfort and joy, 다질리언의 크리스마스티 등 모두 여덟 가지의 크리스마스티가 준비되어 있다. 루피시아, 해로게이트, 다질리언 세 가지는 우리나라에서 구할 수 있고, 나머지는 다 쉽게 구하지 못하는 계절차였다.

크리스마스티를 맛보며 이런저런 평을 나눈 후, 티마인드에서 직접 만든 블렌딩 레시피에 따라 크리스마스티를 손수 만들어보는 순서가 이어졌다. 일곱 가지 크리스마스티 레시피가 준비되었는데 초콜릿 홍차, 사과홍차, 루이보스 세 가지를 베이스 홍차로 삼아 시나몬, 생강, 아몬드, 정향 등 전통적인 크리스마스 스파이스를 비롯하여 매리골드, 라벤더, 핑크 로즈, 크랜베리, 블루베리, 민트, 레몬그라스, 캐모마일, 로즈 힙, 블랙 페퍼 등 꽃과 허브를 레시피 기준대로 골고루 섞어주면 독특한 크리스마스티가 완성된다.

나는 사과홍차에 매리골드, 블루베리, 핑크 로즈가 들어간 '홀리데이 윈터 티', 초콜릿 홍차에 시나몬과 라벤더를 넣은 '크리스마스 위시 티', 루이보스에 시나몬, 정향, 펜넬, 아몬드가 들어간 '크리스마스 차이 프레젠트' 등 세 가지 차를 만들어보았다. 첫번째는 내가 좋아하는 장미와 사과가, 두번째는 라벤더와 시나몬이 있어 선택했다면, 세번째는 그다지 좋아하지 않는 루이보스라도 스파이스를 넣어 색다르게 블렌딩하면 맛나게 마실 수 있지 않을까 하는 생각에 한번 도전해보았다.

손수 크리스마스티를 블렌딩해보는 시간은 무척 특별했다. 여러 가지 맛과 향을 직접 섞어볼 수 있고, 맛과 향이 어떻게 서로 조화를 이루게 되는지 직접 체험해볼 수 있었기 때문이다. 라벤더가 초콜릿 홍차의 맛을 깊고 우아하게 만들어주었고, 사과와 장미도 따뜻하고 달콤한 향으로 썩 잘 어울렸다. 루이보스는 어떤가? 시나몬과 아몬드, 그리고 소량의 희귀한 허브를 넣으니 최고의 루이보스가 탄생했다. 맛본 사람들마다 모두 환영하는 루이보스 블렌딩이 완성된 것이다.

내년 크리스마스는 친구들을 불러 크리스마스티 파티를 열어보려 한다. 그릇도 예쁘게 세팅하고 케이크랑 과자도 굽고(내가 좋아하는 진저 비스킷의 레시피는 타샤 투더 할머니의 요리책을 참고하면 되겠다), 몇 가지 허브를 구입하여 친구들과 직접 크리스마스티를 만들어볼 것이다. 홍차가 만들어주는 색다른 크리스마스가 벌써부터 기대된다.

크리스마스에는 따뜻하고 붉은 바람이 분다. 붉은색 말린 과일과 빨간 열매, 붉은 나무껍질 같은 계피 조각들이 후끈한 바람을 몰고 온다. 크리스마스에는 붉은 바람이 부는 특별한 홍차를 마신다.

시나몬과 생강 등 스파이스 향만이 크리스마스를 표현하는 것은 아니다. 때론 달콤한, 때론 화려한 크리스마스티의 세계.

01 테일러스 오브 헤로게이트, 스파이스드 크리스마스티

중국 홍차에 시나몬 조각을 섞어 깊고 후끈한 맛을 형성하고 레몬껍질과 오렌지껍질이 거기에 깊은 향기를 불어넣는다. 노란색 잇꽃이 데코레이션으로 살짝 가미된 전통적인 맛과 향의 크리스마스티.

02 포트넘 앤 메이슨, 스파이스드 크리스마스티

시나몬이 빠지고 생강만으로 맛을 낸 독특한 스파이스티. 초콜릿 덩어리와 오렌지껍질이 함유되어 생강 향이 결코 부담스럽게 느껴지지 않는다. 빨간 빛깔의 잇꽃과 노란색 오렌지껍질이 잘 섞여 시각적으로도 화사하다. 온 가족이 모여 크리스마스티를 마실 때 포트넘 앤 메이슨의 스파이스드 크리스마스티를 선택하면 후회가 없을 듯.

03 하니 앤 선스, 홀리데이

시나몬이 들어간 전통적인 레시피에 시트러스로 새콤달콤하게 간을 하고 아몬드와 정향으로 맛을 더한 크리스마스티. 톡 쏘는 스파이스에 달착지근한 맛이 깊이 우러나 시나몬을 좋아하는 사람이라면 누구나 맛있게 마실 수 있는 홍차다. 핫티로도 좋고, 독특하게 아이스티로 마셔도 손색이 없다.

04 다질리언, 크리스마스티

시나몬의 후끈하고 달콤한 맛에 생강의 매콤함까지 가미된 스파이스티. 아몬드 조각과 파인애플이 섞여 고소함과 달콤함도 더해졌다. 생강이 다소 강하게 느껴져 스파이스의 맛을 좋아하지 않는 사람에게는 부담스러울 수도 있다.

05 티 하우스, 화이트 크리스마스 시즌 홍차

런던 코번트 가든에 있는 홍차가게 티 하우스에서는 매년
대여섯 가지의 크리스마스 시즌 홍차를 선보인다. 그중에
서 '스파이스드 크리스마스티'는 시나몬, 생강, 바닐라가
들어가는 전통적인 레시피를 따르고 있고, '화이트 크리
스마스티'는 사과와 시나몬의 결합이 산뜻하다.

06 루피시아, 화이트 크리스마스

시나몬과 생강 없이도 크리스마스티가 가능하다. 루피시아는 크리스마스 시즌마다
대여섯 종의 크리스마스티를 선보이는데 그중에서 가장 인기가 높은 것이 화이트 크
리스마스다. 검은 찻잎과 별 모양의 은빛 구슬이 블랙 앤 화이트로 구성되어 시각적
으로 세련된 느낌을 주는데, 화려하고 강한 스파이스가 아니라 부드럽고 달콤한 초콜
릿향이 가득하다.

07 루피시아, 피에로

과일향이 풍성한 크리스마스티도 있다. 과일 절임 과자가 연상될 만큼 달콤한 크리
스마스 시즌 홍차인 피에로. 말린 과일 덩어리와 레드 페퍼, 다양한 꽃잎들이 풍성한
크리스마스 식탁을 연상케 한다. 맛이 강하거나 모난 것 없이 전체적으로 달콤하고
부드러운 것이 특징이다.

08 카렐 차펙, 홀리 밀크

카렐에는 스파이스 레시피의 크리스마스티가 따로 나오
긴 하지만 밀크티 용의 크리스마스 시즌 홍차도 있다. 매
년 출시될 때마다 색다른 일러스트를 선보여 컬렉터가 생
길 정도로 인기 있는 홀리 밀크티는 스파이스 향 이상으
로 따끈하게 겨울을 나게 해주는 진하고 고소한 홍차다.

30
매일 마시기 좋은
홍차

봄소식마냥 반가운 편지가 날아들었다. 얼마 전 사루비아 다방이라는 국내 홍차 브랜드에 온라인 회원으로 가입했는데 벌써 샘플 차를 보내온 것이다. 사루비아 다방이라니, 이름 참 예쁘다. '샐비어'라는 버터 냄새 나는 이름보다 '사루비아'가 더 정감 있고 살갑게 들린다. '사루비아'라는 이름의 다방이라면 꽃향기가 나는 차 한 잔을 맛나게 마실 수 있을 것 같다.

사루비아 다방의 차를 마셔보고 싶었는데 때마침 샘플 차라는 좋은 기회가 있었다. 얼른 봉투를 열어보니 '야생 수제 녹차 봄봄' '오거닉 얼그레이 수프림' '다즐링 마카이바리 퍼스트 플러시' 등 세 종의 샘플 차가 들어 있다. 다원 다즐링에 수제 녹차, 유기농 홍차라, 이 정도면 꽤 근사하다. 푸릇푸릇한 봄 향기가 폴폴 날린다. 사루비아 다방의 차 리스트를 좀 더 살펴보면 입맛을 다시지 않을 수 없다. '분홍반지'며, '계수나무 꽃 백호오룡'이며, '살구 어페어'라니, 이런 예쁜 이름의 홍차를 마다할 사람이 과연 있을까? 혼자 마시기 아까워서 홍차 좋아하는 친구에게 연락했다. 언제나 열렬히 홍차를 반기는 사람들이 있기에 홍차 우리는 일이 더 즐거워진다.

기분이 울적할 때 찾게 되는 차, 몸과 마음이 몹시 고단할 때 마시게 되는 특별한 차가 있는가 하면 언제 어디서건 쉽게 손이 가는 차도 있다. 녹차에 가볍게 꽃향기가 블렌딩된 차라면 매일 마셔도 지루하지 않을 것이다. 구수한 맛이 일품인 우리 녹차, 독특한 감칠맛이 느껴지는 일본 녹차처럼 뭐니 뭐니 해도 녹차는 쉽게 친해질 수 있는 친구, 혹은 말하지 않아도 서로 마음을 이해하는 가족 같은 차다. 홍차 중에는 **PG 팁스**PG Tips나 립턴티에 쉽게 손이 간다. 모두 부드럽고 산

뜻한 홍차들이긴 하지만 개성이 강하다거나 특별한 인상이 있다는 생각은 크게 들지 않는다. 그런데 홍차를 마시고 싶을 때는 과일 토닉의 새콤달콤한 향이나 초콜릿, 시나몬 등 달고 인상이 강한 홍차가 아니라 바로 이런 밋밋하고 한결 같은 맛의 홍차들이 먼저 생각 난다. 설탕이나 레몬 없이 가볍게 한 모금, 그리고 혀를 조여 오는 타닌의 알싸한 맛.*

영국 브룩본드Brook Bond 사의 베스트셀링 홍차 PG 팁스는 '잉글랜드 넘버원 티'라는 당당한 문구가 패키지를 장식하고 있을 만큼 영국에서 널리 마시는 홍차다. 위키피디어 백과사전의 설명을 보면 전체 영국인이 하루에 PG 팁스를 3천5백만 잔 마신다는 다소 의심스런 문구가 있는데, 그만큼 영국에서 누구나 편하게 마시는 오랜 전통을 가진 홍차라는 의미로 받아들이면 될 것 같다.

1869년 아서 브룩은 맨체스터에 브룩본드라는 식료품점을 설립한 후 홍차를 판매하기 시작한다. 다원들마다 최고의 시기에 수확한 차종을 수입하여 여러 종류의 홍차를 적절히 배합하는 블렌딩 기법을 시도하였고, 보통 12개 다원에서 35개 다원의 차를 섞어 늘 일정한 품질의 차를 만들어내 좋은 반응을 얻었다. 브룩본드의 야심작 PG 팁스는 1930년에 탄생했다. 이 홍차의 원래 이름은 식후 소화를 돕는

---

* 이 맛을 '홍차의 수렴성'이라고 표현하기도 한다.

다는 의미를 담은 '프리제스트티'Pre-Gest-Tee였는데, 가게점원과 영업직원들이 PG라 축약해서 부르던 것이 본명을 뒤엎고 새로운 이름으로 거듭나게 되었다. 빨리 진하게 우러나기 때문에 브렉퍼스트티로도 좋고, 따뜻한 우유를 부어 밀크티를 마시고 싶을 때도 가장 먼저 생각나는 게 PG 팁스다.

PG 팁스는 독특하게도 종이(부직포)로 만들어진 피라미드 티백이다. 커다란 머그잔에 딱 알맞도록 잎차가 티백 속에 들어 있어 사용이 간편한 것도 장점이다. PG 팁스의 종이 피라미드 티백은 1996년에 발명되었는데 납작한 종이 티백보다 찻잎이 움직일 공간이 50퍼센트 이상 더 많아 차 맛이 좀 더 풍부하게 우러나도록 해준다. 잎차를 거르는 수고를 덜어준 피라미드 티백의 역사가 여기에서 시작되었으니 PG 팁스의 역할은 실로 대단했다. 티백에 담기지 않은 잎차도 판매하지만 PG 팁스는 까슬까슬한 부직포 피라미드 티백 안에 들어 있어야 제 맛이다.

2005년에 탄생 75주년을 맞은 PG 팁스는 깜짝 놀랄 만한 티백을 선보인다. 마카이바리 다원의 최고급 실버팁 임페리얼 찻잎을 실크 티백으로 감싸고 모두 280개의 다이아몬드를 박아 넣은 것이다. 장인들이 모여 꼬박 사흘이 걸렸다는 다이아몬드 티백의 가격은 무려 7천5백 파운드(대략 천8백만원). 매일 마시는 작은 삼각 티백 홍차의 소중함을 일깨우기 위해 상상을 초월하는 다이아몬드 티백을 만들어냈다고 한다. 홍차의 역사에서 영원히 기록할 만한 초호화 티백이 탄생한 것이다.

프랑수아 부셰, 〈아침식사 Le déjeuner〉, 1739, 캔버스에 유채, 81.5×65.5cm, 파리 루브르 박물관

온가족이 함께 유쾌한 아침을 시작하는 그림 〈아침식사〉는 18세기 프랑스 화가 프랑수아 부셰François Boucher의 대표작이다. 화가의 아침식사 풍경을 고스란히 화폭에 옮긴 이 그림에는 가족에 대한 무한대의 애정과 가장이자 화가로서의 자신감이 담뿍 묻어난다. 똘망똘망한 눈빛의 두 딸과 어여쁜 아내를 둔 화가는 지금 인생의 황금기를 목도하고 있는 중이다. 루이 15세의 애첩이자 당대 프랑스의 문화와 예술을 한 단계 발전시켰던 퐁파두르 후작부인의 총애를 입고 궁정화가로 새로운 인생을 시작하게 되었으니 그의 눈앞에 펼쳐진 모든 것이 찬란한 핑크빛이었다.

따스한 태양빛에 물든 살롱 안에 사람들이 찻잔에 담긴 음료를 스푼으로 떠먹고 있다. 아이들도 맛나게 먹고 아직 몸치장이 끝나지 않은 안주인도 달콤한 음료를 즐기는 데 여념이 없다. 그림 중앙에 길쭉한 은빛 주전자를 들고 서 있는 남자가 바로 화가 부셰다. 그는 직접 아이들과 아내에게 찻잔에 음료를 채워주며 이 달콤한 순간을 마음껏 지켜보고 있다. 그들이 마시고 있는 달콤한 음료는 바로 핫 초콜릿. 은빛 주전자는 초콜릿 음료를 담아두던 특수한 주전자다. 그런데 테이블에 아직 마시지 않은 찻잔이 뒤집혀 있는 것을 보니 다음 장면이 남아 있나보다. 초콜릿을 마시며 아침식사를 한 후 안주인이 몸치장을 하면서 차를 마시려는 걸까?

당시 프랑스에서는 차를 마시는 일이 널리 퍼지지 못한 상황이었고, 차 자체의 즐거움보다는 동방에서 온 귀한 선물인 중국 다구를

장 바티스트 시메옹 샤르댕, 〈차를 마시는 여인Une femme qui prend du thé〉, 1735, 캔버스에 유채, 80×101cm, 글래스고 헌터리언 아트 갤러리

자랑하기 위해 티타임을 여는 경우가 많았다. 부세도 자신의 취향을 뽐내기 위해 중국에서 온 다양한 소품들을 진열해두었다. 도자기 찻주전자며 중국풍 자기 인형까지 당시 유행의 흔적을 놓치고 싶지 않았던 트렌드세터이자 감각주의자인 부세에게 차를 마시고 음미하는 시간보다는 찻잔과 도자기를 보면서 즐기는 시간이 더 아름다웠을지도 모른다.

　부세와 동시대에 활동한 장 바티스트 시메옹 샤르댕Jean-Baptiste Siméon Chardin은 조금 다른 스타일로 차를 마시는 여인을 그렸다. 어스름에 물든 저녁, 여인이 혼자서 차를 마신다. 남편에게는 잠들기 전에 마시는 티잔을 가져다주었고 아이들도 모두 잠든 시간, 여인은 이 고요한 순간을 위해 차를 끓인다. 깊고 차분한 눈빛으로 찻물을 바라보는 그녀는 지금 무슨 생각을 하고 있을까? 단단한 검은 도기 찻주전자에는 어떤 차가 담겨 있을까? 찻잔에 그려진 푸른색 그림은 꽃송이일까, 꽃나무일까?

여인이 입고 있는 검정과 푸른색의 실크 타프타와 보닛에 달린 푸른색 실크 리본이 찻잔의 푸른빛과 어우러진다. 붉은 갈색으로 칠해진 테이블이 푸른색으로 차분하게 가라앉은 화폭에 은근한 활력을 준다. 작고 앙증맞은 귀고리가 유일한 장신구인 걸 보니 그녀는 아침 시간 내내 치장하는 데 시간을 보내는 귀족부인들과는 성향이 다른 듯하다. 여인은 자신을 억지로 드러내지도 않고 무언가를 표현하려고 하지도 않는다. 차에 몰두해 있기 때문이다. 차를 마시는 것이 이 여인이 즐기는 유일한 사치거리인지도 모른다.

샤르댕이 그린 〈차를 마시는 여인〉은 차의 고즈넉한 아름다움을 읽을 수 있는 그림이다. 차를 마시고 있는 그림 속 여인은 화가의 아내 마그리트 생타르다. 샤르댕의 아내는 자신의 취향을 뽐내기 위해서가 아니라 오로지 차 그 자체에 몰두하는 즐거움을 알고 있었던가보다. 그녀는 혼수품으로 가져온 검은 자기 찻주전자를 반질반질 윤이 나게 닦을 정도로 아꼈고 이 찻주전자에 매일 따뜻한 차를 끓여 마시곤 했다. 어쩌면 폐병으로 크게 고생하던 그녀가 탕약을 마시듯 차를 마셨는지도 모를 일이다. 그림이 완성되고 두 달 후 아내는 안타깝게도 세상을 떠난다.

정성껏 차를 우려서 조용히 음미하던 아내의 모습이 끝내 잊히지 않아서일까, 이후 한동안 화가의 그림 속에는 차를 마시는 여인이 등장하지 않는다. 하지만 그가 그린 그림 속에는 아내의 흔적이 늘 스쳐 지나간다. 아내가 아꼈던 찻주전자와 찻잔이 선반에 그대로 놓인 채 조용히 자신의 향기를 숨기고 있는 모습이 그의 그림들 속에 숨어 있다. 늘 반질반질 윤이 나던 검은색 도자기 찻주전자는 먼지가 앉고 색이 바랬으며 찻잔은 뒤집힌 채 놓여 있으니 한동안 그 물건을 사용하지 않은 모양이다. 차를 마시는 일도 아내의 죽음과 함께 사라져버렸던 것일까.

장 바티스트 시메옹 샤르댕, 〈집사의 테이블La table d'office〉, 1763(?), 캔버스에 유채, 38×46cm, 파리 루브르 박물관

안타까운 순애보는 어디까지 계속된 걸까? 그리 오래가지는 않았던 듯하다. 1763년경에 그린 〈집사의 테이블〉이라는 정물화에 보면 오른쪽에 새로운 도자기 세트가 놓여 있다. 약간 금이 갔지만 반질반질 잘 닦인 중국식 다구와 손잡이가 달린 자그마한 찻잔은 눈부시게 흰 바탕에 섬세한 컬러로 그려져 있다. 손잡이가 있는 찻잔은 유럽에서 1740년대부터 양산되기 시작한다. 물론 그전에도 이미 동양에서는 손잡이가 달린 찻잔이 있었지만 부서지지 않고 안전하게 유럽까지 가져오는 데는 한계가 있었기에 손잡이 없는 찻잔이 주로 수입되었다.

컬렉터들의 가슴을 뛰게 할 만큼 아름다운 도자기를 집 안에 들여놓은 이유는 무엇일까? 마그리트가 사망한 지 십 년 후 새로 맞아들인 젊은 아내의 취향이 크게 달랐을지 모르고, 어쩌면 매일 차를 마시기 위해서가 아니라 남들에게 과시하기 위해서 고급 찻잔을 구입했을 수도 있다. 그렇다면 낡은 찻주전자는 그 순간 어디에서 누가 사용하고 있었을까? 마그리트가 매일 마시던 찻잎의 향이 가득 스며 있을 소박한 찻주전자는 또 다른 누군가가 매일매일 차를 끓이며 소중하게 사용하지 않았을까?

내게도 몇 가지의 찻잔과 찻주전자가 있지만 값비싸고 화려한 것은 늘 사용하기가 불편하다. 매일 사용하는 것은 그중에서 가장 심플하고 기능적인 것이다. 투명한 강화유리로 된 서버와 차가 충분히 담기는 크기의 찻잔이라야 불편함이 없다. 늘 사용하는 찻잔과 다구, 늘 마시는 차는 이렇게 닮았다. 우리의 일상이 늘 스펙터클하게 펼쳐지지는 않으며 아무 일 없이 하루하루가 흐르더라도 그것이 때로 긴 인생에서는 또 다른 의미를 갖게 되듯.

31
홍차에도
마음이 있다면,

마살라 차이

인도에 다녀온 사람들이 입을 모아 이야기하는 것이 있다. '차이'. 인도에서는 좀 더 이국적인 발음으로 '짜이'라 부른다고 했다. 차이건 짜이건 모두 같은 말이지만 우리가 마시는 차이와 인도에서 마시는 짜이는 이름의 차이만큼 아주 조금 다른 것 같다.

'짜이'를 마셔본 사람들이 말하는 인도의 맛이 '차이' 속에는 없기 때문인가보다. 소금기 어린 눈물, 이국의 밤이 주는 외로움과 설렘, 거친 자연을 보고 난 후의 황망함, 인간으로서 느끼는 가슴 벅찬 느낌. 짜이는 그런 맛을 가진 음료라고 한다. 짜이라는 말을 듣는 순간, 그들의 눈 속에는 그리움이 가득 퍼지고 애틋하고 감격스런 그 무엇이 불쑥 솟아오른다.

짜이는 인도에서 물처럼 마시는 음료라고 한다. 아침에 일어나서 한 잔, 점심기도 전에 한 잔, 잠들기 전에 한 잔. 뜨거운 찻물과 우유, 설탕 그리고 강한 향을 풍기는 가루가 든 멀건 음료인데 인도에서는 반드시 뜨거운 짜이를 마셔야 한여름의 탈수를 이겨낼 수 있고 거친 자연의 호흡에도 맞설 수 있으며 더 이상 외롭지 않도록 사람의 마음도 얻을 수 있다고 한다.

인도를 가보지는 못했지만 나도 그곳에 가면 짜이를 좋아하게 될 것 같다. 복잡하게 섞인 향신료의 부담스러운 향은 모래먼지가 가득한 폐를 말끔히 정화해주고 설탕과 우유는 뜨거운 햇볕 때문에 금세 지치게 될 사람들의 몸에 에너지를 채워줄 것이다. 구수한 인도의 찻잎을 잘게 부수어 뜨거운 물에 넣고 카르다몸과 시나몬, 생강을 적당히 조금씩 넣어 한꺼번에 부글부글 끓인다. 우유도 넣고 설탕도 한 숟

가락 듬뿍 넣는다. 영국식 밀크티가 데운 우유와 잘 우러난 홍차를 섞는 것이라면 짜이는 한꺼번에 넣고 끓인다.

우리에게 마늘, 고춧가루가 음식을 하는 데 기본양념이라면 인도 사람들은 카르다몸, 생강, 정향, 시나몬, 후추를 음식에 사용한다. 이를 잘 섞어 놓은 양념가루를 '마살라'Masala라고 하며, 독특한 인도의 풍미를 만들어낸다. 인도 카레, 인도식 만두인 사모사samosa를 먹을 때면 느끼게 되는 복잡 미묘한 향료의 맛, 이것이 바로 마살라의 맛이다. 인도에서는 차를 마실 때도 이 향신료 가루를 넣는데 차에 넣는 마살라는 조금 다르다. 단맛과 향을 가미할 수 있는 카르다몸, 생강, 시나몬 위주로 구성된 티 마살라를 넣은 차를 '마살라 차이'Masala Chai라 부른다. 가끔 프랜차이즈 커피점에서 맛볼 수 있는 '차이라테'라는 음료는 마살라의 다소 부담스러운 향은 빼고 우리 입맛에 맞춰 제품화한 것이라 정통 마살라 차이와는 말 그대로 '차이'가 있다.

홍차에도 마음이 있다면, 마살라 차이는 세상 밑바닥까지 보고 온 사람에게도 용기를 줄 수 있는 푸근한 존재, 바로 엄마 같은 차가 아닐까 생각해본다. 다른 모든 차들이 자신의 아름다움과 가치를 남에게 질세라 드러내고 자랑하는데, 마살라 차이는 어떤 허세도 부리지 않는다. 유혹하는 향기도 없고, 정신을 쏙 빼놓을 만큼 맛있는 것도 아니다. 꽃이 장식된 티 테이블이나 아름다운 찻잔으로 분위기를 내세우지도 않는다.

인도 사람들이 언제 어디서나, 심지어 기차 안에서도 버스 안에서도 마실 수 있는, 양철주전자에 가득 담긴 달큰한 냄새의 차. 누런 물빛은 마치 그 땅의 색을 닮았고 때론 사람과 짐승이 풍기는 거무스름한 삶의 먼지도 휘휘 떠다닌다. 결코 위생적이지도 결코 맛나 보이지도 않는 이 차 한 잔이, 그런데 그 땅에 흐르는 모유처럼 몸을 일으키게 하고 허한 마음을 채워준다. 엄마의 따뜻한 손길이면 아픈 배도 금세 낫고 지친 마음도 아이스크림처럼 몰랑몰랑해지듯 마살라 차이 한 잔이 주는 감동은 그런 것이다.

'짜이' 혹은 '차이'의 이름이 낯설지 않다. 왠지 '차'와 연결성이 느껴지지 않는가? 중국에서 시작된 차는 '茶'라는 한자가 가진 음과 뜻처럼 '차'cha 혹은 '다'da, tha라는 음으로 세계로 퍼져나갔다. 북방 언어에서는 '차'로, 남쪽 언어에서는 '다'라는 음으로 변형되었다. 유럽어권에서는 '티'tea '테'thé '테'te로, 인도에서는 '차이'chai, 러시아에서는 '차'cha로 불린다. 세상의 수많은 언어 중에 아빠, 엄마를 표현하는 말은 어디서나 유사한데, 그 다음으로 유사한 것이 '차'가 아닐까 싶다. 그러니 차를 마시는 행위는 동서고금을 막론하고 이루어져왔으며 모든 사람들이 차 마시기를 즐기는 것도 이상한 일이 아니다. 가족을 부르는 이름처럼 차는 일상을 이루는 중요한 부분이기 때문이다.

처음 차를 마실 때는 그저 내 입을 즐겁게 하기 위해서였는데 점점 차를 마시는 이유가 특별해진다. 차는 퇴근 후에도 못 다한 일들로 마음이 바쁜 남편과, 어렵고 어색한 시댁 어른들과, 점점 속마음을 털어놓기 힘든 친구들과, 얼굴 보기 힘든 동생과, 보고 싶은 엄마와 소통의 시간을 만들어주는 따스한 매개체가 되었다.

그들 얼굴에 피어날 웃음을 떠올리며 물을 끓이고 경직된 어깨가 둥그스름해지는 것을 기대하며 찻숟가락 한 가득 차를 떠서 담는다. 오늘은 그들이 어떤 이야기를 꺼낼까 궁금해하며 찻잔을 고르고 그 찻잔을 따뜻하게 데운다. 세상에서 가장 편안한 표정을 짓는 그들을 떠올리며 차를 따른다.

엄마와 떨어져 살게 된 것도 어언 십여 년이 넘어간다. 직장생활의 경력만큼 엄마의 따뜻한 온기를 잃어버린 셈이다. 어느새 결혼을 하고 이제는 한 남자와 가정을 이루게 되었지만, 그럼에도 한동안 엄마 품이 그리웠던 시기가 있었다. 우리에겐 언제나 엄마가 필요하다. 나를 위해 항상 따뜻한 밥을 해주고 포근한 이부자리를 펴주는 존재, 꺾인 날개를 치유해주는 마법의 손을 가진, 아무 이유 없이 그 품으로 파고들 수 있는 존재. 내가 세상을 외롭지 않게 살아간다면 그것은 엄마가 있기 때문이다.

엄마와 딸은 나이가 들수록 함께할 수 있는 것이 많아서 좋다. 나이가 들고 결혼을 하니 엄마와 더 가까워진 느낌이다. 이런저런 남몰래 이야기할 것이 살면서 점점 늘어난다. 아빠와 아들도 이런 살가운 동지애를 느낄까? 잠시 휴식이 필요해서 여행을 떠날 때 가장 많이 생각난 얼굴이 엄마였다. 딸이랑 배낭 메고 유럽 여행가고 싶다는 엄마의 아직 실현되지 않은 꿈을 조금이라도 이뤄드리고 싶어 엄마와 도쿄로 짧은 여행을 떠났다.

낯선 거리에서 엄마와 팔짱 끼고 걷는 기분이 좋았다. 그리고 그곳에서 홍차를 마셨다. 낯선 도시의 모습만큼이나 낯선 음료인 홍차를 앞에 두고 엄마와 딸은 이야기할 것이 많았다. 따뜻한 찻잔에 담긴 붉은 루비 빛깔의 찻물 속에 호기심 가득한 엄마의 눈이 담긴다. 작은 케이크와 빵이 담긴 작은 접시와 예쁜 찻주전자를 보고 엄마는 소녀처럼 좋아했다. 차를 마시거나 카페에 가는 것이 내게는 별것 아닌 일상일 뿐인데 엄마에게는 인생에서 몇 번 오지 않는 특별한 순간인가보다.

그날 이후로 자주는 아니지만 엄마를 만날 때면 찻집이나 카페에서 홍차를 마시게 되었다. 엄마에게 딸과 함께하는 특별한 추억을 많이 만들어드리고 싶었기 때문이다. 그날 나는 엄마와 함께 갔던 도쿄의 찻집에서 마살라 차이를 만들 수 있는 마살라 향신료를 샀다. 시나몬, 오렌지껍질, 정향, 펜넬, 카르다몸, 통후추가 골고루 든 것으로.

마살라의 가장 기본이 되는 카르다몸은 톡 쏘는 매운 맛과 달콤하고 향긋한 향을 가진 독특한 향신료다. 씹으면 입 안에 향긋함이 퍼져 식후의 입가심으로 활용하기도 하고 '천국의 밀알'이라 불릴 정도로 독특한 향이 있어 향수의 원료로도 자주 활용된다. 찻물에 넣어 독특한 맛을 내기도 하는데, 중동에서는 오래전부터 커피에 카르다몸을 넣어 독특한 풍미를 즐겼고, 유럽에서는 핫 초콜릿이나 와인에 넣기도 했다. 이러한 레시피는 지금까지도 활용되고 있으니 카르다몸의 풍미는 꽤나 오랫동안 미식가의 입맛을 사로잡아왔다.

물이 끓으면 마살라 향신료를 한 티스푼 넣고 먼저 진하게 우려낸 다음, CTC 타입으로 잘게 말린 아삼 찻잎을 한 스푼 넣고 적당히 끓여낸다. 마지막으로 우유를 취향에 맞게 넣고 좀 더 끓인다. 모든 향이 잘 섞이도록 약한 불에서 천천히 끓여낸 후 거름망으로 걸러낸다. 설탕은 취향껏 넣는다. 좀 더 깊은 마살라 향을 느끼고 싶다면 카르다몸이나 시나몬 등 향신료를 끓이기 전에 잘게 부수어 놓으면 좋다. 티 마살라 용 가루를 사용해도 좋은데 쉽게 구하기 어렵다.

다양한 마살라 향을 가미한 마살라 차이라는 이름의 홍차도 있다. 딜마나 다즐리언에서 마살라 차이를 맛볼 수 있다. 압 키 파산드Aap ki pasand라는 독특한 이름의 홍차 브랜드에도 티 마살라가 골고루 섞인 마살라 차이가 있는데, 사람들의 입소문을 타고 유명해졌다. 마살라 차이는 우유를 넣지 않고 진한 향신료의 맛 그대로 맑은 차로 즐기기도 한다. 마살라의 복잡 미묘한 맛을 산뜻하게 즐기려면 우유 없이, 진하고 구수한 본래의 마살라 차이를 맛보고 싶다면 우유를 넣으면 된다. 마살라는 티스푼으로 하나면 충분하다.

대구 경북대 근처에 있는 찻집 '티플라워'에 가면 마살라 차이를 꼭 맛보아야 한다. 한 번 걸렀음에도 다소 거친 입자들이 떠 있는 투박한 차를 마주하면 시간이 거꾸로 흐르는 것 같은 기분이 든다. 한 모금. 복합적인 향신료의 맛이 거칠지 않게 골고루 잘 섞였다. 서울에 사는 딸과 부산에 사는 엄마가 대구에서 만나 마살라 차이를 마셨다. 마살라 차이를 한 번도 들어본 적도 맛본 적도 없는 엄마는 이 맛을 어떻게 생각할까?

"엄마, 이건 계피 맛이 나는 인도 홍차. 우유도 들었고."

"이건 좀 여러 가지 맛이 나네?"

"어떤 맛이 나?"

"음, 계피 맛도 나고, 우유 맛도 나고."

엄마는 오랫동안 차를 음미하더니 마지막 말을 꺼냈다.

"차 맛도 나고."

"…"

엄마를 위해 차를 끓일 때는 마살라를 준비할 것이다. 따끈한 우유
와 달콤한 설탕도 조금. 그리고 마음을 다독거리는 따뜻한 향신료를
섞어 조금은 투박한 질그릇에 담아 마시련다. 홍차에도 마음이 있다
면, 마살라 차이는 마음을 다독여주는 살가운 홍차다. 엄마 마음처
럼. 세상이 외로울 때 엄마가 그리울 때 마시고픈 온기 가득한 차다.

32
허니문을 위한
일곱 가지
홍차 이야기

한동안은 청첩장이 뜸하더니 요즘 또다시 지인들의 결혼식이 빈번하여 주말마다 바쁘다. 매번 같은 형식의 결혼식이지만 신부의 웨딩드레스가 각기 다르듯이 결혼식 날 풍경이 다르다. 나이차가 많이 나는 커플, 오랫동안 사귄 커플, 뒤늦게 만나 갑작스럽게 결혼하는 커플, 신부의 볼록한 배가 유난히 시선을 사로잡는 커플, 마냥 수줍은 커플, 마냥 신나는 커플⋯ 결혼식마다 모두 다르지만 그래도 그들의 얼굴에는 큰일을 해냈다는 당당함과 새로운 인생에 대한 책임감과 기대감, 그런 것들이 엿보인다. 나는 결혼식 날 어떤 모습이었을까?

여섯번째 결혼기념일이 지나가고 나니 결혼생활이 참 어려운 일이구나, 라고 새삼 생각하게 된다. 덩치 큰 두 어른이 조각배를 타고 망망대해를 건너가는 기분이다. 하늘이 맑고 순풍이 불면 일사천리로 잘 가다가도 마음이 조금만 엇박자가 되면 그 자리에서 멈추거나 헛돌게 된다. 내비게이션이랍시고 주변사람들이 나섰다가는 배가 산으로 간다. 둘이서 50년이고 60년이고 끝장을 봐야 하는 긴 프로젝트. 끝까지 잘 해도 만기 적금통장처럼 큰 보상이 없다. 못 되면? 너덜너덜 만신창이가 된다. 그렇게 어려운 일이니 사람들이 결혼식 날이면 모두 모여 큰 축하와 격려의 인사를 해주는가보다.

사람을 온전히 받아들이고 사랑하는 게 그리 쉬운 일이 아니건만, 결혼하길 잘했구나, 라는 생각이 드는 순간도 점점 많아진다. 내가 좋아하는 것, 나의 습관, 나의 미래, 나의 생각⋯ 이런 것을 남편이 먼저 알아보고 챙겨줄 때가 많아지면 특히 그렇다. 그는 여자들만 바글거리는 찻집에서 나와 함께 차 마시는 것도 좋아하고, 다리 아파하며 걷는 여행도 늘 함께한다. 그래도 몇 가지는 도저히 서로 맞출 수 없는 게 있다. 백화점과 영화관만큼은 아직 공통분모가 적다. 그가 좋아하는 영화와 내가 보고 싶어하는 영화가 다르고, 쇼핑하는 습관은 화성인과 금성인만큼 차이가 크기 때문에 도저히 좁혀지지 않는다.

　남편이 있어 나의 차 생활이 좀 더 즐거워졌다. 차란 혼자 마시는 것보다 누군가와 함께 마시는 게 더 맛나다. 그는 대충 끓여주어도 맛있게 마시고 이런저런 평도 곁들여주어 차를 나누는 재미가 있다. 보통은 홍찻장에 가득한 차 중에 골라 마시지만 때때로 찻집 나들이 갈 때 함께 나서주기도 한다. 찾기 어려운 곳을 가거나 애프터눈티를 마실 때면 그가 동행해준다. 애프터눈티 세트는 혼자 먹기가 벅찰 만큼 양이 많으니까 둘이서 나누는 게 상책이다. 유명한 찻집이 있다고 하면 함께 가서 찻집 인테리어며 차 메뉴며 분위기 등을 살피며 꼼꼼하게 평을 나눈다. 쑥덕쑥덕. 차를 마시며 이렇게 조잘거리는 시간이 좋다. 차가 사람들 마음을 얼마나 편안하게 달래주는지 천천히 체험한 그는 이제 사무실에서 일할 때도 차를 마시고 가끔 친구들에게 홍차 이야기도 할 정도로 차 생활에 빠져들었다.

홍차 블렌딩 중에 웨딩티가 있다. 하니 앤 선스나 루피시아, 카렐에는 '웨딩'이라는 이름의, 마리아주 프레르에는 '웨딩 임페리얼'이라는 이름의 유명한 홍차가 있다. 결혼이라는 인생에서 가장 아름다운 장면을 홍차로 표현한 것이다. 결혼식 날을 위한 홍차는 아니고, 결혼 전 신부와 친구들이 모여 브라이덜 샤워 파티를 할 때 마시거나 신부에

게 줄 웨딩 선물을 고를 때 곁들인다. 신랑신부가 결혼식 날 하객들에게 감사 표시로 증정하기도 한다. 카렐에서는 하객들에게 특별한 선물을 하려는 신랑신부를 위해 그들의 이름을 예쁜 일러스트의 홍차 캔에 라벨로 프린트해주는 웨딩티 기프트 서비스를 해주기도 한다.

웨딩티의 특징은 향기로움이다. 순백의 웨딩드레스를 입은 청순한 신부를 표현한 하니 앤 선스의 웨딩은 화이트티를 베이스로 레몬향

과 바닐라향을 살짝 가미하여 보일 듯 말 듯 어여쁜 신부의 분위기를
표현했다. 핑크 장미송이를 곁들이니 자태가 더욱 고와졌다. 실크 피
라미드 티백이 빈티지 느낌의 은색 틴에 담겨 있어 결혼의 전통적인
분위기까지 느껴진다. 그에 비하면 루피시아의 웨딩은 화려한 봄날의
신부를 나타낸다. 플로럴 부케처럼 화려한 컬러의 배합에 다양한 꽃
과 과일의 향이 풍성하다. 사랑스러운 신부의 달콤한 허니문을 엿보
는 듯한 발랄한 분위기의 차다.

　마리아주 프레르의 웨딩 임페리얼은 또 다른 웨딩의 모습을 보여
준다. 아삼 찻잎에 초콜릿과 캐러멜을 입혀 깊은 향기와 달콤함을 주
는 독특한 홍차다. 화려한 겉모습이 아니라 내면의 향기가 더 돋보이
는 웨딩 임페리얼의 향은 결혼의 의미를 다시 한번 되새기게 한다. 카
렐의 웨딩티는 스리랑카 홍차에 블루베리 향이 가미된 '베리 해피'Very
Happy라는 이름의 홍차다. 달콤함이 가득한 이 홍차를 마시면 누구나
"베리 해피!"라며 행복한 기분에 빠지게 하는, 이름처럼 예쁜 차다.

　프랑스에서 어학교를 다닐 때부터 알아온 후배가 돌아오는 봄에 결
혼 날짜를 잡았단다. 그녀는 우리보다 먼저 귀국해 학교에서 공부를

마치고 지금은 어엿한 사회인이 되었다. 소년처럼 털털하고 여대생처럼 새침한 그녀는 신혼여행지로 파리를 선택했다.

결혼선물로 무엇을 해줄까 고민하다가 신혼여행에서 마실 홍차를 준비하기로 했다. 여행 첫날부터 돌아오는 날까지 매일매일 특별한 의미가 담긴 차를 마시고 아름다운 추억을 만들었으면 한다. 차는 한 번 마실 정도의 양만 티색에 넣어 향이 날아가지 않도록 예쁘게 포장하고 각각의 홍차를 선택한 이유를 쓴 작은 메모를 곁들이려 한다.

달콤한 허니문을 위한 일곱 가지 홍차 이야기

첫째 날 마시는 홍차 — 루피시아의 웨딩

결혼식의 여운이 길게 이어지도록 루피시아의 '웨딩' 티를 준비했어요. 기분 좋은 설렘, 향긋하고 로맨틱한 감성을 자극하는 아름다운 홍차. 장미송이와 매리골드, 콘플라워의 꽃향기와 예쁜 로즈 페퍼가 섞여 시각적으로 무척 아름답지요. 차를 마시는 동안 달근한 복숭아향도 감미롭게 느껴질 거예요.

둘째 날 마시는 홍차 — 브리즈의 메이플 허니

신혼여행을 프랑스어로 륀 드 미엘Lune de Miel이라고 하지요. '꿀이 흐르는 달'이라니 너무나 달콤하군요. 그래서 꿀처럼 달콤하고 고소한 향의 '메이플 허니'를 골라보았어요. 감칠맛 나게 달콤한 메이플 시럽을 톡 떨어트린 것 같은 기분 좋은 홍차랍니다. 따스하고 달콤해서 아이로 되돌아가는 느낌이죠. 일요일 아침에 엄마가 구워주던 팬케이크가 떠올라요. 두 사람의 집에서도 이제 이런 달콤한 향기가 폴폴 솟아나겠지요.

셋째 날 마시는 홍차 — 216 더 스트랜드의 플라워 부케

봄꽃이 만발할 때라 당신의 부케도 무척 아름다웠을 거예요. 그 부케에게 바치는 홍차를 준비했어요. 꽃향이 만발하는 '플라워 부케' 홍차랍니다. 우리 어머니들은 결혼식 날 웨딩드레스 대신 한복을 입으셨지요. 그래도 하늘거리는 면사포와 아름다운 부케만큼은 지금과 다름이 없었답니다. 꽃과 면사포는 신부를 더욱 돋보이게 해줍니다. 이 홍차 '플라워 부케'도 당신을 더욱 향기롭고 아름답게 해줄 거예요.

넷째 날 마시는 홍차 — 페닌슐라 티의 라즈베리

이제 조금 여행에 지칠 때가 되었군요. 오늘 아침엔 비타민이 풍부한 과일홍차로 가뿐하게 시작해보아요. 페닌슐라 티의 '라즈베리'는 정말 멋진 홍차랍니다. 라즈베리 과일의 진한 맛과 홍차 잎의 깊은 맛이 절묘하게 배합되어 있어 오전 오후 언제 마셔도 산뜻하고 깔끔하지요. 애프터눈티가 유명한 홍콩의 페닌슐라 호텔의 대표 홍차 중 하나입니다. 오늘 오후에는 파리의 리츠 호텔에서 애프터눈티를 즐겨보는 것은 어떨까요?

다섯째 날 마시는 홍차 — 마리아주 프레르의 에로스

마시고 나면 한동안 목 안에서 향긋함이 계속 느껴지는 아찔한 홍차 '에로스'. 그런데 이름처럼 관능적인 향기는 아니에요. 꽃과 과일이 한가득 들어 있는 바구니를 보는 것 같기도 하고, 발갛게 탐 스런 두 볼을 가진 소녀가 떠오르기도 하거든요. 향긋하기도 하고, 달콤하기도 하고, 심지어 새콤한 맛까지 느껴지는 좀 복잡 미묘한 차예요. 단숨에 사로잡는 향이 아니라, 마실수록 빠져들고 점점 중독되는 그런 홍차라고 할까요? 그러고 보니 '관능'보다 '중독'이 에로스에 더 잘 어울린다는 생각이 드는군요.

여섯째 날 마시는 홍차 — 소넨토르의 매직 오브 라이프

신혼여행의 달콤함 때문에 당신의 미래를 진지하게 계획할 시간이 없었을지도 모르겠군요. 그렇다면 오늘밤엔 조곤조곤 이야기를 나눠보아요. 소넨토르Sonnentor는 유기농 허브차를 멋지게 블렌딩하여 늘 상쾌한 맛을 선사하는 오스트리아 홍차회사입니다. 몸과 마음을 다독여주고 자연스러운 기운을 북돋워주는 유기농 허브차들이 많지요. '매직 오브 라이프'는 순수한 화이트티와 생강, 레몬그라스, 시나몬이 참 예쁘게 배합되어 있어 향긋하면서도 온몸을 깨워주는 효과가 있답니다. 인생의 마법 같은 순간을 계획해보세요.

일곱째 날 마시는 홍차 — 로네펠트의 모닝 드림

오늘 아침은 조금 특별할 것 같아요. 여행을 끝내고 이제 익숙한 일상에서 둘만의 삶을 이끌어가야 할 순간이 왔으니까요. 오늘아침에는 연둣빛 꿈을 담은 차를 마셔보아요. 로네펠트의 '모닝 드림'은 홍차 잎이 아니라 녹차 잎에 달콤한 과일향과 꽃잎이 살포시 곁들여진 상쾌한 차랍니다. 연둣빛 찻물은 경건한 약속을 말하듯 마음을 차분하게 해준답니다. 맑은 차처럼 항상 향기로운 삶을 이루길.

33
파리에서는
테를 마시고
런던에서는 티를 마신다

테thé와 티tea. 차를 뜻하는 두 나라의 언어는 뜻도 같고 음도 비슷하지만, 파리와 런던의 차 문화는 서로 많은 차이점이 있다.

프랑스에서 차는 이국적인 음료다. 중국에서 시작되고 지금은 중국 본토와 히말라야 지역, 인도와 스리랑카에서 오는, 말 그대로 동방의 산물이다. 그 멀고 먼 동방에서 프랑스에 도착한 신비로운 음료. 그래서 프랑스인들은 차에 스며든 낯선 향기와 풍경, 그리고 감수성까지 느끼고 싶어한다. 차는 멀고 먼 곳과 지금의 이곳을 이어주는 신비로운 초록빛 물방울이다. 루이 14세 때 프랑스에 처음 커피가 전해진 후 생제르맹데프레에 '프로코프'Procope라는 카페가 처음 문을 열었을 때, 서빙하는 갸르송Garçons들조차 터번을 두른 아라비아 사람들로 구성하여 본토에서 커피를 마시는 듯한 즐거움을 선사했다고 하니, 프랑스 사람들은 이국적인 풍물을 즐기는 데 무척 관대했던가보다. 프렌치 스타일로 변화하는 것보다 특색 있는 그 자체 그대로 맛보고 음미하던 진정한 탐미의 법칙이 그 시절부터 지금까지 이어지는 것을 보면.

그에 반해 영국의 차 문화는 애프터눈티로 대표되는, 자신들만의 세련된 풍습이다. 귀족처럼 잘 차려입은 교양 있는 사람들이 과자가 층층이 담긴 커다란 서빙 접시와 통통한 티포트를 앞에 두고 마음껏 자신을 드러내는 시간이다. 리츠 호텔과 포트넘 앤 메이슨의 세인트 제임스 레스토랑 등 유명한 티룸에는 오후 시간이면 자리가 없을 정도로 사람들이 많이 모인다. 근사한 장소에서 오후의 티타임을 즐기는 것은 영국인들이 전통에 대한 자부심을 표현하는 것과 마찬가지다. 차는 그들에게 오래전부터 행해온 전통적인 습관을 다시 한번 확인하고 재현하는 자신들만의 문화다.

양국의 홍차회사들을 살펴보면 프랑스와 영국의 차이점을 좀 더 쉽게 알 수 있다. 마리아주 프레르와 팔레 데 테, 쿠스미, 테 오 도 등 프랑스 홍차 브랜드가 이국적인 독특한 특색을 가진 홍차를 자신들의 메인 아이템으로 소개한다면, 트와이닝스, 포트넘 앤 메이슨, 해로즈, 위타드 등 영국 홍차회사들은 영국인들이 사랑하는 홍차 위주로 라인업을 짜놓고 있다. 물론 가향차의 스타일도 서로 확연히 다르다.

파리는 홍차보다 에스프레소와 핫 초콜릿이 더 인기가 많고 영국은 뭐니 뭐니 해도 전통적인 홍차 풍습을 그대로 유지하고 있으니 차의 규모나 역사가 서로 다른 이 두 나라를 직접 비교한다는 것은 무의미한 일이다. 이 두 가지 차이점은 양국의 차 문화에 대한 하나의 단면 정도로 이해하면 좋을 것 같다. 차란 전통적인 음료인가, 아니면 이국적인 음료인가? 이것은 꼬리를 물고 이어질 아주 기본적인 질문에 불과하다. 무엇보다 파리와 런던이라는 두 도시는 홍차를 즐기기에 손색이 없는 곳이라는 점만은 틀림없다.

"이 홍차 다즐링 남링이 맞나요?"

고민고민 끝에 나는 나이 지긋한 직원을 불렀다. 마카롱과 초콜릿, 에스프레소 등 모든 것이 다 훌륭하다고 소문이 자자한 파리의 유명한 과자가게 '라듀레'Laduree의 살롱 드 테. 차가운 파리의 늦가을 날 생제르맹데프레의 여러 서점을 구경하던 나의 발길을 붙잡은 달콤한 가게였다. 나는 초콜릿 에클레르와 남링 다원의 다즐링 홍차를 주문했다. 그런데 차의 향기를 음미하는 순간, 뭔가 이상했다. 다즐링의 향이 이렇게 달콤하다니, 뭔가 이상한데…

"그럼요. 다즐링입니다."

금세 달려온 정장차림의 무슈가 활짝 웃으며 대답한다.

"아닌 것 같은데요…"

"그럼, 제가 한번?"

그는 찻주전자를 들어 올려 뚜껑을 열고 향을 맡더니 이윽고 이야기한다.

"이건 과일향이 나네요. 새로 다즐링을 갖다 드리겠습니다."

그는 씽긋 웃으며 재빨리 찻주전자를 가져갔다. 다시 내게 온 찻주전자에는 푸릇푸릇하고 담백한 향이 가득한 다즐링으로 채워져 있었다. 진하지 않지만 마실 만했다. 내 옆자리에는 할머니가 손자손녀를 데리고 핫 초콜릿과 과자를 주문해서 맛보고 있었다. 교양 있는 목소리로 아이들에게 이런저런 이야기를 나누던 할머니는 아이들의 시선이 자꾸 우리 테이블로 향하자 몇 마디 나지막하게 주의를 주었다. 파리에서는 흔히 있는 일이다. 동양에서 온 사람들이 프랑스의 꼬마들을 요정처럼 바라보듯이 이들의 눈에도 우리가 특이하게 생긴 인형처럼 보일 테니.

이렇듯 정통 살롱 드 테가 있는가 하면 마레 지역에 있는 '르 루아 당 라 테이에르'Le loir dans la théière('찻주전자에 빠진 쥐'라는 뜻)는 학생들이나 젊은이 커플이 자주 오는 곳이다. 오후 3시까지는 브런치 타임이고 그 이후부터는 디저트와 차를 마실 수 있는데, 갈 때마다 자리가 없을 정도로 인기가 많다. 그날그날마다 오늘의 디저트 메뉴가 바뀌기 때문에 보통은 케이크 진열대에 놓여 있는 다양한 타르트, 무스 케이크, 샤를로트 등의 디저트를 구경한 다음 원하는 것을 주문하게 된다. 디저트를 주문하려는 사람들은 누구나 케이크 진열대로 한 번씩 왔다 갔다 해야 하니 찻집 안은 늘 북적거린다.

모든 디저트가 다 맛있다. 적당히 달고 기분 좋을 정도로 촉촉하다. 차를 주문하면 잎차를 한 포트 담아 스트레이너와 함께 제공하고, 핫 초콜릿은 뚜껑 없이 길쭉한 초콜릿 포트에 담아 내준다. 에스프레소 맛도 적당하니 좋다. 중년의 신사들이 담소하는 장소로, 대학생들이 세미나하는 장소로, 커플들이 데이트하는 장소로도 손색이 없다. 아기를 데려온 커플과 그의 친구들도 기분 좋게 쉬었다 가는 자유롭고 편안한 장소다. 북적거리는 사람들 틈으로 마시는 차 한 잔이 왠지 익숙한 편안함을 주는 것은 왜일까?

파리에서 홍차 하면 빼놓을 수 없는 장소가 바로 마리아주 프레르다. 오래된 석조건물들로 가득한 파리에서 유난히 낡은 목조형 외관을 자랑하는 마리아주 프레르 홍차가게는 1854년부터 그 자리를 지켜온 프랑스 홍차의 대표적인 살롱 드 테다. 두 개의 숍이 서로 마주 보고 있는 유서 깊은 홍차가게 안으로 성큼 들어가면 어두컴컴한 실내에 커다란 홍차통들이 벽면을 채우고 있는 것을 목격할 수 있다. 손님들이 점원에게 원하는 홍차를 주문하면 이 커다란 통에서 꺼내 종이봉투에 담아준다. 특유의 까만색 홍차통에 든 수많은 홍차는 물론이고 보라, 핫핑크, 샛노랑의 예쁜 통에 든 선물용 홍차 세트나 미끈하게 잘 빠진 마리아주의 예쁜 다구 세트도 구입할 수 있다.

🏠 르 루아 당 라 테이에르 살롱 드 테 ↑
3 rue des Rosiers 75004 Paris
T. 01-42-72-90-61
OPEN 11:30~19:00(월~금), 10:00~19:00(토~일)

🏠 라 자코빈 살롱 드 테 ↓
Cour du Commerce Saint-Andre 75006 Paris
T. 01-46-34-15-95
OPEN 11:30~23:30(월~일)

한쪽 벽에는 컬렉터용 캐니스터와 기념품들도 있는데 가격이 너무 높아 그저 구경하는 것만으로 위안을 삼게 되는 물건들이다. 잘생긴 청년들의 깍듯한 서비스를 받으며 애프터눈티를 마실 것인가? 아니면 마리아주 홍차의 역사를 한자리에서 감상할 수 있는 박물관을 구경할 것인가? 오늘은 마리아주의 역사를 살펴보기로 했다. 좁고 가파른 계단을 따라 2층으로 올라가면 2백 년 전으로 훌쩍 시간여행을 떠난 것 같은 독특한 장소가 펼쳐진다.

니콜라 마리아주Nicolas Mariage가 동인도회사와 무역협정을 체결할 루이 14세의 대표인단으로 인도를 밟은 것은 1660년의 일. 한 세기 후 장 프랑수아 마리아주Jean-François Mariage가 홍차와 향신료 협정을 달성하여 프랑스 북부 도시 릴에서 무역업을 시작하고 그의 아들들이 그를 도와 릴과 파리에서 상업전선에 뛰어듦으로써 마리아주 패밀리의 이야기가 시작된다. 1854년에 그의 손자인 앙리와 에두아르가 파리의 이 낡은 홍차가게를 마리아주 프레르라 이름붙이고 최초로 프랑스 홍차 수입업자가 되어 본격적으로 홍차사업을 시작했고, 지금은 모두 32개 지역에서 수입한 450여 가지의 차를 소개하는 홍차 전문회사가 되었다.

두 개의 홀에 빽빽하게 옛 물건으로 채워진 마리아주 박물관에는 홍차를 수입하면서 썼던 다양한 서류며 홍차를 달았던 저울과 홍차의 옛 시대를 증언하는 수많은 보관함, 홍차 잔과 주전자, 피크닉 박스 등이 시대별로 간단하게 구분되어 있다. 찻잔 입구에 조그마한 칸막이가 되어 있는 독특한 찻잔도 많았는데, 이는 콧수염을 기르던 당시 신사들이 콧수염을 적시지 않고 차를 마실 수 있도록 배려한 스타

🏠 **라듀레 살롱 드 테** ↑

21 rue Bonaparte 75006 Paris
T. 01-44-07-64-87
OPEN 8:30~19:30(월~금)
　　　8:30~20:30(토)
　　　10:00~19:30(일, 공휴일)
www.laduree.com

🏠 **마리아주 프레르 살롱 드 테** ↓

30 rue du Bourg-Tibourg 75004 Paris
T. 01-42-72-28-11
OPEN 10:30~19:30(티숍, 티 뮤지엄)
　　　15:00~19:00(살롱 드 테)
www.mariagefreres.com

일이라고 한다. 쇠붙이 주물 찻주전자에서 어느새 도자기 찻잔 시대를 맞이하며 새로운 유행의 급물살을 타던 그 시절이 눈앞에 떠오르는 것 같다. 인도차이나의 콜로니얼 스타일 주택에서 하인들의 차 시중을 받으며 우아하게 의자에 앉아 홍차를 마시던 어느 여인의 한가로운 일상이 펼쳐진다. 나무궤짝으로 만든 운반용 홍차통, 여러 겹을 입혀 향과 맛이 변하지 않도록 잘 다듬어놓은 홍차보관함 등 다른 곳에서는 볼 수 없는 재미있는 풍경들이 이 작은 공간을 가득 채우고 있다.

　파리 카페의 대명사로 불리는 '카페 드 플로르'Café de Flore나 파리의 호텔 레스토랑 재벌인 코스트Costes 형제의 수많은 카페 중 하나인 '카페 드 보부르'Café de Beaubourg에서도 마리아주 홍차를 맛볼 수 있다.

마리아주 살롱 드 테와는 다른 분위기지만 관광객과 파리지엔들이 서로 섞여 차와 커피와 핫 초콜릿을 즐기는 카페 드 플로르나 퐁피두 센터와 광장을 눈앞에 내려다보는 모던한 분위기의 카페 드 보부르에서 마리아주의 향기로운 차를 마시는 것도 독특한 경험이 될 것이다.

콩피에뉴Compiègne라는 작은 궁정도시에 전시회를 보려고 잠시 다니러 갔다가 우연히 발견한 찻집 '플레르 뒤 테'Fleur du thé('녹차의 꽃'이라는 뜻)는 아마도 영원히 기억하게 될 것 같다. 마을사람들의 사랑방을 자처하는 동네 찻집이었는데, 좁은 공간 곳곳에 티포트와 찻잔으로 아기자기하게 꾸며놓은 것은 물론이고 따끈하면서도 달콤한 향기가 솔솔 퍼져 나와 사람들의 발길이 저절로 찻집 안으로 향하게 되는 곳이었다. 에스프레소가 간절했던 나와 일행은 얼른 찻집으로 들어가 자리를 잡았다. 오후의 티타임을 즐기러 나온 동네사람들이 한 켠에 자리 잡고, 아기와 나들이 나온 앳된 엄마와 아이 보는 것이 마냥 서투른 할머니 삼대가 다른 쪽에 앉았다. 커다란 칠판에는 오늘의 디저트가 십여 종 가량 손글씨로 씌어 있었다. 간단하게 에스프레소만 마시고 일어나려 했는데, 디저트 메뉴를 보니 생각이 바뀌었다. 진한 초콜릿케이크와 블루 오키드라는 이름의 홍차를 주문했다.

찻잔은 빈티지 시장에서 구입한 듯 무늬가 색달랐고 포크와 스푼도 낡았지만 깨끗하게 잘 닦여 있었다. 차는 둥글납작한 일본풍 주물 찻주전자에 담겨 있었다. 동네 찻집인데도 제법 그럴싸했다. 케이크 맛은 평범했지만 곁들여진 캐러멜 소스가 예술이었다. 끈적이지 않고 입 안에서 살살 녹는 캐러멜 소스는 굵은 소금으로 간을 해서 감칠맛 있게 달콤했다. 짧은 금발이 마음대로 흩날리는 통통한 몸집의 주인아주머니는 사람 좋아 보이는 표정으로 우리 테이블로 가까이 와서 우리에게 찻잔의 온기만큼 아름다운 웃음을 보여주었다. "맛이 어때요? 더 필요한 것은 없나요?" 손님들과 허물없이 뽀뽀 인사를 주고받으며 서로의 안부를 물어보면서도 타지 손님도 꼼꼼히 챙길 줄 아는 마음이 동네 인심을 느끼게 해주었다. 그날 맛본 캐러멜 소스만큼이나 달콤한 오후가 흐르고 있었다.

11월 초의 런던은 벌써 크리스마스 분위기에 한껏 취해 있다. 셀프리지나 해로즈 등 모든 백화점이 크리스마스 시즌을 대비한 화려한 디스플레이 쇼를 펼치고 모든 상점들이 크리스마스 상품을 판매하며 때 아닌 세일 행렬이 이어진다. 특히 런던의 크리스마스는 맛보고 마시는 모든 것들이 총집합한다. 백화점 내의 거대한 푸드 홀은 모두 크리스마스용 케이크와 푸딩, 퍼지 등 달고 화려한 케이크와 캔디의 행렬이다.

홍차를 좋아하는 사람이라면 이때를 놓치지 말고 피카딜리 서커스에 있는 포트넘 앤 메이슨으로 가야 한다. 크리스마스를 축하하며 마실 크리스마스티와 희귀한 차들만 세트로 모아 둔 레어티Rare Tea 선물 세트며, 각종 홍차와 과자, 케이크가 발 디딜 틈 없이 화려하게 채워져 있다. 수많은 사람들이 홍차를 사려고 몰려들었고, 덕분에 오랜만에 런던에 들렀지만 애프터눈티 타임을 즐길 겨를이 없었다. 포트넘 앤 메이슨의 레스토랑 세인트제임스나 티 팰리스의 티룸 등 유명한 티룸들은 모두 크리스마스 선물의 즐거움을 만끽하고자 쇼핑을 나온 사람들로 가득했기 때문이다. 나이 지긋한 사람이건, 젊은 커플이건 샴페인과 함께 식사를 하거나 차를 마시며 번잡한 쇼핑의 스트레스를 날려버리고 있었다. 런던의 티룸 정보를 얻으려고 홍차의 달인 제인 패티그루Jane Pettigrew의 책을 비롯해서 몇 권의 책을 미리 사두었건만 별 소용이 없었다. 노팅힐 포토벨로 마켓과 가까운 티 팰리스 티룸은 노팅힐 지역 레이디들은 다 모인 것처럼 바글거리며 '애프터눈 수다' 를 즐기고 있었다. 레이디만 있는 것은 아니었다. 과묵하고 근엄한 런던 신사들조차도 애프터눈티 타임에는 수다왕을 겨루듯 흥미진진하게 목소리를 높이고 있었으니.

솔직히 말해 '오후의 여유로움을 즐기는 애프터눈티 타임'이란 책에 등장하는 문구일 뿐이다. 여행자들에게는 런더너들의 길고 긴 수다를 견뎌낼 마음의 준비도 부족하거니와 정신없이 북적거리는 티룸에서 테이블을 차지하고 있는 것도 그리 편안하지 않다. 오히려 아침 시간, 모닝티와 함께 신문을 읽거나 책을 읽는 시간이 좀 더 여유로울 것이라 생각된다. 비록 근사한 애프터눈티 세트는 그림의 떡이 되겠지만.

쇼핑몰 인근 티룸에서 쉬겠다는 생각을 버리고 박물관 쪽으로 발걸음을 옮겼다. 런던에서 가장 훌륭한 컬렉션 중 하나로 손꼽히는 월리스 컬렉션은 프랑스 회화사의 굵직한 작품들을 모두 모았다고 할 정도로 빛나는 작품들로 가득하다. 이곳이 멋진 이유는 아름다운 18세기 풍 저택 곳곳에 자연스럽게 그림과 예술품들을 전시하여 저택 안에 걸린 소장품을 구경하는 듯한 감회에 젖게 해주기 때문이다. 절반쯤 갤러리를 돌았을까? 뒤쪽 중정 부근에 사람들이 모여 있는 것이

월리스 컬렉션 레스토랑

Wallace Collection Hertford House
Manchester Square, London W1U 3BN
T. 207-563-9500
OPEN 10:00~17:00(일~목)
      10:00~23:00(금~토)
www.wallacecollection.org

보였다. 중정을 개조해서 천정을 투명하게 막아 티룸 겸 레스토랑으로 운영하고 있는데, 환하고 자유로운 분위기가 물씬 풍겼다. 그림 구경을 적당히 마무리하고 얼른 티룸으로 자리를 옮겼다.

　일행과 함께 애프터눈티 세트와 크림티 세트를 나란히 주문했다. 오늘의 차는 얼그레이와 페퍼민트. 포슬포슬하면서도 담백한 스콘, 적당히 달고 맛있는 케이크, 버터를 얇게 바른 빵에 저민 오이를 넣은 영국식 샌드위치 등 담백하고 푸짐한 식사 같은 메뉴가 등장했다.

다른 사람들도 옵션 메뉴인 샴페인을 한 잔하면서 3단 서빙 트레이를 흡족한 마음으로 즐기고 있었다.

이곳 티룸에는 캐비아와 푸아그라 등 짭조름한 간이 되어 있는 메뉴로 구성된 프렌치 애프터눈티 세트와 스콘, 샌드위치, 달콤한 케이크로 구성된 잉글리시 애프터눈티 세트의 두 가지 메뉴로 차별을 두었다. 들은 바에 따르면 애프터눈티 메뉴는 리필이 가능하다고 하는데, 사실 서비스되는 메뉴조차도 너무나 양이 많아 다 맛보지 못할 지경이라 리필은 생각조차 하지 못했다.

내셔널 갤러리의 티룸에서도 비교적 한가하게 여유를 즐길 수 있었다. 나처럼 급한 볼일을 보다가 시간이 비어 찻집에서 잠시 휴식을 취하는 사람들이 눈에 띄었다. 트렌치코트를 입고 두툼한 서류가방을 든 중년의 비즈니스맨, 느긋하게 산책을 나온 노년의 신사, 모처럼 서로의 안부를 확인한 중년의 레이디들이 자그마한 테이블 위에 찻잔과 3단 서빙 트레이를 하나씩 놓고 나름의 방식대로 휴식을 취하는 중이었다. 내 시야에는 중년의 신사가 신문을 보며 달콤한 케이크를 모두 먹어치우는 장면이 포착되었다. 피식, 웃음이 나온다. 술과 담배가 아니라 홍차와 케이크라니, 우리 아버지들에게도 이런 달콤한 여유를 선사할 수 있다면 얼마나 좋을까?

34
소설가
구보 씨는
홍차를 마셨다

해가 좋을 때 보성 차밭을 보려고 차를 달렸다. 목포에서 보성으로 한참을 달리던 중 이정표에 강진이 나타났다. 강진 인근 산허리에 차를 좋아했던 다산 정약용이 유배를 내려와 한동안 머물렀던 작은 집이 있다. 다산초당. 그곳을 보고 보성으로 넘어가야겠다는 생각이 들었다. 다음 교차로에서 오른쪽으로 방향을 틀어 좀 더 남쪽으로 향했다.

다산초당에 가려면 산 아래에 차를 세우고 걸어 올라가야 한다. 적당히 다리를 움직이니 산허리쯤에서 한옥과 정자가 보인다. 본채와 좌우 두 채로 구성된 작은 한옥이다. 한 사람이 들어가서 자리 펴고 누우면 딱 맞을 정도로 작은 집. 다산은 그 집에 2천여 권의 서책을 가져와 마음껏 탐독하며 벗과 제자들을 만났다고 했다. 그리고 차나무를 심고 그 찻잎으로 손수 차를 만들어 멀리서 온 벗과 나누었다. 차를 마시고 서책을 읽는 선비, 벗과 제자들과 학문을 나누던 선비는 그럼에도 불구하고 외로움을 느꼈을까? 먼 곳에 있는 임금, 그 님을 향한 애끓는 마음으로 망향의 한을 달래던 정자 너머로 푸른 강물이 강진을 가로지르며 남해로 흘러 들어간다.

예부터 문인들은 차를 사랑했다. 푸른 잎이 만들어내는 구수한 향기가 그들 마음에 어떤 깊은 흔적을 남긴 것일까? 다산茶山이라는 이름에서도 알 수 있듯이 정약용의 차 사랑은 이루 말할 수 없을 정도로 컸다. 스스로 차나무를 재배하고 직접 따서 차를 만들던 유배시절이 고달프다고만 할 수 있으랴.

서양의 문인들도 마찬가지다. 멀게는 라신, 제인 오스틴, 바이런, 오스카 와일드가 차 없이는 글을 쓸 수 없는 사람들이었고, 근대의

작가들은 카페와 살롱 드 테에서 한 잔의 커피 혹은 찻주전자를 앞에 두고 글을 쓰고 토론을 벌였다. 사르트르와 보부아르가 토론을 벌였던 파리의 '카페 드 플로르', 헤밍웨이가 자주 찾았던 카페 '레 되 마고'Les Deux Magots, 그들은 커피나 차를 마시고 그 향기 속에서 글을 썼다.

차의 향기를 몹시 사모했던 프랑스 극작가 장 주네Jean Genet는 '쉬폰 티'Chiffon Tea라는 아름다운 차의 이름을 자신의 문학작품 속에 만들어냈고, 골루아즈Gauloises 담배를 입에 달고 살던 프랑수아즈 사강도 지인들과 차를 마시는 일에는 소홀함이 없었다. 사람들이 길고 긴 소설 『잃어버린 시간을 찾아서』는 몰라도, 그 작품을 통해 마들렌 과자만큼은 더없이 유명하게 만들었던 마르셀 프루스트도 어렸을 적부터 홍차를 마셨다. 할아버지와 함께 마신 홍차로 인해 그의 유년은 더없이 사랑스러운 기억으로 자리 잡았다.

파리의 홍차가게 중 '테 데 제크리방'Thé des ecrivains이라는 곳이 있다. '작가들의 차'라는 뜻이다. 자고로 글을 쓰는 사람들은 예나 지금이나 전 세계를 돌아다니며 다양한 것을 수집하고 독특한 이야기를 듣는 것을 즐겼는데, 전 세계의 작가들의 영감과 열정을 들여다보면 '차'라는 공통분모가 조금은 보이는 듯하다. 조르주 에마뉘엘 모랄리Georges Emmanuel Morali는 작가들에게 영감을 주는 재미난 일을 해보려고 고민하다가 '차'에 매료되어 1998년 테 데 제크리방을 설립한다. 유럽과 아시아, 아메리카 대륙을 훑으며 날아온 신선한 바람을 아홉 가지 홍차로 표현하고 여기에 작가들의 보헤미안적 기질을 부채질하듯 에스닉한 감성이 가득 담긴 여행첩이며 노트, 메모패드들을 더했다. 러시아, 프랑스, 미국, 일본, 영국, 독일, 이탈리아의 작가들과 중국의 유학자를 기념하는 홍차 등 그 나라의 대문호로부터 영감을 얻은 색다른 블렌딩으로 홍차를 만들었는데, 파리의 북 페어Salon du Livres에 이들 홍차를 소개함으로써 큰 인기를 얻었다. 파리 마레 지역에 있는 본점 외에도 다양한 문구점, 자연주의나 여행을 다루는 독특한 콘셉트 숍 등지에서 테 데 제크리방의 차와 문구류를 구입할 수 있다.

보드카와 스위트오렌지 향을 가미한 러시아의 홍차는 톨스토이, 체호프, 도스토예프스키 등 거장의 작품만큼이나 육중한 울림을 갖고 있고, 바이런, 디킨스, 셰익스피어를 기념하는 영국의 홍차에는 장미향에 캐러멜크림과 바닐라가 섞여 나긋나긋한 울림이 있다. 일본의 홍차는 어떤가? 가와바타 야스나리, 미시마 유키오 등 일본 근대 작가들을 표현하기 위해 체리향을 가미한 일본 센차에 살짝쿵 마라스키노(버찌술) 시럽이 가미되어 순수한 면과 톡 쏘는 토닉 같은 느낌이 공존한다.

생생한 펄프의 느낌이 고스란히 묻어나는 여행첩이며 중국 고서처럼 매듭으로 엮은 노트들도 색다르다. 자연스런 컬러감이 묻어나는 한지로 커버를 씌운 메모패드도 좋다. 색종이 세트처럼 편지지와 봉투, 메모노트, 연필 등이 함께 들어 있는 어린이용 작문 키트도 있다. 작가들의 보헤미안 감성을 최대한 끄집어내는, 그리하여 낯선 곳으로 여행을 떠나게 만드는 독특한 콘셉트의 홍차가게다.

테 데 제크리방을 처음 접한 곳은 리옹에서 자주 가던 서점 겸 카페 '내게 세상을 이야기해주오'Racontez-moi la terre에서다. 1층은 전 세계의 어디로든 떠나고 싶은 사람들을 위해 각종 여행 잡지며 여행 에세이를 집중적으로 다루는 여행 전문 서점이고, 나무계단을 올라가면 2층에 아담하고 편안한 분위기의 카페가 있다. 프랑스의 다른 카페와는 달리 수마트라, 콜롬비아, 케냐 등 다양한 나라에서 수확한 원두를 베이스로 만든 에스프레소를 마실 수 있고 미국식 정통 치즈케이크를 맛볼 수 있는 곳이었다.

카페 벽 구석구석에 작가들이 여행에서 영감을 얻은 스케치며 아름다운 글들을 전시하던 이곳에서 맛볼 수 있는 홍차가 바로 '테 데 제크리방'이다. 서점 한 켠에는 노트패드며 여행첩이며 보헤미안의 감

성을 자극하는 테 데 제크리방의 문구류들이 진열되어 있고, 2층에서
는 전 세계 작가들에게 헌정한 홍차를 판매한다. 이곳의 콘셉트를 잘
살려주는 홍차가 때마침 존재하고 있었으니 카페 주인의 입장에서도
얼마나 반가웠으랴.

보성에 도착했다. 겨울 차밭이건만 여전히 푸르다. 하얗고 둥근 녹차
꽃이 피고 진 흔적도 묵은 잎들이 말라붙은 잔가지도 언뜻 눈에 스쳤
지만 차나무는 봄날처럼 푸르름을 간직하고 있다. 따뜻한 봄날의 기
운에 물들지 않고서는 새잎을 피우지 않지만 묵은 잎들이 여전이 깐
깐한 모양새로 단단하게 뿌리박고 있었다. 차나무에게 죽음은 없다.
뜨겁게 생명을 꽃피운 후에 숨죽인 휴식이 뒤따를 뿐, 그 어디에도
죽음은 없다. 그것이 나무가 가진 미덕인가보다.

　따뜻한 봄이 오면 햇차를 마시러 다시 와야겠다. 햇차의 맛을 알게
된 후에는 좋은 차에 대한 열망이 더욱 강해졌다. 좋은 시기에 따서
곧장 만든 생생한 햇차는 생각만으로도 입 안의 혀가 꼬물거릴 정도
다. 우리나라의 몇몇 다원에서도 홍차를 생산한다. 우리 녹차를 발효
하여 만든 홍차는 스모키한 훈연향이 깊이 풍기고 타닌의 향도 풍부
하여 맛이 무척 독특하다. 불과 나무의 향기가 입 전체를 휘감는 듯
한 강렬함, 단맛과 짠맛, 신맛이 모두 느껴지는 복잡 미묘한 맛과 향.
강한 인상을 가진 차다.

　우리나라 최대 녹차 산지인 보성도 한때 홍차 생산량이 녹차 생산
량의 두세 배에 이른 적이 있었다. 먼 과거의 일이 아니라 1980년대까

지 홍차는 우리나라 사람들이 즐겨 마시는 음료였던 것이다. 우리나라에 홍차가 들어온 것은 일제강점기 때다. 대한제국의 고종황제가 경운궁(덕수궁의 옛 이름)에서 커피를 마시던 그때, 서양문화의 하나로 우리 땅에 정착한 홍차는 서양인들이 즐겨 찾던 호텔, 레스토랑, 카페를 위주로 다양하게 소개되었다. 인텔리들의 휴식장소인 카페가 당시 경성 시내에 우후죽순 생겨날 무렵에는 서양의 문화를 즐기고 싶어한 젊은이들이 커피와 더불어 홍차 맛에 이끌렸다.

색다른 서양 문화를 경험하기 위해 홍차를 마시는 사람들이 늘어나자 우리나라에서도 홍차 생산이 본격적으로 이루어진다. 녹차는 아직 대중적 인식이 미흡했고 홍차는 서양 문화의 하나로 알려져 있어 커피의 대체 기호품으로 자리 잡고 있었던 것이다. 우리나라에서 생산되는 홍차는 대부분 간편하게 마실 수 있는 티백 제품이었다. 한가로이 티타임을 즐길 만한 여유가 없던 시절, 대중적인 퀄리티로 저가에 공급된 티백 홍차들은 그나마 문화의 향기를 전해주는 존재였다.

1980년이 지나면서 대세는 바뀌게 된다. 오일쇼크 이후 수입품인 커피보다는 우리나라에서 생산되는 차를 애용하자는 움직임이 컸고 이에 발맞춰 녹차의 생산량이 늘게 된다. 이즈음에 티백 제품이 주를 이루던 우리나라 홍차 시장은, 그러나 그마저도 일부 몰지각한 상인들이 불량 홍차, 저질 홍차를 만들어내는 바람에 급속도로 추락하고 만다. 게다가 다양한 맛과 향과 효능을 가진 수많은 건강음료들이 쏟아져 나오니 저가 음료 시장에서 홍차의 입지는 점점 축소되었고 어느새 자취를 감추는 상황이 되어버렸던 것이다.

그래도 기억에 남아 있는 홍차 음료 광고가 있다. "홍차의 꿈~"이

보성의 겨울 녹차밭

라는 광고 카피와 함께 붉은색 캔에 담긴 아이스홍차는 커피나 콜라와는 다른 맛으로 다가왔다. 비슷한 시기에 달고 진한 캔 밀크티도 등장했던 기억이 난다. 달고 맛이 특이했지만 우리에게 처음으로 밀크티의 맛을 전해준 장본인이다. 요즘에는 대중음료도 고급화되고 타깃이 분명한 색다른 음료들이 많이 등장하고 있는데, 덕분에 홍차 음료가 다시 빛을 보고 있는 시점이기도 하다. 슈퍼마켓이나 편의점에서 몇 종류의 홍차 음료들을 발견할 수 있다. 아직은 맛이 많이 부족하기는 하지만 등장해준 것만으로는 반가워해야 할 상황이다.

우리 음료 시장에서도 홍차는 충분히 어필할 수 있고 커질 수 있는 분야다. 일본의 슈퍼마켓에는 포숑이나 오후의 홍차, 일동홍차, 립턴 등 수많은 브랜드들이 만들어내는 홍차 음료가 즐비하다. 맛의 퀄리티도 상당히 좋다. 포숑의 로열 밀크티를 길거리에서 마실 수 있다니 홍차의 천국이 따로 없다. 홍차뿐만 아니라 맛있는 차 음료가 길거리 자판기에서 엄청나게 팔리고 있다. 일본의 차 문화를 보면 그 다양함과 폭넓음이 늘 부럽기만 하다.

옛 종로1가 33번지, 피맛골 안 옛 300번지, 신신백화점이 있던 자리. 우리나라 작가가 만든 첫번째 다방이 1933년 7월 14일 문을 열었다. 천재 시인 이상李箱이 스물네 살 때 금홍이와 함께 차린 '제비다방'이다. 집문서를 잡혀가며 개업한 카페에서 주인은 뒤켠에 앉아 글쓰기에만 몰두했으니 영업이 잘 되었을 리 없다. 2년을 채 못 버티고 문을 닫아야 했다. 그럼에도 불구하고 제비다방은 문인들의 아지트로 확실히 자리매김했었다.

당시 경성은 오늘날처럼 커피를 마실 공간이 번성했다. 조그마한 도심에 수천 개의 다방이 있었고 이곳에서 커피와 홍차를 마셨다. 식민지 시대에 태어난 예술가가 할 수 있는 일이란 양탕국* 같은 커피를 마시고 담배 연기를 내뿜고 붉은색 홍차를 마시고 축음기로 음악을 들으며 글을 쓰는 것뿐이었는지도 모른다. 새로운 서양문물에 푹 젖어보고 싶었던 마음이 암울한 시절이라고 어찌 없었으랴. 하루 벌어 먹기도 힘든 시절이었지만 다방에는 인텔리 룸펜들이 가득했다.『소설가 구보 씨의 일일』의 작가 박태원은 이상과 동료 문인 이상의 우정을 나누며 제비다방에 자주 드나들었다. 구보 씨는 이상의 다방에서 커피와 홍차를 마셨다.

제대로 말아먹은 이상의 제비다방은 물론이고, 동경미술학교 출신의 이순석이 개업한 낙랑파라, 예쁜 여급이 많았다는 낙원동 카페엔젤 등 당대 잘나가던 다방들도 해방과 전쟁의 격동기를 겪으며 역사의 뒤안길로 사라졌다. 건물이 있던 자리는 모두 거대한 도로와 높은 빌딩들이 대신 점령했다. 수많은 목마른 영혼들이 머물던 곳이 자취없이 사라졌다.

하지만 작가들이여, 실망하지 말기를. 아직 가볼 곳이 있다. 이상과 함께 '구인회'라는 이름으로 문학 활동을 했던 이태준 선생의 옛집 '수연산방'이 맛있고 운치 있는 찻집으로 바뀌어 작가의 영감이 필요한 사람들을 불러들이고 있으니까.

* 커피가 우리나라에 소개될 때 서양에서 온 검은 탕약 같다 하여 '양탕洋湯국'이라 불렸다.

35
내가
좋아하는
차 공간

'차야'가 사라졌다. 대학로에 있던 찻집 '차야'가 문을 닫았다. 나름 홍차인들 사이에서 인기 찻집으로 오랫동안 유명했던 곳이었다. 애프터눈티며 다른 홍차들도 제법 인기가 좋아 한번 가봐야지 생각만 하다가 오랜만에 대학로에 간 김에 차야를 찾아갔다. 그런데 찻집은 문을 닫은 지 오래된 것처럼 보였다. 어두운 찻집 안을 들여다보다가 그만 발길을 돌렸다. 왜 대학로에 있는 홍차 카페들이 하나둘 문을 닫고 있는 것일까?

　어쩌면 대학로는 홍차라는 문화가 계속 유지되기에 서로 코드가 맞지 않을 수도 있다. 날마다 취향이 변하는 고객들의 마음을 사로잡을 만한 매력적인 요소가 부족했는지도 모른다. 어쩌면 그들이 노력을 덜했을지도 모르고, 우리가 너무 홍차 카페를 아끼지 않았는지도 모른다. 성업 중인 프랜차이즈 커피점을 지나치면서 씁쓸한 생각에 사로잡혔다.

　어쩌다가 새로운 것을 위해 오래된 것을 없애는 일이 너무나 당연하게 되어버린 것일까? 세월의 때가 묻고 자신의 나이를 자랑하는 그런 장소는 더이상 아름답지 않은 것인가? 나는 매끈하게 잘 빠진 트렌디한 장소보다는 계단이 좀 복잡하거나 화장실이 조금 불편하더라도 시간의 향기가 물씬 풍기는 곳이 좋다. 예전에 이 공간을 사랑하여 드나들던 사람들이 나이가 들어서도 그때 기분을 떠올리며 다시 찾을 수 있는 공간 말이다. 반들반들 잘 닦여 있고 낡았지만 여전히 잘 작동되는 차 도구들과 그 속에서 맛있게 끓고 있는 밀크티며 다즐링이며 브렉퍼스트티들. 아침부터 저녁까지 사람들의 마음속을 따끈따끈 보글보글 끓게 하는 친근한 장소. 이런 찻집이 많아지면 얼마나 좋을까? 대학로에 가면 늘 들르게 되는 카페 '학림'은 그래서 좋다. 이곳에서는 언제나 차가 아니라 스트롱 커피를 마시게 되지만 대학로에 가면 꼭 찾아가는 곳이다.

오래된 장소들은 사라지지 말고 계속 있었으면 좋겠다. 카페 문화도 전통이 밑받침되어야 한다. 나이 지긋한 분이 직접 커피를 내리고 차를 끓이는 곳. 낡았지만 옛 기억들이 많이 남아 있고 그 기억 위로 현재의 풍경이 겹쳐서 흐를 수 있는 곳 말이다. 다행히도 커피 분야는 선생님들이 참 많다. 당당히 1세대라 불리고 선생님이라 칭해지는 사람들이 많아서 좋다. 홍차도 이런 분들이 많으면 얼마나 좋을까? 수십 년 전통의 홍차 카페, 그곳만의 독특한 블렌드 홍차를 맛볼 수 있고, 시즌마다 새로 구한 차들을 사람들에게 소개하는 그런 곳. 차에 푹 빠져 사람들과 나누지 않고는 못 배기는 주인이 있는 곳. 그런 찻집에 가고 싶다.

홍대 앞의 어느 브런치 카페에서 홍차와 과일 타르트를 주문한 적이 있다. 인테리어도 예쁘고 음식도 맛있다며 제법 입소문이 난 곳이었다. 타르트는 맛있었지만 홍차는 실망이었다. 데우지도 않은 잔에 뜨거운 물을 부어 아주 소량의 홍차 잎이 든 망을 찻잔에 넣어주었을 뿐이다. 망을 꺼내 둘 트레이도 없고 얼마나 우리라는 이야기도 없었다. 홍차에 전혀 관심이 없는 아르바이트생이 대충 갖다준 것이다. 가격은 또 얼마나 비싼지. 음식에만 신경을 쓰는지 음료에는 참으로 무신경하다. 다시는 발걸음하고 싶지 않은 곳이었다.

홍차를 마시러 찻집에 가는 이유는 무엇일까? 대개 찻자리가 주는 여유로운 분위기에 빠져들고 싶어서가 아닐까. 그리고 맛있는 찻잎과 제대로 갖춰진 차 도구로 잘 우려낸 차를 맛보고 싶을 때나 평소 접하지 못했던 다양한 차를 감상하고 배우고 싶을 때 찻집에 들를 것이다. 그러니 찻집들은 차의 맛과 멋을 자연스럽게 느낄 수 있도록 자신만의 운치를 가져야 한다. 마음껏 고즈넉하든지, 마음껏 자연의 향기가 가득하든지, 마음껏 자신의 내면으로 빠져들 수 있든지. 밋밋한 머그잔에 티백 하나 달랑 넣어주는 곳은 절대 사양이다. 그런 차 맛은 사무실에서 마시는 걸로 충분하니까.

인사동에 있는 '아름다운 차 박물관'처럼 한옥의 격식과 여유가 풍기는 찻집에서 달콤한 햇살을 마음껏 느끼며 한 잔의 차를 앞에 둘 때, 차 마시는 즐거움에 진정 푹 빠질 수 있을 것이다. 그럼에도 불구하고 햇볕 한 줌 들어오지 않는 아지트형 카페 델 문도에서 구운 떡이 얹힌 단팥죽 한 그릇과 쌉싸래한 녹차 한 주전자를 앞에 두고 '혼자 놀기' 하는 재미도 포기할 수 없다. 델 문도의 메뉴에는 포숑이나 마리아주 프레르, 쉐무아의 몇몇 홍차가 빼곡히 채워져 있는데, 낯선 이름들 속에서 마음에 드는 홍차를 쉽게 고를 수 있도록 상세한 설명도 함께 적혀 있다. 홍차 리스트를 볼 때마다, "마리아주의 오키드 우롱이 향기가 좋군. 이번엔 이 홍차를 사람들한테 소개해볼까?"하면서 하나하나 홍차 리스트에 들어갈 설명을 꼼꼼히 적고 있는 주인장의 뒷모습이 떠오른다.

목포에서 우연히 발견한 앤티크 찻집 겸 레스토랑인 '행복이 가득한 집'은 모닝 홍차처럼 산뜻하고 깊은 인상을 준 곳이다. 2층짜리 일본식 가옥을 약간 손을 보아 사람들이 자주 드나드는 레스토랑으로 만들었는데, 고즈넉한 모양새에 입구부터 예사롭지 않아 보인다. 제 마음대로 꽃과 나무가 자라는 정원과 테라스는 오래된 옛 장소 어딘가에 있는 것만 같은 여운을 주고 오래된 빈티지 가구와 자잘한 살림살이로 꾸며진 내부는 반질반질 잘 닦인 일상의 풍경이 펼쳐진다. 가구며, 찻잔이며, 장식용으로 걸려 있는 레이스와 빈티지 풍 소품도 이 낯선 공간에 친밀한 호흡을 전해준다. 하루아침에 만들어진 분위기가 아니다. 천천히 오랜 시간 공을 들이고 꾸며온 안주인의 감각을 고스란히 느낄 수 있었다. 아침나절 느긋하게 구경하고 차를 마시니 하루의 시작이 풍요롭고 행복할 수밖에.

전통차를 마실 수 있는 곳 중에는 '수연산방'이 참 좋다. 근대문학의 주요 인물이자 시인인 이태준이 글을 쓰던 고택이다. 광복 후 온 가족이 월북하여 북쪽에서 격동기를 보냈던 작가는 한참 동안 우리 문단에서 금기의 이름이었다. 그의 먼 친척이 이 성북동 한옥을 손보

아 찻집으로 만들었다. 시인이 보던 책과 글을 쓰던 곳이 그대로 있고 차의 향기도 좋아, 고즈넉한 한옥의 그림자가 그리운 사람들은 머물렀다 떠난다. 쪽마루에 앉아 마당을 내려다보는 것도 좋고 햇살이 잘 드는 서재에서 책을 읽는 것도 좋다. 아이들이 신나게 마당을 뛰어다니며 놀아도 왠지 이곳에서는 그 소음이 귀에 거슬리지 않는다. 할아버지 할머니가 사시던 옛집과 닮아서인가, 마음이 엿가락처럼 늘어지고 고무줄처럼 풀어진다. 이런 곳에서 마시는 차 맛은 그 무엇이건 다 디달 수밖에 없을 것이다. 아직 옛날 목욕탕과 구멍가게가 버젓이 성업하고 있는 성북동은 조촐한 기억을 더해주어 좋은 곳이다.

차야가 문을 닫은 서운함을 뒤로하고 얼른 이화여대 쪽으로 움직였다. 바삐 가면 사람이 북적이지 않을 시간에 '티앙팡'에서 차를 마실 수 있을 것 같다. 운치 있는 지하와 볕이 좋은 2층으로 공간은 두 개로 늘어났지만 차 맛은 늘 한결같다. 홍차, 가향차, 청차, 녹차, 보이차 등 수십 가지에 이르는 차 리스트가 메뉴판을 빼곡히 채운 찻집은 우리나라에서 이곳밖에 없을지도 모른다. 수많은 홍차 중에서 대표적

인 메뉴들을 골고루 취합한 것도 좋고 중국 명차들도 합리적인 가격선에서 마실 수 있어 좋다. 과일 조각이 먹음직스럽게 들어간 과일홍차는 커다란 찻주전자에 푸짐하게 담겨 나와 친구들과 긴 시간 수다 떨 때 더없이 좋겠다. 나는 우롱차의 하나인 '봉황단총'을 주문했다. 우롱차나 중국차는 티 마스터가 손수 준비해주는데, 자사호에 차를 담아 우려내는 일련의 과정을 손님 앞에서 직접 보여준다.

"우롱차에 스며 있는 미묘한 단 향을 비유적으로 밀란향蜜蘭香이라고 표현한답니다. 가향차처럼 진한 향이 아니라 은근히 풍기는 향을 암시하는 것이지요. 귀한 녹차에서 풍기는 단 향을 난향蘭香이라고 표현하기도 합니다." 티 마스터는 우롱차의 향기를 설명해주며 다음번에는 '동방미인'을 마셔보라며 권했다. 우롱차는 뜨거운 물을 붓고 재빨리 우려내야 맛이 좋다. 농밀한 향이 퍼진다. 오로지 찻잎에서 만들어진 향인데도 향을 더한 가향홍차의 맛과 향을 능가한다.

홍차를 마실 수 있는 곳이 있다 하여 반가운 마음에 가보았다 실망한 경우도 많다. 럭셔리한 분위기만 앞세워 비싼 찻값을 버젓이 받으면서도 찻잎에 신경 쓰지 않는 곳도 있고, 차보다는 와플이나 다른 음식 메뉴로 더 인기가 많은 곳도 있다. 그런 것이 꼭 나쁘다는 것은 아니다. 다만 차에 좀 더 신경을 써주었으면 할 뿐이다. 즐겨가던 집 근처의 홍차전문점은 차 맛도 좋고 애프터눈티 세트도 저렴해서 적당히 즐기기에 좋았는데 최근 들어 분위기가 많이 바뀌었다. 대학 앞이라는 특성상 갈 때마다 대학생들의 입맛에 맞는 다양한 음식메뉴를 선보이고 늘 최신 유행가요만 틀더니 어느 새 홍차전문점이라기보다는 브런치 카페로 분위기가 바뀐 것이다. 홍차 애호가들이 자주 모임을 갖는 몇 안 되는 아지트였는데, 그간 즐거웠던 기억이 싹 가신 것처럼 마음이 상했다.

애프터눈티를 즐기기에 가장 좋은 장소를 들라면 롯데호텔 '살롱 드 테'다. 건축, 요리, 인테리어, 패션 등 다양한 분야의 아트북이 가득한 서재를 콘셉트로 했는데, 아기자기하다기보다는 단정하고 정갈한 분위기다. 이곳의 인기메뉴는 2시부터 5시까지 계속되는 애프터눈티 메뉴. 3단 서빙 트레이에 샌드위치, 작은 과자와 케이크가 푸짐하게 담기고 홍차 한 주전자가 포함되어 있다. 대부분의 다른 호텔들처럼 로네펠트 홍차로 차를 내온다.

예쁜 찻잔과 티포트, 주황색 불꽃이 일렁이는 워머가 조심스럽게 세팅된다. 티 메뉴에 따라 찻잎의 용량이 많은 티포트 용 티백을 사용하기도 한다. 티포트 용 티백이라 해도 한 번 우리면 딱 알맞은 맛이지만 한 번쯤 뜨거운 물을 더 부어도 적당한 맛이 우러나온다.

3단 서빙 트레이에 놓인 자그마한 샌드위치며 맛깔스런 과자들이 시선을 사로잡는다. 잼이 들어 있는 작은 사이즈의 스콘, 달콤한 무스 케이크, 입 안에서 파삭 소리가 들릴 것 같은 마카롱, 마들렌까지 골고루 맛볼 수 있는 디저트 플래터를 보는 것 같다. 과자 맛과 차 서비스도 훌륭했지만 가격도 적당해서 마음에 들었다. 명동 한복판에서 이렇듯 조용한 곳을 또 만날 수 있을까? 책도 보고 수다도 떠는 동안에는 무심한 척하던 직원이 찻주전자가 비어가니 얼른 달려와 찻물도 보충해주고 차 맛이 어떤지 넌지시 물어오는 모습도 좋았다.

인터넷 홍차 카페에 올라오는 게시물을 보면, 지방도시에도 탄탄히 자리를 잡은 홍차가게가 하나씩은 있다. 부산에는 '홍차왕자'가, 대전에는 '크림'이 있다. 대구는 차를 즐기는 인구가 많아서인지 홍차를 마실 장소도 많다. 심지어 세련되게 꾸민 중국차 전문점도 생겼다. 대구의 찻집 '티플라워'에서는 홍차를 맛있게 끓이는 법과 다양한 레시피를 배우는 홍차 강의도 꾸준히 이루어지고 있다니 더 반갑다.

내가 좋아하는 차 공간은 참 다양하다. 작은 전통찻집도 좋고, 서비스로 승부하는 살롱 드 테도 좋다. 복작복작한 아지트형 찻집도 좋고 야외로 시선을 둘 수 있는 정원 있는 찻집도 좋다. 사람 발길이 드문 곳도 있고 떠들썩하니 소란스러운 곳도 있지만 주인의 개성과 취향이 명료하게 드러난 곳이라면 어떠해도 좋다. 음식이건 음료건 정성스럽게 내오는 곳이 좋고 합리적인 가격대에 기분 좋은 서비스가 있으면 더 좋다. 그리고 사람들과 차를 나누고 싶은 마음이 가득한, 그래서 손님이건 주인이건 쉽게 마음을 열 수 있는 곳이 좋다. 이왕이면 음식 냄새보다는 달콤한 차의 향기로 사람을 유혹하는 곳이면 더 좋겠다. 무엇보다 메뉴판에 적힌 티 리스트가 손님의 마음을 흡족하게 해줄 수 있는 곳이라면 바랄 게 없겠다. 와인전문점의 역량을 와인 리스트가 말해주듯, 홍차 애호가들은 풍성한 티 리스트에 더없는 행복감을 느끼게 되니까.

사라지는 곳이 있다면 새로 생기는 곳도 있는 법. 더 매력적인 장소에서 더 맛있고 풍요로운 홍차들로 사람들의 마음을 사로잡을 찻집이 많이 생겨나기를 기대해본다.

1979년 스웨덴의 수도 스톡홀름의 어느
홍차가게에서 벌어진 일이다. '티 센터'Tea Center of Stockholm의 주인인
베르논 마우리스Vernon Mauris는 사람들의 입맛을 사로잡을 맛있는 홍
차를 만들어보기로 결심했다. 다양한 찻잎에 말린 꽃이며 향긋한 과
일향을 섞어보며 마음에 드는 블렌딩을 찾던 중 새로 들어온 재료를
그만 자신의 창조물 위에 쏟아버리는 실수를 저지르고야 말았다.

아까운 찻잎과 재료를 그냥 버리게 되었으니 자신의 실수에 얼마나
화가 났을까? 그런데 이 망쳐버린 블렌딩을 보니 뭔가 영감이 떠올랐
다. 조금 더 기분 좋은 맛과 조금 더 신선한 향을 더하니 예상을 뛰어
넘는 독특한 맛과 향을 가진 홍차가 된 것이다.

베르논 마우리스는 성공을 예감했다. 이 홍차를 '실수한 블렌드'
Mistake Blend라 부르며 판매하기 시작했고 곧 티 센터에서 가장 인기
높은 홍차로 등극했다. 이후 '사우스 스톡홀름 블렌드'라는 정식 이
름을 갖게 된 이 '실수한 블렌드'는 티 센터의 대표작으로 지금까지도
스웨덴 밖 다른 나라에까지 팬을 거느리고 있다. 실수가 더 큰 성공
을 만든다는 말은 이런 일을 두고 하는 말인가보다.

한 해를 보내고 새해를 맞이하는 일. 매년 반복되는 일인데도 한 해
가 다 가는 12월이 되면 마음이 싱숭생숭하며 들뜨게 된다. 옛 다이
어리를 들춰보니 참 많은 일들이 있었구나 싶다. 한 해 동안 특별히
생각날 만큼 썩 잘한 일이 없다 해도 '좋게좋게' 한 해를 마감하고 싶
다. 새 다이어리를 꺼내 내년에는 이런 일만은 꼭 해보겠다며 뭔가 끼
적거려보기도 한다. 그러다보니 여름휴가는 어디로 갈까, 부모님 생신
선물은 무엇으로 할까, 미리 앞서가기도 한다. 새로운 날들에 대한 기

대감이 좋다. 다른 이들의 어깨도 두드려주고 싶다. 나보다 더 열심히 세상을 살아간 많은 사람들에게 토닥토닥 잘했다고 칭찬해주고 싶다.

나이가 들수록 한 해 한 해의 의미가 새롭게 다가온다. 어떻게 해서 일이 틀어졌는지, 어떻게 했더니 일이 잘 풀렸는지, 무엇이 오해를 만들었는지, 또 무엇이 내 능력을 끌어올렸는지, 그 시간의 단면 하나하나를 꼼꼼히 관찰하듯 들여다보고 싶다. 앞으로는 어떻게 살고, 사랑하고, 사람을 만나고, 베풀어야 하는지 그 해답을 지난 시간을 통해 얻게 된다. 실수가 좀 많았다고 풀 죽을 이유는 없다. 그것을 잘 극복하는 방법을 찾는 것이 더 중요하니까. 티 센터의 '실수한 블렌드' 홍차처럼 실수가 더 큰 성공을 만들어줄지 누가 아는가? '실수한 블렌드' 홍차를 한 잔 마시고 다시 한번 파이팅이라 외쳐보는 거다.

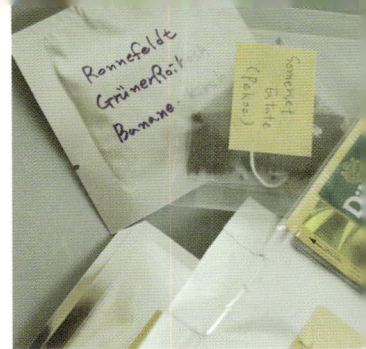

홍차는 많이 모으는 것보다 잘 보관하는 것이 중요하다. 향이 날아가지 않도록 밀폐용기에 넣거나 은박봉투에 소분 포장하여 보관한다.

다. 홍차통에 넣어둘 때는 잎차를 지퍼스타일로 된 은박봉투에 넣은 후 다시 틴에 넣어두는 게 밀폐력을 높이는 방법이다.

넷째, 티백도 비닐봉투에 한 번 더 넣어서 보관한다. 티백 홍차는 대부분 종이나 비닐로 패키징되는데 종이봉투는 쉽게 향이 날아가고 다른 홍차의 향에도 영향을 받게 된다. 그러니 티백마다 작은 사이즈의 투명한 비닐봉투에 하나씩 넣어서 보관한다.

우리나라에는 홍차의 종류가 워낙 한정적이라 한 번 구매할 때 대량으로 사들이는 경우가 많다. 인터넷 홍차 카페의 게시글을 보면, 충동구매도 많고 사재기하는 풍조도 자주 있다. 내 경우도 해외여행갈 때 왕창, 해외 주문할 때 왕창, 이렇게 구매하다보니 홍차가 많이 쌓인다. 최대한 밀봉해서 보관하려고 노력하지만, 홍찻장을 볼 때마다 "얘들아, 잘 있니?" 하고 하나하나에게 물어보고 싶다.

신선하게 마실 수 있을 정도만 구입하여 개봉 후 최대한 빨리 다 마시는 게 가장 좋은 방법이지만, 그렇지 못하고 많은 홍차들을 다 개봉하고야 말았다면 지금 즉시 홍찻장을 열어 홍차 상태를 하나하나 점검해보기 바란다. 맛과 향이 변한 홍차는 아깝지만 쏟아버리는 것이 건강을 위해서도 좋다. 홍차와 함께하는 삶을 선택했다면, 어린 왕자가 장미를 책임지듯 끝까지 홍차의 맛과 향이 변하지 않도록 조심조심 다루며 최상의 맛을 내도록 잘 관리해야 한다.

새해를 맞으며 홍차를 마신다. 붉은 찻물 속에 달콤한 봄꽃의 향과 따뜻한 봄바람의 기운이 조금 느껴진다. 내가 가보지 못한 멀고 먼 곳에서 나에게 찾아와준 찻잎이 오늘은 무척 고맙게 여겨진다.

새해에는 내 삶을 기쁘게 해주는 홍차를 더 자주 만날 수 있기를!

Afternoon Tea 애프터눈티

일본 거리에서 자주 볼 수 있는 리빙 스타일 숍이며, 아기자기하게 꾸민 홍차 세트, 홍차 액세서리와 도구를 구입할 수 있다. 베이커리와 차를 맛볼 수 있는 티룸도 마련되어 있다.

www.afternoon-tea.net (일본)

Ahmad 아마드

영국 홍차 브랜드인 아마드는 잉글리시 넘버원이나 애프터눈티 블렌드가 유명하다. 빅토리아 시리즈와 런던 시리즈는 기념품으로 인기가 많다. 국내 식품점이나 백화점에서 구입할 수 있다.

www.ahmadtea.com (영국)

Akbar 아크바

우리나라에 정식으로 수입되는 스리랑카 홍차. 브렉퍼스트티와 함께 다양한 과일차가 인기 있다. 심플한 맛의 아크바 티가 대표 블렌딩이다.

www.akbar.com (스리랑카)

Barry's 바리스

낯설고도 독특한 아일랜드 홍차 브랜드로 바리스 티 골드 블렌드는 아삼과 케냐 홍차가 섞인 아이리시 브렉퍼스트의 맛을 즐길 수 있다. 국내에 수입되며 인터넷 쇼핑몰에서 판매 중이다.

www.barrystea.ie (아일랜드)
www.erins.co.kr (한국)

Benoist 베노아

영화 〈전차남〉에 등장한 일본의 고급 홍차점. 도쿄 긴자의 마츠자카야 백화점 4층에 정통 영국식 애프터눈 티타임을 즐길 수 있는 베노아 티룸이 있다. 다양한 차종과 스콘 등 티푸드도 인기 있다.

www.benoist.co.jp (일본)

Betjeman & Barton
벳주만 앤 바통

90년 전통의 프랑스 홍차 브랜드. 히말라야와 중국의 따끈따끈한 차들과 독특한 가향홍차가 유명하다. 고급 잎차뿐 아니라 운난홍차, 센차, 랍상소우총, 로즈 홍차를 티백으로 맛볼 수 있다.

www.betjemanandbarton.com (프랑스)

Brise 브리즈

일본의 홍차 브랜드인 차노유Cha No Yu와 제휴하여 깊은 맛과 향의 홍차와 일본차, 허브차를 제공하는 국내 홍차 브랜드. 청포도향이 상쾌한 머스캣이 가장 인기가 높고 꽃과 과일향이 가득한 루이보스와 허브 블렌드도 다양하다.

www.brise.co.kr (한국)

Celestial Seasonings
셀레셜 시즈닝

다양한 과일 가향홍차로 유명한 미국 홍차 브랜드. 2008년부터 홍차를 제외한 과일차와 허브차가 국내에 수입되고 있

다. 레몬 징어, 허니 피치 진저 등 맛깔스
런 과일차가 인기가 높다.

www.celestialseasonings.com (미국)
www.celestialseasonings.co.kr (한국)

Compagnie Coloniale 콤파니 콜로니얼

1848년에 설립된 프랑스 홍차 브랜드로
다양한 종류의 홍차와 허브차를 생산하
고 있다. 국내에는 인터넷 쇼핑몰에서 구
입할 수 있다.

www.compagnie-coloniale.com (프랑스)

Darjeelian 다질리언

품질 좋은 다즐링과 가향홍차 및 과일 허
브차 라인까지 골고루 갖춘 국내 홍차 브
랜드. 다양한 다원 다즐링을 시즌별로 소
개하고 있으며 얼그레이 슈피리어, 엘더
베리, 모카 마주르카가 베스트셀링 홍차
들이다.

www.darjeelian.com (한국)

Dilmah 딜마

스리랑카 홍차를 맛보고 싶다면 딜마를
추천한다. 진하고 구수한 실론 홍차뿐만
아니라, 과일 홍차나 허브차도 인기가 많
다. 국내에서도 구입이 가능하며 와테 시
리즈와 카모마일이 유명하다.

www.dilmahtea.com (스리랑카)
www.dilmahshop.co.kr (한국)

Fauchon 포숑

차, 커피, 와인, 과자 외에도 각종 식재료
를 비롯하여 전문 파티스리 숍을 운영하는
파리의 고급 식료품점. 애플티가 베스트셀
링 홍차이며, 파리의 저녁, 프랑스의 아침
등 가벼운 블렌딩의 홍차가 인기 있다.

www.fauchon.com (프랑스)

Fortnum & Mason 포트넘 앤 메이슨

영국을 대표하는 정통 홍차 브랜드이며
얼그레이 클래식, 스트로베리, 포트메이
슨, 로열 블랜드, 퀸 앤 블랜드 등이 유명
하다.

www.fortnumandmason.com (영국)

Harney & Sons 하니 앤 선스

다양한 꽃향기를 블렌딩한 홍차와 아름
다운 패키지로 유명한 미국 홍차 브랜드.
웨딩, 얼그레이 슈프림, 키위 앤 스트로베
리 등 다양한 맛을 즐길 수 있으며 국내
대형백화점에서 구입할 수 있다.

www.harney.com (미국)
www.harneynsons.co.kr (한국)

Harrods 해로즈

런던의 고급 백화점의 이름을 딴 홍차 브
랜드. 14번 브렉퍼스트, 15번 애프터눈,
42번 얼그레이, 49번 블렌드 등 영국 정
통의 맛을 가진 홍차가 베스트셀러. 매
년 시즌별로 최고급 다원차도 출시한다.

www.harrods.com (영국)

Janat 자낫

화려한 가향홍차가 인상적인 일본 홍차
브랜드. 고양이 두 마리가 그려진 까만
홍차통이 특히 매력적이다.

www.tea-janat.com (일본)

Karel Čapek 카렐 차펙

홍차통에 그려진 깜찍한 일러스트로 인
기가 높은 일본 홍차 브랜드. 마룬티, 바
나나 트로피컬, 브라우니 등이 베스트셀
링 제품이며 다구와 찻잔도 인기가 높다.

www.karelcapek.co.jp (일본)
www.karel-capek.co.kr (한국)

Lawleys 로레이즈

영국풍 장미꽃이 우아하게 장식된 다양한 홍차와 다구를 판매하는 일본 홍차 브랜드. 유기농 홍차와 홍차 샘플러로 구성된 밀크티 셀렉션 등 선택의 폭이 넓다. 도쿄 에비스에 로레이즈 티숍이 있다.
www.t-plan.co.jp (일본)

Le Palais des Thés 팔레 데 테

프랑스의 50여 명의 홍차 전문가가 합심하여 만든 홍차 브랜드로 이국적인 향기를 가진 다원차와 절제된 향의 블렌딩 홍차가 매력적이다. 블루 오브 런던, 테 데 자망(연인의 홍차)이 무난하다.
www.palaisdesthes.com (프랑스)

Lipton 립턴

노란색 패키지의 립턴 옐로 라벨 티로 전 세계에 홍차의 맛을 전파한 대중적인 홍차 브랜드. 국내에서도 립턴티의 홍차와 허브차를 다양하게 즐길 수 있다.
www.lipton.com (영국)
www.lipton.co.kr (한국)

Lupicia 루피시아

중국차, 일본차, 홍차, 허브차, 과일 가향차 등 전 세계 2백여 종의 차를 판매하는 일본의 대중적인 차 브랜드. 숍 블렌드 홍차, 크리스마스 홍차, 어버이날 홍차 등 시즌별로 재미있는 콘셉트의 홍차를 선보인다.
www.lupicia.com (일본)

Mariage Frères 마리아주 프레르

프랑스를 대표하는 홍차. 파리에서 애프터눈티를 가장 멋스럽게 즐길 수 있는 살롱 드 테도 갖추고 있다. 시즌별 다즐링을 비롯하여 마르코 폴로, 얼그레이 프렌치 블루, 웨딩 임페리얼 등이 베스트 컬렉션.
www.mariagefreres.com (프랑스)

Marina de Bourbon 마리나 드 부르봉

진한 블루 컬러의 세련된 패키지와 화려한 블렌딩의 가향홍차로 유명하다. 에비스, 키치조지 등 지점마다 색다른 홍차를 선보이고 있고, 이달의 홍차 등 재미있게 즐길 거리가 많다.
www.marina-de-bourbon.com (일본)

Mlesna 믈레즈나

스리랑카 홍차 전문 브랜드. 스리랑카의 다원에서 출시된 스트레이트 홍차와 다양한 스리랑카 홍차를 블렌딩한 산뜻한 홍차를 선보인다. 와인 향기가 은은한 아이스와인 홍차도 믈레즈나의 인기 아이템.
www.mlesnateas.com (스리랑카)

Nina's 니나스

새빨간 홍차통이 매력적인 니나스는 중국 홍차를 베이스로 깊은 맛의 블렌딩 홍차를 소개한다. 향이 풍부하면서도 가볍지 않은 것이 특색. 니나스 블렌드, 테 드 방돔, 테 쉬르 라 륀 등이 인기 있다.
www.ninasparis.com (프랑스)
www.ninas.co.kr (한국)

O'sulloc 오설록

국내 녹차 시장을 이끌어온 태평양 오설록이 야심차게 홍차와 허브차 분야로도 진출했다. 캔디, 웨딩, 그린티 플라워, 녹차꽃 그린티 등 30여 가지의 다양한 가향차 라인을 갖추고 있다.
www.osulloc.co.kr (한국)

🫖 **Peninsula** 페닌슐라

홍콩에서 애프터눈티를 마실 수 있는 가장 멋진 곳이라는 페닌슐라 호텔의 홍차. 심플하면서도 깊은 맛이 있어 명성만큼이나 믿음이 가는 홍차. 추천 블렌딩은 라즈베리 홍차.

www.peninsulaboutique.com (홍콩)

🫖 **PG Tips** PG 팁스

스리랑카 홍차의 짙은 맛을 느낄 수 있는 담백하고 수수한 홍차. 일상에서 저렴하게 자주 티타임을 즐기는 영국 사람들이 가장 선호하는 홍차.

www.pgtips.co.uk (영국)

🫖 **Ronnefeldt** 로네펠트

1923년 설립된 독일의 홍차 브랜드로 호텔과 리조트에서 서비스되는 홍차. 얼그레이, 버번 바닐라 같은 뚜렷한 개성과 깊은 맛을 가진 홍차와, 레몬스카이, 크림 오렌지, 모닝 듀 등 향기로운 블렌딩이 인기 있다.

www.ronnefeldt.de (독일)
www.ronnefeldttea.co.kr (한국)

🫖 **Salvia Tea Room**
사루비아 다방

깊고 그윽한 중국차, 다양하고 풍부한 가향홍차, 허브와 루이보스 등 단아하고 여성스러운 분위기의 국내 차 브랜드. 분홍반지, 야생 수제 녹차 봄봄, 살구 어페어 등 예쁜 이름의 차가 다양하게 구비되어 있다.

www.salviatearoom.com (한국)

🫖 **Silver Pot** 실버팟

고구마, 요구르트, 메이플 시럽, 청포도 등 풍부한 향의 홍차를 선보이는 일본 홍차 브랜드. 해마다 봄이 오면 고급 다원 홍차들을 샘플러로 즐길 수 있다는 점도 실버팟의 매력이다.

www.rakuten.ne.jp/gold/silverpot (일본)

🫖 **Stash** 스태쉬

애플시나몬, 레몬 블라섬 등 과일과 스파이스 향이 풍성한 홍차를 선보이는 미국 홍차 브랜드. 티백 홍차로 편안하게 맛볼 수 있는 블렌딩이 많다.

www.stashtea.com (미국)

🫖 **Taylors of Harrogate**
테일러스 오브 헤로게이트

기본적인 맛을 지키는 영국 홍차 브랜드. 티피아쌈과 모로칸 민트가 인기가 많으며 백화점과 인터넷 쇼핑몰에서 구입할 수 있다. 같은 회사의 베티스 티는 베티스 티룸 전문 홍차이며 인터넷으로 주문이 가능하다.

www.bettysandtaylors.co.uk (영국)

🫖 **Tea Center of Stockholm**
티 센터 오브 스톡홀름

커피대국 스웨덴에서도 차 인구가 늘어나고 있다. 사우스 스톡홀름 블렌드, 서 존 블렌드, 티 센터 블렌드, 얼그레이 스페셜, 스파이스 블렌드 등 대표적인 5가지 블렌드가 가장 인기가 있다.

www.teacentre.se (스웨덴)

🫖 **Tea Museum** 티 뮤지엄

국내 홍차 전문가가 최고급 홍차를 선별, 특별히 블렌딩하여 예쁜 패키지에 담았다. 압구정동에 있던 티숍은 문을 닫았지만 롯데백화점에서 티 뮤지엄을 만나볼 수 있다.

www.teamuseum.kr (한국)

Tea Palace 티 팰리스

보랏빛 홍차통이 아름다운 티 팰리스는 맛을 보장하는 다원 다즐링과 티 팰리스의 독창성이 돋보이는 다양한 가향홍차가 있다. 라벤더 그레이, 로즈 포우총, 애프터눈 앳 티 팰리스를 추천한다.

www.teapalace.com (영국)

Twinings 트와이닝스

영국을 대표하는 유서 깊은 홍차 브랜드. 얼그레이, 레이디 그레이, 프린스 오브 웨일스 등 전통적인 블렌드가 여전히 인기가 많고, 가향홍차나 녹차, 백차를 베이스로 만들어진 티백 홍차도 평균 이상의 맛을 지녔다. 백화점과 인터넷 쇼핑몰에서 구입 가능하다.

www.twinings.com (영국)

Wedgwood 웨지우드

웨지우드 도자기의 와일드 스트로베리 패턴이 럭셔리한 분위기를 자아내는 홍차. 피크닉 티, 얼그레이 플라워, 페퍼민트 등 단정하고 깊은 향의 홍차가 많으며 백화점이나 인터넷 쇼핑몰에서 구입할 수 있다.

www.teanara.co.kr (한국)

Whittard of Chelsea 위타드

런던에서 흔히 만날 수 있는 대중적인 홍차 브랜드. 잉글리시 로즈, 모로칸 민트, 재스민 등 다양한 차종이 있으며 여름철 냉침용으로 즐기는 과일 인퓨전이 특히 인기가 많다. 백화점이나 인터넷 쇼핑몰에서도 구입할 수 있으며 온라인숍에서 해외 배송도 가능하다.

www.whittard.co.uk (영국)

홍차 관련 인터넷 사이트

티숍 레드 앤 그린

다질리언, 위타드, 웨지우드, 트와이닝, 티 센터의 홍차를 비롯하여 베티나르디, 리콜라, 허브라 등 허브티도 다양하게 맛볼 수 있는 홍차 전문 인터넷 쇼핑몰. 많은 용량이 부담스러울 때는 절반만 구입할 수 있고 다양한 홍차를 맛보기로 즐기는 샘플러 홍차도 다양하게 준비되어 있다.

www.teashopredandgreen.com

앨리스 키친

홍차를 판매하는 일본 수입잡화 쇼핑몰. 적당한 가격의 예쁜 다구와 다양한 티타임 도구들을 구입할 수 있다. 라테메이커, 메이플 시럽, 시나몬 스틱 등 꼭 필요한 아이템들이 가득하고 홍차를 맛있게 마시는 방법 등 티타임 정보도 알차게 담겨 있다.

www.alicekitchen.co.kr

네이버 카페 오렌지 페코

오렌지 페코(애칭 오페)에 가면 우리나라에 홍차 인구가 이렇게 많나 싶을 정도로 많은 사람들이 모여 홍차에 관한 이야기를 한 보따리 풀어놓는다. 셀 수 없을 정도로 많은 시음기, 홍차를 테마로 한 여행, 티타임에 꼭 필요한 정보 등 초보 홍차인이라면 한 번쯤 들러야 할 곳.

cafe.naver.com/artcollection